Qianxun-Culture
—图书·影视—

小傲娇

枕衣衫 著

ZhenYiShan Works

悦读书·悦意行·悦享人生

中国·广州

图书在版编目（CIP）数据

小傲娇 / 枕衣衫著 . — 广州：广东旅游出版社，
2020.5
 ISBN 978-7-5570-2153-5

Ⅰ . ①小… Ⅱ . ①枕… Ⅲ . ①长篇小说—中国—当代
Ⅳ . ① I247.5

中国版本图书馆 CIP 数据核字 (2020) 第 028513 号

出　品：	千寻文化
总 策 划：	调　调
出版监制：	唐　昕　杨芝波
责任编辑：	陈楚璇　李　丽
特约编辑：	眸　眸
封面设计：	苏　荼
封面绘制：	阿　醒

小傲娇
Xiao Ao Jiao

广东旅游出版社出版发行
（广州市环市东路 338 号银政大厦西楼 12 楼　邮编：510180）
邮购地址：广州市环市东路 338 号银政大厦西楼 12 楼
联系电话：020-87347732　邮编：510180
长沙鸿发印务实业有限公司
（地址：湖南省长沙市长沙县黄花工业园 3 号）
880 毫米 ×1230 毫米　　32 开　　10 印张　　251 千字
2020 年 5 月第 1 版第 1 次印刷
定价：39.80 元

本书如有错页、倒装等质量问题，请直接与印刷厂联系换书。

目 Contents 录

001	**第一章**	你做我的男朋友
019	**第二章**	身为当事人，我不愿意
037	**第三章**	你对我竟然有这么变态的想法
058	**第四章**	你是谈恋爱，还是过家家
076	**第五章**	讨厌你哭，所以下不为例
095	**第六章**	没有他的话，你能不能考虑一下我
117	**第七章**	女人心海底针，男人心万丈深
137	**第八章**	我不担心的原因，是有你在
159	**第九章**	我的恋爱对象只能是你

179	第十章	自古套路得人心
197	第十一章	史上最失控男主
217	第十二章	我喜欢你，只是你
234	第十三章	我面前之人，一百三十八亿年才出现了一个她
254	第十四章	这样够甜吗
279	第十五章	他愿用尽所有力气，来拥抱她
297	番外一	
302	番外二	
312	后记	

第一章

你做我的男朋友

深夜的医院内,虞若安坐在诊疗室外面的长椅上,捏紧了自己的包带。

不知道过了多久,大概是十几分钟又或者是个把钟头,她的心中已经升起了不下三次逃跑的念头。

而为什么她最终没有溜之大吉,这个深刻的问题当她看见男人的脸时,忍不住又在心中问了自己一次。

最终,她得到一个令自己不忍直视的答案——大概是因为这张脸。

"这位病人,你刚刚缝了十七针,就算你不把自己的命当一回事,也请你尊重一下我的劳动成果。"主治医生一边着急忙慌地跟在男人身后,一边抖了抖手中的本子,"你叫什么名字?我要写病历。"

被问的男人不发一言,只是一动不动地望着虞若安,漆黑的眼眸里面像有一团浓墨。明明腹部刚刚缝完针,可他除了脸色苍白了一些，浑身上下没有半点病人的姿态。

"姜言。"最终还是虞若安先顶不住压力，嗫嚅地开口，"生姜的姜，言语的言。"

"哦。"得到了答案的医生显得有些冷漠，"他现在需要静养，家属先过去替他办理一下住院手续吧。"

"我不是家属。"

"是不是家属不重要，"医生抖了抖手中的病历，"我只是想提醒你该去交钱了。"

虞若安：？

谁去交钱？虞若安前后左右看了一下，然后冲医生比画了一下自己，医生严肃地点了点头。

等她交完一笔巨款回来后，男人已经被安置进了病房内。

他靠坐在病床上，微微阖着眼，唇色苍白得有些吓人，脸颊两边甚至微微凹了下去，显得轮廓更加深邃。不过这也可以判断出这段时间以来，男人过得并不算太好。

听到动静，他睁开眼，看向她。

虞若安磨磨蹭蹭地挪了过去，深吸两口气，小声问道："总共五千六百块钱，你要还我吗？"

姜言微微抬眼，从嗓间挤出一声算不上善意的哼笑："你们这里的钱，还是我那里的钱？"

不客气的问话让她抖了抖，再次涌现出一丝想要逃离的念头。

事情还要从三个小时前说起。

三个小时前，虞若安刚刚参加完高中聚会回到家。

可当她刚刚打开家门，漫不经心地伸手准备按下开关的时候，却在黑暗中看见自家沙发上静坐着一团黑影。

听见门被打开的响声，黑影晃动了。

虞若安花了一秒钟呆愣，两秒钟尖叫，等到第四秒的时候，却发现她只能眼睁睁地看着那团黑影走到她的面前，因为此时她的双腿抖如筛糠，逃跑不得。

"喂。"低沉的男音响起，她一害怕，手下的开关被用力按下。

因为光亮突然增强，男人不适地微微眯起了眼睛。

而就在这一瞬间，虞若安看清了男人的脸，轮廓俊朗、五官如画。他的鼻梁很高，眼眶也很深，偏偏眼尾向下，当他垂眼的时候便勾勒出一个无辜的弧度。

他看起来似乎人畜无害。

虞若安愣了片刻，轻声喊了一声："蒋琰？"

闻言，男人嗤笑了一声。

光是这一声，她就知道自己认错了人。

这个人绝对不是蒋琰，虽然两人的五官有七分相似，但蒋琰的五官要更加柔和，而面前的人，唇瓣比蒋琰要薄上一些，鼻梁更挺、眉峰更浓，不过几处不同便硬生生地将原本温柔的模样带出逼人的气势。

虞若安原本放下的心再次提起。

此刻，男人却一声不吭地将她身后打开的门给关上。

"啪"一声轻响，在寂静中尤为明显。

虞若安颤了颤：他关门了！关门了！

这次她总算在恐慌中有所行动——她抬起脚踢了过去，朝着男人的裆部。

不过虞若安的必杀技没有成功，用力踢过去的右腿被男人轻松接住，他的右手卡在虞若安的脚腕处，男人力气之大让虞若安感受到了从骨间传来的压迫。

她重心不稳，靠在了身后的墙上，手悄悄地掏向口袋中的手机，满脸戒备。

男人似乎看出了她的恐惧，又笑出声来。他微微伏下身子，低沉的嗓音在她耳边响起："既然你认出了我还这么害怕，一定是心存愧疚吧?"

认出了他?心存愧疚?带着攻击性的气息喷洒在她的面前,她下意识地扭过头去,不明白面前这个长得很像蒋琰的人到底在说些什么。

而她的举动却被男人误会成了逃避。他不悦地蹙起眉,捏着她的脚踝将她的腿往后压了压,她能清楚地感觉到自己的韧带传来阵阵酸痛,不由得一阵龇牙咧嘴:"松……松手。"

两人维持了这样的姿势好几秒,当她的眼眶被逼出眼泪时,男人终于放下了她的脚。

不过他的一只手仍然撑在门口,似乎在防止她逃走。

"抱歉,我不知道你到底在说什么。"她揉了揉自己酸疼的髋骨,缓和了两秒后双手举起,示意自己完全没有攻击性,"你是不是找错人了?"

她的语气相当诚恳,却让男人的目光变得更加不耐烦且暴躁。

他的眼眸里似乎有愤怒即将喷涌而出,却硬生生地将其克制在体内:"找错人?"他的语气森寒,"翻滚的战士不是你吗?"

翻滚的战士,还真是她。

那是虞若安的笔名,她的所有小说和剧本都是用这个笔名进行创作。

于是她缓缓地点了点头,并在心中怀疑对方是不是自己的黑粉。

"那就是了。"他冷笑了一声,"姜西铭这个名字,你总没有忘记吧?"

姜西铭是她剧本《九阶魔方》中的一个角色,性格沉稳内敛又厚重,是主角的兄长。

主角从小没有父母,只有这个将他捡到的兄长带他长大,在主角的心中,兄长是无可替代的。同时这个角色也很得眼缘,有不少粉丝很喜欢姜西铭,可就在前一阵子,她将姜西铭写死了。

所以……对方是黑粉？

她悄悄瞥了一眼面前的男人，在心中补充了一句——嗯，果然是黑粉，还是寄刀片的那种。

当她这样想的时候，男人气压极低地说了一句："看来你想起来了。他是我哥。"

虞若安："……"

哥？谁是他哥？

她眼神越发茫然起来，仰起头看向面前的人："谁是你哥？"

"姜西铭。"他语气不善，"你刚刚不是已经认出我了吗？我是姜言。"

很好，虞若安现在确定了，面前这个好看的男人是不是歹徒难说，但脑子一定有病！

男人似乎看出了她眼中的不信任，眯起了眼睛："不相信？"

她的确不相信。

她创造的角色自己再清楚不过，男主姜言虽然自幼没有双亲，但是温柔又坚强，即便经历了众多磨难，他的眼神依旧温暖如初。

毕竟这个角色的原型就是蒋琰，那个始终如春风般温暖的人。

可是面前的这个人不但没有半点温和，反而锋芒毕露，气势凌厉，微微眯起的眼睛像在警告她说错话的下场。

说句老实话，哪怕故事中的角色真的来到现实中，身为一个母亲，她也绝对不会塑造一个这么招人烦，还会威胁自己的儿子。

虽然这样想着，但她害怕自己的哪个举动戳中面前这个神经病脆弱的内心，于是飞快地摇了摇脑袋："不不不，我相信，你一看就是姜言，比剧组钦定的男主演还像姜言。"

她的语气实在太过敷衍，导致男人的表情看起来不是很愉悦。

原本撑在虞若安身后墙壁上的手被他拿开，他从口袋中掏出了一个九阶魔方。

密密麻麻的小方块颜色凌乱地堆砌在一起，看起来就很复杂。

不过这是一个逃跑的好时机！

虞若安咽了口口水，悄悄扶上了身后的门把手。

就在她拧开门把手的一瞬间，男人手中的魔方也恢复成了原样，一色一面，绚丽中又带着诡异。

明明虞若安的手还握着门把手，可钢铁独有的冰冷感在她手中渐渐消失不见，眼前的灯光开始有了重影，她下意识地闭上了眼睛。

等虞若安再次睁开眼睛的时候，发现自己置身于一个熟悉又陌生的世界。

青石板铺成的巷道，天空澄澈而明朗，面前的布帘上勾勒出繁复又熟悉的图纹，隐隐约约可以听见里面的嬉笑声。

与此同时，她听见自己的心跳在胸腔内渐渐加快，一声接一声，如擂鼓动。

这是她所创造的世界，这家酒馆里面是她所创造的人物。

"跟上。"男人的话依旧简洁，她从自己的思绪中走出，才发现他不知何时已经走到酒馆的门口，撩开了布帘。

吧台前的络腮胡大叔看了她一眼，笑着挤了挤眼："哎哟，我们阮阮又和姜言成双成对出现了。"

他打趣的话，让酒馆内的人纷纷看了过来。

"年轻真好啊。"

"每天这样秀恩爱，我的眼睛都要瞎了！"

"别看了，喝酒！"

……

每个发出声音的人，虞若安都能叫出对方的名字：程叔、小Q、方毅……

这些原本静止在纸页中的人，纷纷鲜活地站在了她的面前。

不知为何，虞若安的喉咙有些发紧，她下意识地捏紧了身旁人的衣角，以一种只有两个人才能听到的声音颤声道："你是……姜言？"

姜言，她倾注了最多心血的角色，这个世界的主角。

她的声音很轻，轻到刚刚出口就四散在了空气中，可这不妨碍男人将她的话听个一清二楚。

他扯了扯嘴角，重新拿出魔方，两人重归现实。

看着周遭熟悉的家具，虞若安瘫坐在了地上。

姜言居高临下地看着她，面无表情地鼓了鼓掌："恭喜你，到现在才认出你笔下的角色。"

"笔下的角色"这五个字被他加了重音，显得讽刺意味十足。

不过虞若安现在没有空去理会他夹棍带刺的话，她还没有完全回过神来。

她仰起头看向姜言，吊灯的灯光很亮，照得他脸部的轮廓都逆着光，可是不妨碍他这短短几十分钟内的形象深入人心——刻薄又逼人，跟她所刻画的温柔坚强的人设完全不符。

她拽着他的裤脚从地上跟跟跄跄地爬起，呆愣地举起手扯了扯他的脸颊："怎么会差这么多呢？"

的确，光看样貌，姜言就是"姜言"。

当初在创立这个人设的时候，她以心中的暗恋对象为模型，却又害怕自己的心意太过明显，便微微做了修整。

姜言的身高比蒋琰还要高上几厘米，这样她的身高便仅及他的脖颈；姜言的眉毛要浓，比蒋琰浅淡的眉目多上几分坚韧；姜言的唇要薄，这样就不会反反复复地提醒她，她已经溺毙在了那微微翘起的弧度上。

改变了些微样貌是她的心虚，保留了蒋琰的样貌是她的私心。

她和所有暗恋别人的女生一样，心情复杂又酸涩。那是一种希望对方能够有所察觉，又害怕对方明白的心情。

可无论如何，温和的性格是蒋琰的特点，也是她唯一没有变动且最心动的部分，怎么偏偏就这个部分荡然无存了呢？

对于此刻虞若安的动手动脚，姜言有片刻的愣怔，似乎不理解她的胆子怎么一瞬间大了起来。

不过这股愣怔就是片刻而已，他很快便反应了过来，狠狠地拍开她的手："既然你已经明白过来了，就快点将我哥复活。"

"复……复活？"

姜西铭的死是为了保护当时命悬一线的姜言。写这段剧情的时候，虞若安也很纠结，不过为了能够让男主尽快成长起来，她最终还是选择为这个一直扮演守护者的角色画上终止的符号。

"是，复活！"姜言的身上泛着的冷意终于降至底端，眸光似泛着冰碴，"你最好做到，不然我会让你和我哥有一样的结局。"

姜言每多说一个字，虞若安就觉得自己离死亡近了一分。

她能清晰地察觉到身后的黏腻——后背已经被冷汗浸湿了。

虞若安的直觉一向很准，她知道面前的这个男人一定会说到做到。

她的嘴唇颤抖着，想要说些什么，却又不知道该说什么。

眼前的一切实在太过荒唐了。

不过还没等她想出说词，面色不善的姜言自己先倒下了。

虞若安："……"

一阵寂静后，看着昏倒在地的姜言，她才发现这男人的唇色煞白，空气里还隐隐泛着一股血腥味。

他的上衣因这个姿势被微微卷起，露出半截小腹，上面粗糙地卷了一圈绷带。手法之拙劣，让看到的人都能感受到疼痛。

她不禁倒抽了一口气，用食指和大拇指小心地勾起他的上衣——绷带系了死结，已经完全被血浸红了。

她不知道姜言究竟是以什么意志支撑到现在，甚至拽着她到剧本世界中溜达了一圈的。

虞若安勉强让自己冷静下来，拨打了急救电话。

于是，便出现了刚开始那一幕。

病房内，虞若安和姜言两个人一站一坐，气氛僵硬。

其实虞若安有很多问题想问，但是比起提问，她现在更想做的事情是逃跑。

她想溜之大吉，逃到面前这个煞神找不到她的地方去。

"我有什么能力你最清楚不过了。"姜言率先打破沉默，虽然看起来更像威胁，"不管你逃到什么地方去，只要有魔方在，我就可以到你身边。"

是她忘了，身为《九阶魔方》的男主，姜言最让人印象深刻的点既不是样貌也不是性格，而是他所拥有的宝物，一个九阶魔方。

只要他收集完魔方独属的六种颜料，并将其规整回齐整的六面，便可以去他想去的任何地方。

曾经这是虞若安最引以为傲的设定，却万万没想到有一天自己栽到了这里。

"你先……先让我整理一下。"她结结巴巴地开口，"你从剧本世界到这里，就是为了让我复活你哥对吗？"

"就是？"姜言眯了眯眼，对她的措辞相当不满意，"其实我一开始找你是想复仇的，因为我答应了我哥——所有伤害了他的人，我都会十倍奉还。"

十倍奉还？虞若安抖了抖。

"不过你运气好。"他用手撑着自己的下巴，尽量显得宽容一些，"我最先出现的地方是你的房间，在你房间里面，我看见了你的手稿。"

所以，他想要回报她辛辛苦苦将他们创造出来的恩情？她又稍稍舒了一口气。

"当时我就在想，你既然能够创造我们、写死我们，那么一定……"不过一眨眼的工夫，刚刚还靠坐在床上，脸色虚弱的姜言瞬间来到了她的面前,"也能将姜西铭复活,对吗?"

"对……对。"

所以他虚弱成这副模样,为什么还要丧心病狂地威胁她?

在旁人看来,作者就是剧情的主宰,其实不是这样的,现实因素会让他们考虑很多。有时候是角色自然而然地发展,有时候是观众的呼声或者甲方的要求。

不过这些话,虞若安因为求生欲没有说出口。

毕竟姜言脸上的戾气看起来就像她一旦说错话,他就要带着那刚缝好的十七针,跟她同归于尽一样。

在认怂方面,她是当之无愧的第一名。

当紧绷的气氛稍稍缓解的时候,虞若安的手机铃声响起。

她紧张地看着面前的姜言,生怕这一点点声音会刺激到面前这个男人,让他重新变身成哥斯拉。

幸好他也不急于这一时,微微挑眉示意她先接电话。

虞若安从口袋中拿出手机,来电显示是顾以南。

她滑开接听键,在生命危机刚刚过去的情况下,她的声音显得有些无精打采:"喂?"

这样的语气显然让手机那头的人误会了。今晚因为档期问题,没有参加高中同学聚会的顾以南沉默了一会儿:"听说你交了男朋友?"

虞若安万万没想到消息传得这么快,抽了抽嘴角,"嗯"了一声。

"少骗人。"好友毫不留情地拆穿她,甚至用着那惯有的、不正经的嗓音懒懒道,"你每天宅在家中,连社交都很少有,哪儿来的男朋友?我不想知道你是否为了维护蒋琰才刻意撒了这样的谎,虽然有百分之八十的可能性是这样。"

被好友拆穿,恼羞成怒的虞若安在说完"下次聚会就带给你们看"之后,不客气地挂了电话。

说起来,今晚的兵荒马乱不仅仅是姜言突然出现这一件事。

只不过比起面前的生命危机,另外一件事就显得相当微不足道起来。

在回家遇见姜言之前,虞若安参加了高中同学聚会。

八卦一事向来是人民群众喜闻乐见的,大家一会儿聊聊张三的情史,一会儿问问李四的感情状况。

原本虞若安捧着橙汁窝在角落里听八卦听得正开心,可偏偏八卦的火焰瞬间就烧到了她的身上。

有人问她:"虞若安,我怎么从来都没有看你谈过一次恋爱啊?"

被突然问起,虞若安咬着吸管的动作一顿,眼神不受控制地瞄到斜对面的角落里,一个正垂眸浅笑的男生身上。

这一瞄,坏了事。

大家都看到了虞若安那小心翼翼的目光,瞬间嬉笑作一团,推搡了一把之前提问的那个男生:"你们懂什么,我们家安安纯情着呢,从高中到现在男神都没有变过。"

闻言,周围的调笑声更大了起来:"蒋琰,不如你看在虞若安这么专一的分上,就答应她吧。"

"就是!"

"在一起!"

……

他们中间甚至有人吹起了口哨,作为话题中心,虞若安满脸通红。

"不要拿这种事情打趣了吧?"蒋琰微微抬眼,唇边挂着温和的笑意,却带着半分疏离,"抱歉,我今天有事,先走一步。"

气氛一瞬间就冷了下来。

见蒋琰一副准备离去的模样,虞若安的身子一颤,没能拿稳手中的橙汁,橘黄色的液体洒了她满身。

她低着头,听见自己大声却毫无信服力地说道:"大家以后不要开这种玩笑了,我交了男朋友,下次聚会的时候带给大家看看。"

她说谎了。她害怕蒋琰尴尬,害怕看到蒋琰不自在的神情,所以说谎了。

虞若安的脸颊火辣辣地刺痛着,身旁顾以南的目光仿佛要将她刺出一个洞,可她骑虎难下,靠着想象描述了一下她男朋友的模样——以蒋琰为原型。

现在顾以南的一通电话将她从另一份尴尬中带回现实。

那么问题来了,她要从哪里变出一个男朋友,还要对她千般万般好?

虞若安:"……"

不对!她的眼神下意识地瞥向了凶神恶煞的男人,有了一个平生最大胆的想法。

面前年轻的男人宽肩窄臀,活生生的一个衣架子,身上的蓝白条纹病号服穿在他的身上,就像今年的流行款。

虞若安无法抑制地想起将男人送过来时掀开的那一角布料,虽然当时的场面有些吓人和血腥,但是不妨碍紧紧缠绕的绷带将男人的腹肌模糊地勾勒出来。

她咽了咽口水,抬起头看向姜言:"你是不是想要复活姜西铭?"

回答她的是姜言的一声嗤笑,仿佛她在说什么废话。

"我可以在后面的剧情写活他,不过我有一个条件。"

姜言眯了眯眼睛,似乎不明白她到底哪儿来的胆量跟他提条件。

不过当他看见她微微泛红的耳郭时,耳边又隐隐响起刚才她电话里面传出来的内容。

他的听力一向很好,加上两人的距离也很近,因此他不难听到对方询问的话——现在你要从哪里变出一个男朋友？

他看着虞若安纠结又难以启齿的模样，瞬间明白过来她到底想要提出一个什么样的条件。

男朋友？嚯，还真的是变出来的。

虽然明白过来，可他依旧不动声色，等着她主动开口。

过了半晌，虞若安终于吭哧吭哧地说出了自己的条件："我会复活姜西铭，但你要做我的男朋友。"顿了一下，她又面红耳赤地补充道，"是假扮的那种男朋友！"

"我如果不同意呢？"他的语速很慢，慢到能让对方清清楚楚地听出里面的不屑，"复活我哥这件事，不管你做还是不做，最终结局都是一样的。你做，皆大欢喜；你不愿意，那就只能由我逼你。"

拜他所赐，虞若安通红的脸色终于白了下来——被吓的。

对方的威胁似乎很有道理，在这种瘆人的气势下，哪怕他不答应那个条件，她也只能乖乖地按照他的心意修改剧本。

看见她哆哆嗦嗦的模样，姜言又满意起来，十指交握，装作一个好心人的姿态："不过我这个人还算善良，可以答应你的条件。"

善良？虞若安觉得自己对这个词有了新的认识。

"谢谢。"她小声地挤出了这么一句话，觉得自己半张脸都在疯狂地抽动。

"不用谢，"见她答应，他重新坐回床沿边，"因为我也有条件。"

她就知道他没有那么好心。

"从今以后，我的人生我做主。"

想要用什么样的语气和别人对话，想要做什么事情，包括喜欢的口味，他都要自己做主。

笔下的角色想要代替作者。

面对这种大逆不道的话，虞若安能做的只有点头、微笑，再道三声"好好好"。

虞若安人生信条之一：该认怂时，抓紧怂。

就这样，虞若安活了二十四年，第一次有了男朋友这种生物。

在她浅薄的学识中，她所了解的男朋友应该是当女朋友遇到困难的时候嘘寒问暖，当女朋友看到心仪的物品时毫不犹豫地掏出自己的皮夹，当女朋友心情郁闷的时候想尽一切办法哄她开心。

可是上述三种情况，在她身上均不存在。

在剧本世界称霸一方的姜言，在现实生活里彻彻底底地扮演了一条咸鱼，每天做的事情便是趴在医院的病床上打游戏刷剧本，还有嚷着肚子饿。

虞若安偶有抱怨，他却满脸理所当然："你以为我为什么会受伤？"

第一部《九阶魔方》完结也有些时日了，她一向自诩亲妈，虽然写死了他哥，但至少给了他一个还算不错的结局。

她的确不知道姜言到底为什么会受伤，于是虚心求教。

"因为我觉得我哥的事情很蹊跷，原本还没有到山穷水尽的地步，如果我们再细细观察一番，就可以找到都获救的机会，可他却如此急切地将我推开。"他眯了眯眼，"于是我想要去寻找真相。"

"你就是在这过程中受的伤？"

姜言点了点头。

他以为追查到了幕后真凶，不料却因此负伤。身后有追兵寻着他的血迹而来，他情急之下拿出了魔方，想要利用魔方前往另一个地方。

什么地方都好，只要暂时解决他目前的困境。

在他还没有找出他哥真正的死因之前，他不能倒下。

这样想着，他便到了现实世界。

当看到虞若安的手稿时，他之前所信奉的一切全然崩塌。

原来他不过是他人笔下的一个角色，过去、现在包括未来，都已经被他人安排妥当，甚至就连他哥的死，也只是为了他的成长而铺路。

别人让他笑时，他得笑；别人让他哭时，他得哭。

他这二十多年来的喜怒哀乐，这二十多年来经历的种种，不过是他人笔尖下的一团墨水。

虞若安坐在床沿边颤抖着听完了事情的全部经过，为自己还活在这个世界上而感恩。

不过，她皱了皱鼻子："你大概是什么时候出现在我家的？"

"你回来前的一个小时左右。"

她仔细比对了一下时间线，发现姜言的出现正好和她在同学会上许下承诺的时间点差不多。

这个发现让她有些沉默。

姜言敏锐地注意到了她的异样："你当时做了什么？"

其实她也没有做什么，只是在心里祈祷了一下，希望老天爷可怜自己，从天而降一个男朋友给她，以解决她的窘况。再联系一下姜言说的，他使用魔方之时根本没有确定好方向，什么地方都好，只要能解决他当时的困境。两厢一结合，她发现姜言这个煞神可能是她自己请来的。

她主动帮姜言开拓了新大陆。

这样的认知让她的胃部在隐隐抽搐。

而另一边，被请来的煞神还在表示不满——

"为什么我的世界里没有手机？想要找人一点也不方便。"

"为什么我的世界里没有小说漫画？"

"凭什么这里安静祥和，我的世界动不动就要打打杀杀？"

……

以上问题，虞若安没法回答。

作者最大这种话，她只敢小声在心里念叨。

在意识到是自己请来了这尊煞神之后，虞若安不止一次地尝试着将其送回去。

具体表现为：她开始进行饭前睡前祷告环节，祈祷着姜言从哪里来的就回到哪里去。

正所谓请神容易送神难，她的祷告不仅没有被上苍聆听到，甚至还引起了"姜煞神"的注意。

"你每天嘀嘀咕咕的，是在说我坏话？"当姜言面无表情地说出这句话时，虞若安吓得一个激灵，将自己筷子上的红烧肉砸进了对方碗中。

香浓的肉汁飞溅到了姜言的脸上，气氛一时之间有些僵硬。

看着手中的筷子，虞若安很想将其扔掉，示意缴枪不杀。可她的手哆哆嗦嗦了半天，筷子仍旧被牢牢地握在手上。

当她的手快要抽筋时，他却淡定地抽过纸巾往脸上胡乱地擦了两下："说坏话也没关系，反正你对我造不成任何威胁。"

"造不成威胁"这几个字让虞若安的耳朵动了动。

身为剧本的原作者，成天被自己笔下的男主角威胁，这像话吗？

于是，她恶从胆边起，开始策划起了下一季要怎么虐待男主。

出门踩到狗屎是要的，被恶势力欺负两下也是要的，出门下雨、买伞天晴这种倒霉事当然也必不可少！

她在手机备忘录上尽情地写着，脑袋上方却传来一道凉飕飕的声音："你看起来很开心？"

"是啊是啊。"虞若安乐不可支地点了两下头，心情相当愉悦。

"我记得我们当初的约定有一条是，我的人生我做主，你这么快就违反约定了？"

终于察觉到不对劲，她扭过身来，看到姜言似笑非笑的面容。

不作死就不会死的古训，诚不欺她。

在姜言灼灼目光的注视下，她憋了好一会儿，终于憋出一句解释:"这是我下一部的男主角,人设特点是倒霉。"

"哦。"他嗤笑了一声,"我拭目以待。"

……

在医院待了半个月,姜言已经完全恢复了生色,而虞若安则肉眼可见地消瘦了下去。

第十七天,医生给姜言拆了线,大手一挥,示意他可以出院了。

说是出院,其实是被赶了出来。

这些日子,他一口气吓跑了医院好几个病患,折断了好几根针头,还经常冷着一张脸妄想恐吓医生:"你用什么线缝合伤口的?啧,居然是最普通的一号线,这样很容易留疤。"

"每天定期对伤口消炎就行了,我又不是小孩,挂什么消炎水?"

"谁怕打针了,我只是对你的医术表示怀疑。皮肤缝合所选用的针最好用八分之五弧,你知道吗?"

"知道?可这是我瞎说的,看来你的医术的确有待考察。"

然后姜言就被主治医生快速地丢了出来,医生眼神中对虞若安还满是谴责,似乎在质问她为何不管管这个神经病。

在一旁围观的虞若安无辜地摸了摸自己的鼻子。

她也很想管,但是不敢。

被丢出医院的两人一前一后地走着,大约十分钟的样子,姜言提出了一个极其有建设性的问题:"我住哪儿?"

虞若安愣了愣。

这的确是一个大问题。

一开始,她想要给姜言随便找一家宾馆住,但是姜大爷不愿意在一般的宾馆将就,并苛刻地认为她的眼光不行。

于是他夺过虞若安的手机,随手滑拉了两下,指着一张图片,语气勉强地说:"行吧,就这个了。"

图片旁边的标价是九百八十八元一晚。

虞若安："……"

她死死地护住自己的钱包，说什么都不同意。

两人僵持之际，姜言退了一步："住你家也勉强可以。"

"住……住我家？"她后退了几步，下意识地捂住了自己的胸口。

他从上到下将她打量了一遍，语气不屑："放心，我没兴趣。"

虞若安："……"

她的心情微妙地没有好转。

"我刚刚看上的宾馆也可以。"

虞若安来不及思索，回道："还是住我家吧，我家也挺好的，干净。"

"嗯。"

虞若安："……"

就这样，虞若安过上了和"男朋友"同居的日子。

这种日子只能用四个字来形容——苦不堪言。

第二章

身为当事人,我不愿意

同居第一天,姜言就熟门熟路地霸占了她的卧室,并且将她的手稿找了出来,塞到她怀里,言简意赅:"改!"

"改……改什么?"

"把我哥改活。"

他的语气理所当然,还大有一股"如果你不同意就试试看"的威胁成分在。

虞若安捧着手稿,有一瞬间的凌乱,抖着嗓子问:"这……这就开始了?"

"不然呢?"他瞪了她一眼,语气不满,"你抖什么抖?我看你和别人说话都好得很,怎么跟我在一起动不动就像得了帕金森?"

因为你吓人。这句话虞若安没敢说出口,只是嗫嚅道:"我还没想好。"

"没想好什么?你别告诉我,你是没想好要怎么反悔。"

说到后来,他的声音越来越低,她周围的空气也越来越冷,吓得她连连摆手,捧着手稿端坐在桌旁:"我现在就改。"

刚刚还僵硬的气氛瞬间消散,他随手拉过一把椅子坐在她身边,一副监工的架势:"嗯。"

说着,他还扬了扬下巴,示意她快点开始。

虞若安:"……"

如此收放自如的情绪,他干脆去当演员算了!

但敢怒不敢言的她还是战战兢兢地拿起笔,笔尖停留在纸页的上方。

一秒、两秒……

五分钟过去了,虞若安握着笔的手开始颤抖,姜言的耐心也渐渐消失,难以置信地凑近了身子看她的进度:"五分钟连个标点符号都没写,你怎么做到的?"

"我不仅可以做到五分钟连个标点符号都没写,还可以做到一整天一个字都写不出来。"

虞若安心中虽然腹诽,但表面依然乖巧地解释:"我没灵感。"

虽说要复活姜西铭,但她什么构思也没有,根本没办法写出什么。

虞若安悄悄地瞥了一眼面前沉着一张脸、满脸写着"我现在不开心,并且我不开心你就要不开心"的姜言,咽了咽口水:"要不然我先写个'姜西铭复活了'?"

"这么简单?"

"我也不知道,只是想这样试一试。"她生怕自己的哪句话又惹到了面前的大爷,小心翼翼地措辞,"我写下来的东西会影响到你们那个世界,所以我想试试看这样能不能行得通。"

"嗯,写吧。"他缓和了神色,一脸宽容。

她抽搐着嘴角,慢腾腾地在纸页上写下六个大字——姜西铭复活了。

写完之后,她合上笔帽,扭过身子准备询问身边的大爷对本次服务满不满意。

不过她没想到的是姜言同样凑了过来,满脸期待:"怎么样?"

"啊?"

"我是问你进度怎么样?"他指着纸上的那六个字,"我哥复活了吗?"

"按理是应该复活了。"

"按理?"

面对姜言的质问,虞若安静音了。

举个例子来说,她是那个世界的创造者,哪怕性格叛逆的姜言不愿意,在她将故事情节写下的那一刻,他的举动也会因为她的文字进行改变,甚至连神情、话语都会被规定出来。

所以当她写下这句话的时候,姜西铭就会因此复活了。

但这些话她不敢当着姜言的面说,回想起姜言那惊人的武力值,她生怕这些话一说出口,自己就被对方撕成了八瓣。

看着她欲言又止的模样,姜言也想到了什么,回忆起自己这一路成长过来数不清的恶心语录——

比如他晚上睡得好好的,突然之间控制不住自己的身体,爬下床从柜子里掏出一本自己从来没有买过的日记本,提笔写下:这个世上总有一个你想要的人,还有一个陪伴在你身边的人,如果他们是同一人,那么这就是幸运了。

比如他正做任务准备速战速决,却莫名其妙一个扭身将阮落落护在身后,僵硬的脸颊不被控制地露出一个让他恶心的笑容:"这世界之大,我要护的只有你。"

再比如,他跟别人玩游戏玩得好好的,却莫名其妙地将自己的手柄递给同样是莫名其妙闯入的阮落落,明明心中不爽,却还要对她说:"比起玩游戏,我更喜欢看你。"

……

这些都是什么鬼东西!

每次说完这些之后,他都恨不得用忘忧水去漱口。

他回忆着脑海中那些令人不快的过往,咬牙切齿:"以后你少将我和阮落落凑到一起。"

"你不喜欢阮落落?"看着姜言的脸色,虞若安小心地试探道,"我记得有一次你受伤,她照顾你,在床边睡着的时候,你差点没忍住亲了她。"

阮落落是本剧的女主角,性格活泼、讨喜、忠贞不贰。

在剧本中,阮落落和姜言是一对,两人青梅竹马、彼此扶持,一直都互怀情愫却未挑明。两人一起经历挫折,一起成长,是坐实的官方男女主角。

虞若安抱着讨好观众的心态,打算在第二部《九阶魔方》里面让他们两个人挑明心意,正式成为情侣。

可她万万没想到的是,男主角居然不喜欢女主,不仅不喜欢,甚至语气中还带着浓浓的嫌弃。

"那是你自己写的,不是我希望的。"他冷冷地嘲讽,"你当初创造我的时候希望我是那种温柔虚伪的性格,我不也坚持了自我吗?"

虞若安:"……"

他这么一说,也很有道理。

连主角人设都朝着诡异的发展方向一去不复返了,主角的想法跟她的估计有所出入也很正常。

"当时我都已经受重伤了,你还逼着我从睡梦中醒来。"回想起当时自己的脑袋像被人摁住一样,不得不离自己不喜欢的女人越来越近,姜言的脸色就越发臭了起来,"我记得我说过,我的人生要自己做主。"

这的确是他们两个交易的内容。

他假扮成她的男朋友,帮她应付高中同学,而她帮他复活姜西铭,并且交出他人生的自主权。

不过……

她紧张地盯着面前的纸张,鼓足勇气将自己想说的话说出口:"我没有干涉你的生活。"

"你这还不叫干涉?"他伸出手指,敲了敲纸张上的字,"我不喜欢阮落落,不想和她拥抱,不想跟她接吻,更不想她有事没事地缠着我。身为当事人,我不愿意!"

"可你现在不在那个世界啊……"她舔了舔唇,决定将自己之前的猜想说出口,"剧本所能描绘出来的世界其实只有一部分,就是呈现给观众看的那一部分,可你将我带入剧本世界的时候,明明剧本上没有出现这一幕,但大家的活动都没有停止。也就是说,这个世界在不呈现给观众看时也依然会自己运转,并且凭借着自己的意志。"

"那又怎么样?"

她没敢看他的脸色,继续说着自己的猜想:"既然你现在从那里面出来了,那不管我写出什么剧情,都肯定不是你在经历,所以算不上是我在安排你的人生。"

姜言根本没想到她能想到这些事情,也压根儿没考虑过要告诉她。此刻被人拆穿,他依旧抱臂而立,只留给她一个高深莫测的字:"嗬。"

虞若安来不及去探究那个"嗬"到底是什么意思,便看到他掏出一个彼此都很熟悉的魔方。

正所谓一回生二回熟。

对于来到自己剧本世界这件事情,虞若安觉得自己即使算不上驾轻就熟,也已经比较淡定了。

这一次他们出现的地点是在姜言的公寓里面。

她所想象的凌乱单身男士公寓没有出现,眼前的房间虽然不大，却干净整洁，衣服整整齐齐地挂在衣柜里面，床单铺得异常整洁，甚至连一个褶子都看不到。

虞若安忍不住伸手扯住身前人："你还有强迫症？"

"我没有。"姜言回头看了她一眼，微不可察地皱了皱眉。

"可你的房间干净整洁得仿佛没有人住。"她难以置信地说道。

"你所幻想描述的姜言是这种性格。我虽然有轻微洁癖，但做不到这种程度，除非……"解释到一半，他突然不耐烦起来，"反正我说没有就没有。"

不知道自己到底触到对方哪片逆鳞，虞若安乖乖地收回手，闭上了嘴巴。

《九阶魔方》里面是公会设计，公会的会员住所像学生公寓一般，大家都住在同一栋楼里面，只不过是一人一间。

姜言一把扯开了自己房间的大门，大步朝着姜西铭的房间走去。

他个高腿长，走得又急，虞若安跟在他后面三步并作两步。即使是这样，两个人之间的距离仍旧被渐渐拉开。

眼看就要到拐弯处，她干脆小跑起来。

就在这时，一扇房间门被人拉开，少年变声期独有的喑哑嗓音响起："谁这么没公德心，大清早的就在走廊上跑步？"

虞若安跑得急，门突然在她眼前被拉开，她来不及止住脚步，眼看着就要撞上房门，一只手扶住了她的腰。

与此同时，一道轻佻的口哨声响起："是阮阮姐啊。昨晚我还梦见阮阮姐，今天阮阮姐就来投怀送抱了。"

阮阮姐？虞若安抽了抽嘴角，稳住身形，将腰间的那只手扯下，正想要解释，却突然回想起第一次来到剧本世界的时候，酒馆老板也喊她"阮阮"。

在她的故事里面，只有女主角叫阮阮，原名阮落落。

正思索之间，她的后领被一只大手扯住。

她像一只小猫崽被人扯到了身后,站在身前的人比她整整高了一个头,将她遮了个严严实实。

"喂!你挡到阮阮姐的脸了!"少年不满的声音传来。

听到少年的话,姜言一脸古怪地回头,看了一眼虞若安,又重新转过身看向少年,语气不耐烦:"她不是阮落落。小鬼,你是瞎了还是疯了?"

少年看向从姜言身后探出头来的虞若安,愣了两秒。

不过仅仅是两秒,少年的嘴角重新咧开笑容,露出两个小虎牙,笑容阳光又爽朗,嘴巴里说出的话却相当不客气:"我没瞎也没疯,倒是你,老花了吧?"

他的右脚抵着门轴使力,猛地向前蹿出,左手拿着不知道从哪里摸出来的小刀。锋利的刀刃在灯光下折射出寒白的光影,少年以不可思议的弹跳力跳向姜言的上空,刀刃直冲姜言的眼睛。

"既然你的眼睛已经没用了,不如我来帮你挖掉它们。"

这一瞬间,虞若安想起了面前的少年究竟是谁。

余沉,公会里面的超强新人,一向和姜言不对付。

眼看着刀尖就要刺到姜言的眼睛里面,虞若安吓得紧紧闭上了眼睛。

早知道她就不创立余沉这么个叛逆少年的人设了,动不动就拿刀弄枪地吓唬人!

倒是被袭击的姜言不慌不忙,他微微眯起眼睛,一只手扣住余沉的手腕将其翻转对向余沉自己,一条腿同时曲起,抵上了余沉的肚子。

少年躲闪不及,手中的尖刀划向自己。

那张布满了胶原蛋白的脸蛋被利刃割开一个小口子,从刀口渐渐溢出猩红的液体。

"不会用刀就不要乱用。"

看着被自己扔在地上的余沉,姜言冷冷地开口。

虞若安生活在文明的现代都市，从小到大，除了父母切菜时不小心割伤手指之外，她从来没有看过流血事件。

她被吓得一蹦三尺高，颤着嗓子问道："不用管他吗？"

余沉正挣扎着从地上爬起来，鲜血顺着他尖细的下巴一滴一滴地落在地面上。

那张俊秀的面容被血糊了小半张脸，看起来有点惨。

"小伤而已，死不掉，最多毁容。"姜言瞪向虞若安，"这种时候你怎么这么有同情心？我哥死的时候，还有我受伤的时候，你可一点都没有手软。"

虽然听不懂姜言为什么突然说这种话，但不妨碍余沉找到了新的回击方向。

他背靠在房门上，即使带伤也咧着嘴，笑得依然开心："那当然是我长得比你好看。"

"谁给你的自信？"

"程叔说的。他说你长得太具有攻击性，而我这种俊秀美少年，"余沉伸出手指了指自己，如果不看脸上的血迹，那两颗小虎牙实在很可爱，还带着隐隐的得意，"才是更容易被喜欢心疼的对象。"

姜言下意识地看了一眼虞若安。

被注视的虞若安抖了抖身子，像在变相赞同余沉的话。

于是姜言的脸黑了。

他哼笑了一声，转身重新走向姜西铭的房间。

"你又想着找你哥？"猜到了他到底想做什么，余沉嘴角的弧度更大了几分，"你哥都死了这么久了，你怎么还是走不出去？"

姜言停下了脚步。

被余沉攻击的时候，被余沉挑衅的时候，他都没有露出这种骇人的神色，可当余沉这句话说出口的时候，他整个人的气势就像变了一个人。

"你说什么？"

"我说——"余沉拖长了字音，"姜西铭死了那么久，拜托你正视现实吧。"

虞若安也变了脸色。

他们在来剧本世界之前，她曾写下"姜西铭复活了"这六个字。

如果她写的话对这个世界有效，那么姜西铭此刻应该已经复活了才对。而余沉的话，分明代表着这个世界没有任何变化，而姜言最期盼的事情也没有发生。

"西铭哥那么好，也不知道为什么要发疯救下你。"

话说到后面，原本只是为了打击姜言的余沉已经咬紧了牙关："为什么死的那个人不是你？！"

虞若安原以为被戳到痛处的姜言会再揍一顿余沉，可他却连头也没回，挺直的背脊似乎在告诉别人，他也宁愿死掉的那个人是他，而不是姜西铭。

虞若安咬了咬嘴唇，看向即将消失在拐角处的背影，又看了看背靠在房门上，白色的上衣都被鲜血染红的余沉。

"没事的，我不是留疤体质。"见虞若安看向自己，余沉像换脸一般，重新换回明朗的笑容，"这么点小伤，几天就看不到痕迹了。"

虞若安歉意地冲他点了点头，随后小跑跟上姜言。

走廊尽头，姜西铭的房间房门紧锁。

姜言绷着一张脸，抬起手敲了敲门。

声音不大，明明只有三声，最后一声短促无力的敲击声却泄露了敲门人的慌乱。

"哥！"

"哥！"

"姜西铭！"

……

伴随着叫声，敲门声越来越大。

虞若安站在姜言旁边，大气都不敢出，只能看着姜言从出声到沉默，从敲门到放下手来。

最后一次，他已经不是敲门了，拳头狠狠砸在门上，发出"咚"的一声响，周围的房间纷纷冒出一些人头。

程叔穿着一条大裤衩，顶着鸡窝头走了出来，看到姜言之后叹了一口气。

手足无措的虞若安转过头看向程叔，讷讷地开口："程叔。"

姜言无父无母，从小由他哥带进公会长大，他一生最敬重的除了姜西铭外，就是公会的会长程叔。

"阮阮。"程叔冲她摇了摇头，"你让他发泄一下吧。"

"你应该知道在他哥去世之后，他到底过的是什么日子。"

"现在他这样发泄出来，倒也是好事。"

程叔每一句话都敲在虞若安的心上，很重、很酸。

在程叔的眼中，她是阮落落，她陪着姜言走过了姜西铭去世的日子，将他埋藏在心底的所有情绪都看在眼里。

可她不是阮落落，除了她所需要他展示的情绪外，她对他的喜怒哀乐一概不知。

在《九阶魔方》第一季的最后几集中，姜言行使一项和他生父生母有关的任务，却没想到那不过是一个引诱他前去的诱饵，当他发现的时候已经身入险境了。

他和姜西铭踩在机关上，只有一人能生还。

而姜西铭毫不犹豫地做了选择，将生还的机会留给了他。

当时虞若安在写这一话的时候赚足了观众的眼泪，最后让姜言成功替兄报仇时，迎来了观众的欢呼。

所有人，包括虞若安在内，都觉得《九阶魔方》第一部取得了可喜可贺的成绩。可是他们不知道的是，在这个世界中，姜言是一个活生生的人,并不是在惩治了坏人之后,他就走向了happy ending。在这之后的岁月中,他还要承受着时不时涌上心头的思念和自责。

如果在姜言没有出现在现实世界的情况下,让虞若安写第二部的剧本,她或许会提到姜西铭这个名字,给予他足够的敬重和镜头,但也仅此而已。

开头一句"已经过了半年,姜言小心翼翼地擦去相框上不存在的浮灰,眼里露出淡淡的怀念和心痛"便会一笔带过姜言翻涌繁复的心绪。

大多时候,即便是自己创立的人物,创造者也会在无意中忽视自己笔下角色的感受。

程叔的话,不远处的姜言也许听到了,又或许没有听到。

他只是固执地一下又一下敲着门,到了最后,他的手肘砸在了把手上,金属把手应声断裂。

门"吱呀"一声缓缓打开,姜言的手肘一片青紫,可他顾不上。

他下意识地屏住了呼吸,看向房间内——空荡荡的房间内,毫无人的生气。

"他不在。"

与刚刚的疯狂不同,姜言的这句话语气很轻,轻到刚刚出口便消散在了空气里。

即便过去很多年,虞若安也没办法忘记眼前这一幕。

男人一向挺直的背脊像被抽去了力气弓起来,他颓丧地靠在墙壁上,一只手捂在脸上,浑身弥漫着铺天盖地的悲伤,像要将人溺毙其中。

姜西铭的拯救计划失败了。

从剧本世界中出来的时候,虞若安半天没有缓过神来。

"失败了。"

直到他淡淡地开口后,她才清醒过来:"抱歉。"

这声道歉比之前的都要有诚意,是她打心底的内疚。

她从未如此清晰地意识到自己"写"死了一个人,一个有血有肉、会被他人守护在心底的人。

突如其来地,虞若安的鼻间一阵酸涩。她看向自己的双手,仿佛在上面看到了鲜血。

"你哭什么?"

他不耐烦地伸手抚过她的眼角,手指上的薄茧蹭过她的皮肤,有些粗糙。

她手忙脚乱地摸了摸自己的脸,果然摸到一手的湿润。

"可能是纸上写的没有效力。"她借着开电脑的时间,快速地抹干了眼泪,"我试试用文档。"说着,她打开了文档,在键盘上敲下——《九阶魔方》第二部。

文档开头第一句,和纸上的文字连标点符号都一模一样:姜西铭复活了。

姜言沉默地看着文档上的话,还没来得及发表言论,手就被虞若安一把握住了。

她满脸诚恳:"我们再去一趟吧。"

看着她急切的模样,姜言的心中忍不住又升起了一股期待,于是他点了点头。

再次前往剧本世界,程叔看着好像燃起了希望的姜言,微不可察地叹息了一声:"年轻就是好啊,有力气折腾。"

姜言拍了拍他的肩膀,像一阵风般蹿了出去。

程叔的脸色一瞬间变得很困惑,扯住虞若安,用手比了比自己的脑袋:"他是不是疯了?"

"没有。"她也急于求证结果,急匆匆地摆脱程叔的手,"我以后再跟您解释。"

刚刚被姜言敲坏的门锁还耷拉在门上,房间里依然没有姜西铭的身影。

姜言冲着期待的虞若安摇了摇头。

好歹刚刚已经经历过一次了,姜言虽然还是有些失望,但没有了第一次期待落空,像手中绳索断裂而掉落深渊的痛楚。

虞若安咬了咬牙:"再来!"

再次回到现实世界,虞若安趴到键盘上,十指翻飞,写下——这一切都不过是姜言所做的梦,他醒来之后大汗淋漓,急忙冲到姜西铭的房间,发现他哥正在晨练,一切如常。

这段话依然没有起到任何效力。

"再来!"

"再试一次!"

"这次我一定可以的!"

……

她不死心地试了一次又一次,程叔最后面色严峻地拦在他们两个面前,问:"你们两个今天去墓园到底受了什么刺激?"

虞若安连回答程叔的力气都没有了,扯着姜言的衣角将他拽回房间,让他使用魔方再将她带回现实世界。

"再试一次。"

这句话刚说出口,一阵恶心感便从胃里翻涌到喉咙,她"哇"的一声干呕出来,像晕车的感觉。

"试什么试!"姜言嗔了一声,扯着她的后领将她从电脑旁边扯开,"试了这么多次都没用,说明我们的方法错了。"

"方法错了?"她愣愣地抬起头,却被吓了一跳。

面前的姜言看起来比她还要憔悴,眼睛内透着说不出的疲惫。

是她忘记了,九阶魔方使用起来极耗精力,他们反反复复地在现实世界和剧本世界中穿梭前行,最累的那个人其实是姜言。

她更加愧疚:"你没事吧?"

"没事。"他坐在椅子上,一只手托腮,微微阖眼,长长的睫毛在脸上投射出一小片阴影,"你有没有发现,程叔和余沉他们都喊你'阮阮'?"

虞若安正襟危坐,乖乖地点了点头。

她一开始还以为是他们喊错了,或者是自己听错了,可是每次她前去剧本世界都会被认成"阮阮",这已经不是巧合能够解释的事情了。

"每个世界都有它的存在规则。"他重新睁开眼,"这个世界的规则的确是你创造的,但你有没有想过,即便你是创造者,也不能违背这个世界的规则?"

这一点虞若安倒是没有想过。

不过仔细一想的确是这样,她虽是《九阶魔方》的编剧,可是在她的身后还有一整个剧组和观众。

她创造了这个世界,但所有的剧情必须要在她所指定的规则里面写,要有逻辑,要能说得通,否则便会被导演要求修改,或者被观众吐槽剧情崩掉。

虞若安思来想去,惊奇地发现哪怕她是创作者,可在这个世界成形以后,她从来没有写过过分偏离这个世界规则的例子。

"也就是说,这个世界不会容纳莫名其妙出现的新人。"

被指认为"莫名其妙出现"的虞若安抽了抽嘴角,憋了好久还是小声地抗议:"你们都是我创造出来的。"

姜言淡淡地扫了她一眼:"很骄傲?"

虞若安:"……"

以前她挺骄傲的,可现在看到他这副凶神恶煞的样子,好像也不是很骄傲了。

于是她乖乖地噤声,摇头。

"我有勇有谋、颜值高,你不骄傲?"他的语气更淡了几分,"说起来你对余沉那小鬼好像更偏袒一些。"

"啊?我没……"

"我肚子上开了一个洞你没哭，那小鬼不过是脸上破了一个口子你倒看起来很心疼。"他强硬地打断她，大有一副要翻旧账的样子。

她赶忙高举双手讨饶："骄傲！骄傲！我超骄傲的！"

姜言哼出一段勉强满意的嗤笑声。

虞若安："……"

虞若安觉得重新了解自己笔下的世界以及笔下人物这件事情迫在眉睫。

虞若安生怕自己的小九九会被姜言看穿，赶忙将话题扯回正题："对了，之前程叔还问我们两个是不是今天去墓园受了什么刺激。"

"程叔说我们两个今天去了墓园？"姜言看上去也有些震惊，"我来到这个世界几天了？"

对于这个煞神到来的日子，虞若安记得非常清楚，毕竟每一天都是煎熬。

于是她想也没想地回答道："十九天。"

"这十九天，我除了第一天和今天之外，都没有回去过。"姜言眉头紧锁，"这就代表着如果我不回去，那边也会有人代替我。"

"代替你？"虞若安愣了愣，没有绕过这个弯，"可你是那个世界的主角，谁能代替你？"

"那我问你，你对于阮落落的定义是什么？"

"女主角。"

"一样的道理，"他解释道，"你有没有想过，你去我们那个世界顶替了阮落落，那么原本的阮落落呢？"

虞若安认真地思索了片刻，动了动唇："消失。"

"没错，所以当我消失之后，为了维持世界的平衡，那个世界也会再创造出一个'我'来。"

他的话听起来有理有据，令人信服。

她神情严肃地看着姜言："也就是说，当你离开的时候，那个世界的'姜言'就会代替原本的你，做出符合'姜言'的举动，然后等你回去的时候，那个'姜言'便再次消失。"

"按推测来说，是这样的。"

虞若安的眼神里无法抑制地透露出向往，想看一下"新的姜言"。

他应该不会像眼前的这个男人一样不顾设定乱来吧？应该会和人设一样，温润有礼讨人喜爱吧？

可惜这一次她的心理活动没有逃过姜言的眼睛，姜言冷哼一声："你别想了，他只是代替我的存在。"

话是这么说，但虞若安的视线悄悄在姜言身上绕了一圈。

如果姜言不回去的话，那么剧本世界中的"姜言"不就不会消失吗？

只要她一个人去剧本世界，说不定就可以碰见另一个"姜言"。

"你想得美，九阶魔方认我为主，没有我带你，你根本进不去那个世界。"

脑中的最后一点幻想被熄灭，她垂头丧气地"哦"了一声。

姜言："嗯？不满？"

虞若安："……"

两人沉默对峙了一会儿，最终还是虞若安败下阵来。她乖乖地转移自己的视线，主动换一个话题："那我们下一步做什么？"

"厘清思路啊。"他没好气地曲起手指往她脑袋上弹了一下，"你自己创造的世界，你难道还不清楚其中的秩序吗？"

于是虞若安捧着自己的脑袋，顿悟了。

她突然福至心灵，问了一句："你的后腰上有没有一块胎记？"

"没有。你这是哪一年非主流的设定？"顿了顿，他猛地捂住自己的腰，恶狠狠地警告道，"我告诉你，别想给我的腰上弄些奇奇怪怪的图案！"

"不是的。"见姜言误会了，虞若安连连摆手解释。

其实，她中途有想过加上这个设定，只不过后来因为种种事情，最后改变了这个想法。

而姜言身上没有这个胎记，就证明了她中间修改的版本以及随心所欲的想法并不会在那个世界中反映出来。

换句话说，要想救活姜西铭不是不可能，而是要和前面的事情有因果，并且逻辑上能说得过去。

有了大致的想法后，虞若安眼前一亮，迅速打开视频播放软件，开始在线观看《九阶魔方》的剧集。

姜言："你在做什么？"

虞若安："看剧。"

姜言挑了挑眉，完美地用表情诠释了"你这个时候看剧，你当我是死人"的心理活动。

"我想看看之前关于姜西铭这一段有没有什么伏笔，可以找出来现在利用。"虞若安快速地找到了那个片段的剧集，点一下播放键。

她全神贯注地看着视频，时不时按下暂停，和自己电脑中的剧本进行比对，看是否有所遗漏。

姜言伸出头瞥了一眼电脑屏幕，指着上面正在说话的人："这是谁？"

"男主角。"她头也不抬地答道。

"换一个男主演，"他提出要求，"我不会露出这种眉眼含春的恶心神态。"

被姜言闹得没办法，虞若安只得仔细看了一眼，主观评价道："他演得挺好的。"

"不够还原。"

"哪里不够还原？我剧本上就是这么写的。"

虞若安仔细地比对了一遍后，再次肯定了顾以南身为男主演的演技，但不排除带有个人主观情绪。

"这里是余沉那小子刚进公会时的场景，他身上对我的敌意都掩不住，我凭什么还要对他笑？"姜言嗤笑了一声，"热脸贴冷屁股，有病吗？"

"以德报怨，是男主最可贵的精神。"她指着剧本上面的一行字辩解道，"我这里写的明明是，你冲着余沉和善地笑了笑，想要让他卸下对你的戒备……"她顿了顿，心里突然升起一种不妙的预感，"你应该冲他笑了吧？"

"笑了，"他的语气有些嘲讽，"莫名其妙的牵扯力拽着我的嘴角，我想不笑都不行。"

虞若安脑补了一下那种要笑不笑的画面，默默地搓了搓自己的胳膊，在心底为余沉点了一根蜡烛。

"不过当天晚上，我就把那个小鬼揍了一顿。"

虞若安在心底为余沉点上两根蜡烛。

"不过，这里面扮演余沉的人倒是比那小鬼可爱很多。"他真诚地建议道，"你身为作者，能不能将余沉的性格换一下？很烦。"

虞若安："……"

身为作者，她其实觉得自己笔下的男主角最烦，可是她不敢说。怎么破？

第三章

你对我竟然有这么变态的想法

姜言一边看剧一边吐槽,时不时让虞若安暂停,跟她描述一下剧本里面没有记载的情节。

从一开始的津津有味到麻木,虞若安都不知道她笔下的角色在私底下竟然有那么多不为人知的小秘密。

不过偏偏这些事情中有很多点都可以利用上。

比如,姜言执行任务的前一晚,虞若安没有详细描写,而姜言却和姜西铭促膝长谈。

比如,姜西铭死后,姜言没有找到姜西铭的尸首,只能买块墓地做衣冠冢。

再比如,姜西铭一直喜欢研究机关,曾有一日在书中读到过虞若安为他们安排的机关。

整整一个晚上,虞若安都没有从桌旁挪动过半步,密密麻麻的字迹铺满了一张又一张纸页。

"还有这里。"姜言将同一集看到第十六遍,伸手按下暂停,神色微敛,"我哥的性格比较沉稳,这还是第一次主动要求和我一起出任务。在你安排他执行这个任务之前,他就一直向会长要求出榜单上的这个任务。"

姜言转过头去,剩下的话被他尽数咽回口中。

旁边的虞若安不知何时已经睡着了,清晨的微光顺着窗户洒在她的脸上,衬得皮肤莹白。

她的呼吸清浅,背脊微微颤动,一副累坏了的模样。

她真的很努力了,在很认真地思考怎样才能复活姜西铭。

这样的认知让姜言稍稍缓和了眉眼。

他鬼使神差地,忍不住伸出一根手指戳上了她的脸颊。她的侧脸顺着他手指的力道浅浅凹下一个小坑,很软。

虞若安睡得本来就不沉,被这么一戳,迷迷糊糊地睁开眼睛。世界在她眼前还有些模糊,她看到面前有一张脸距离她很近。

熟悉的眉眼和五官,身上还带着一股令人心安的味道。

她的睫毛轻轻颤了颤,以为自己在做梦,便放任着自己蹭过去,将脑袋塞进对方的臂弯中,轻轻叹息了一声:"蒋琰,我喜欢你。"

姜言沉默地看着面前毛茸茸的脑袋,"啪"的一声拍到了她的前额,将她推离自己几分,语气认真:"我没想到,你对我竟然有这么变态的想法。"

虞若安:"……"

虞若安顶着脑袋上的掌印,眼睛瞬间清明起来。

"你最好死了那条心,我对你没什么感觉。"被人告白过那么多次,姜言却有了平生第一次的自豪感。

怪不得她要让他做男主,怪不得她动不动就让他开金手指。哦,原来这一切都是因为她喜欢他。

想到这儿,他的语气难得温和下来:"我们两个的约定结束后就桥归桥,路归路,我要回到我的世界。"

"不不不!"羞耻的感觉让虞若安瞬间壮了胆,她打断姜言的话,"我真的不喜欢你!"

"嗯,你要保持这个觉悟。"他的眼神带着一丝了然,表明他根本不相信她的话,"下次你忍不住的时候,记得时刻提醒一下自己。心理暗示有时也会起效果的。"

虞若安:"……"

"对了,下次你不要再投怀送抱了,我真的不喜欢你这个类型。"

虞若安:"……"

虞若安好想骂人!

姜言最近对虞若安的脸色要好上不少,这一切都归功于他误认为虞若安喜欢他。

在他成功打开这一神奇的解读方式之后,很多事情似乎都有了合理的解释。

为什么他会被创造出来?因为虞若安喜欢他。

为什么他长得这么帅,却到现在还是单身?因为虞若安喜欢他。

为什么……

嗯?姜言看着虞若安抬笔写下的第二部人物小传,微微敛了敛眉:"为什么还有那个女人出现?"

"这是你的女主角啊,"虞若安头也不抬,"她不出现的话,要怎么进行第二部?"

拜姜言的误会所赐,她现在已经不害怕姜言了。

尤其经过这些天的相处,她终于明白姜言也不是那么凶,他只是性格比较恶劣。

很多时候,他嘴上说着要打死她,实际上都没有怎么动过手。

哦,他有事没事就拍她脑门这个举动不算。

其实,在姜言来到现实世界之后,她查了很多相关资料。

比如,剧本角色到达现实,小说角色来到现实等等。

可大家的男主角都和女主谈起了甜甜的恋爱,能有多宠就有多宠。而她笔下的主角来找她的第一件事，就是威胁!

他威胁她快点复活他哥，威胁她不准喜欢他。

每当她望着姜言那张与蒋琰有六七分相似的面容，总是忍不住发呆，甚至心底有一种控制不住的声音响起——如果我没有办法和蒋琰在一起，和一个跟他相似的替身在一起也不错。

不过每每她出现这样的想法，姜言总有办法让她后悔自己怎么会有这么荒唐的念头。

她怎么也想不通，剧本中的姜言明明是温润如玉的性格，可他到了现实后，为什么就变成了现在这副德行？

温润如玉？勤恳认真？不存在的！

她在心里悄悄哼了两声，握紧自己手中的钢笔，当写姜言的第二部人物小传时，写字的力道都比其他人物要重上几分。

"什么女主角？不喜欢。"他着重强调了"不喜欢"三个字，"我的女主角难道不应该是由我来决定的吗？"

虞若安用沉默表示"不"。

女主角向来都是作者定的。

在她的大纲中，姜西铭死后，阮落落一直不离不弃地陪伴在他身旁。

原本姜言已经知道阮落落的心意，于是在她这样无微不至的照顾下，他的感动终于发酵成喜欢，接受了她。

日落时分，橙黄色的暮光，刚刚亮起的路灯，姜言眼眶泛红，紧紧地拥抱着阮落落，一切暧昧得刚刚好。

喜欢的人终将喜欢上自己，达成所愿，美梦成真，这是虞若安期待已久的情节。

偏偏她的沉默再次让姜言误会了，他上上下下打量了她一遍，找到了她和阮落落两个人不少的共同点。

于是姜言摸了摸自己的下巴，用一种窥探到了事情真相的语气说："听说很多作者在创立角色的时候，总会不自觉地将自己代入其中。"

虞若安的心一紧。

果不其然,她很快听到了姜言接下来的话:"你该不会是将阮落落当成了自己吧?"

最后一个问题也迎刃而解,他用一种近乎怜悯的目光看向她:"我真的不喜欢你。"

虞若安:"……"

虞若安将他推出了自己的房间。

比起之前姜言带给她的恐慌,现在的这种精神折磨更为致命。最近她的头发掉得多了不少。

她开始思考,要不要主动坦白,告诉姜言,其实他是以蒋琰为原型被创造出来的,她喜欢的人根本不是他。

这个念头一旦冒了出来,便快速占据了虞若安的脑海。

不过姜煞神要是知道自己不过是别人的替身……虞若安陷入纠结中,要么不告诉姜言,让他暂时被蒙在鼓里,可这样的代价是维持她快要疯掉的现状;要么是告诉他,不过这样的后果也很显而易见,她会重新回到寒冷炼狱中。

她实在难以抉择。

她的唇开开合合,最终大门合上的声音成功替她暂时做了选择。

她家对面就是大学,姜言最近迷上了里面的大学生活。今天这个教授的讲座,明天那个专业的专业课,他学习的劲头比里面的大学生还要充足。

虽然不知道他折腾什么,但虞若安对于每天这点清静时间表示珍惜。

她回到房间,抓紧时间去做最后的大纲脉络整理。

等她整理完大纲脉络的时候,天色已经微微暗了下来。

她拉开窗帘,摸出手机想要给姜言打一个电话,却看到了西斜的夕阳。

天边是橙红色的云彩，比她所想象的剧中颜色还要绚烂。

虞若安不禁一时看痴了。

还是手机的铃声将她唤过神来，她看也没看来电显示就接通了电话："姜言，今天别给我带饭了，我自己下去吃。"

"安安，"电话那边满是迟疑的声音传了过来，"我不是蒋琰。"

的确不是姜言的声音。她疑惑地将手机从耳畔拿开，上面显示的是她高中同学的名字——顾以南。

"不好意思，不好意思，我刚刚没有看来电显示。"

"我猜到了，看来你到现在还没有忘记蒋琰。"顾以南轻轻地叹了一口气，"还有一个多星期就是上次定的聚会时间了，你真的有男朋友吗？如果没有的话也不要逞强。"

蒋琰，姜言，几乎一模一样的字音，让虞若安没了欣赏美景的心思。

夕阳的余晖之所以浪漫，是它可以照亮全世界，却不会灼伤想要直视它的双眼。

姜言说得对，她创造人物时的确抱有私心。

她之所以对这个剧情耿耿于怀，不过是她将自己代入了进去。她是阮落落，姜言是蒋琰，在现实中求而不得的事情，她便寄希望于自己笔下的世界。

就像阮落落那样，虞若安也执着了多年，一直兜兜转转绕不出那个名为蒋琰的怪圈。

她渴望着蒋琰能像她笔下的姜言那样，可以将心中的感动发酵成喜欢，让她达成所愿，美梦成真。

这不是她期待已久的情节，而是她盼望已久的场景。

她吸了吸鼻子，嗓音沙哑道："我可没有逞强，还是老地方，下周我会把我男朋友带过去的。他谦逊温和，最重要的是非常听我的话。当初不相信的人到时候可得自罚三杯。"

她假笑着挂了电话，客厅中传来开门的声音，一同传来的还有男人的声音："我回来了。"

橙黄色的暖光从窗外射入，姜言肩披霞光。

虞若安垂下拿着手机的手，舔了舔唇。

明明交叉于剧本与现实之间的那个人是姜言，可是分不清楚剧本与现实的人却是她。

"啊啊啊！现成的台阶你不下，非要将自己逼到死胡同里才开心吗？"

看着姜言手中拎着的晚饭，虞若安猛地咆哮出声，在客厅里急得团团转，顺便将自己的发型挠成时尚的鸡窝头。

姜言看不过眼，上前一步阻止住她堪称自虐的双手："怎么了？你终于意识到你暗戳戳地让我抱住阮落落并表白的场景到底有多恶心了？"

他的力气很大，略有些粗糙的掌心紧紧扣住虞若安的手腕，捏得她生疼。

"不是！"她挣脱出他的手，看着手腕间的红痕，彻底崩溃了，"我刚刚又嘴贱了一次。"

有男朋友就有男朋友，反正她已经跟姜言做了交易，把他带过去不难，难就难在"谦逊温和且听她的话"这几个字上。

姜言从脚趾到头发丝，都跟这几个字扯不上半毛钱的关系！

她揉着泛疼的手腕，终于想到了应急的办法："你是我假扮的男朋友，对吗？"

"按照交易内容来说，是这样的。"

"那你知道我男朋友是什么样子的吗？"

姜言眯了眯眼，没有答话。

"我的历任男友都只能用几个字来描述，那就是，谦逊温和且听我的话。"她丝毫不脸红地说着谎，从来没有过男朋友的她冲姜言打了一个响指，"鉴于你现在离这个目标还差得很远，接下来的这一个星期，我们就要着重培养一下你这方面的表现。"

"拒绝。"

"拒绝无效，在这场交易中，我是甲方，你是乙方。"

姜言沉着脸："我发现你最近越来越得寸进尺了。"

他开始沉思，当初那个看到他时会颤抖会害怕，他说东她不敢往西的虞若安，什么时候变成了现今的模样？

第二天，虞若安起了个大早，梳妆整齐地去了隔壁房间。

姜言还睡得迷迷蒙蒙，猛然间看见自己的床头蹲着一个毛茸茸的脑袋，顿时被吓得清醒了。

他瞥了一眼床头柜上的闹钟，五点五十七分的字样让他的脸色黑如锅底："你这么早在我床边蹲着干什么？"

虞若安动了动唇："我们去约会吧。"

姜言："……"

男人回想了一下前两天被告白的场景，下意识地裹紧了身上的被子。

他一向有裸睡的习惯，而这个习惯让他此刻有些慌张，生怕面前的女生会对他做点什么，让他从此脱离纯情的队列。

于是，他警惕而快速地说道："不去，我要睡觉。"

"可是之前做的交易……"

"我们的交易内容是我假扮你男朋友，划重点，前提只是在别人面前，而我……"他将脸埋进被窝中，仅露出一双好看的眉眼，嗓音还带着喑哑，"现在在床上。"

他似乎意识到这样的语气完全不够有说服力，于是清了清嗓子，刻意压低了嗓音："你最好三秒内从我的卧室出去，不然我等会儿就把你扔下去。"

她瑟缩了一下，搓了搓手臂上被吓出来的鸡皮疙瘩，还是坚强地回道："我们昨天说好的，今天就要开始训练。"

"没说好。"

"还有，这是我的卧室，不是你的卧室。"

姜言："……"

她无视姜言越来越黑的脸色，冲他眨巴着眼睛，显示出自己谈判的诚意："如果你能配合这几天简单的训练，那么这张床还有这床被子就是你的。"

姜言现在确认，虞若安就是胆子肥了。

"阮落落！"小人得志的虞若安继续威逼利诱，"我本来还准备过几天让你和阮落落有更进一步的肢体接触，但如果你是我男朋友的话，我绝对会因为吃醋减少这方面的情节。"

姜言露出脑袋，简明扼要："培训内容。"

这么多天以来，这还是虞若安第一次吹响胜利的号角。

她浑身上下每个毛孔都透露着愉悦。

与她不同的是，姜言的脸色相当难看。

她见好就收，赶忙从口袋中掏出一张昨晚精心编写的培训清单放在姜言的枕头旁边："那我现在就出去，你等会儿看看？"说完，她急忙溜了出去。

身为她精心创作出来的男主角，姜言的样貌和身材绝对是挑不出毛病的，唯一有毛病的就是他的性格。

所以，不管是纠正过来，还是那一天伪装，他都要符合这张清单上面的要求。

半个小时后，姜言从房间内走了出来。

他沉着脸将那团已经被揉得皱巴巴的纸掏了出来，扔到虞若安面前："这是什么？"

她弯下腰捡起纸团，将其展开，入目的先是一行鲜红显目的标题——**虞若安男朋友守则**。

内容如下：

1. 身为虞若安的男朋友，要谨记她的生辰与八字；
2. 身为虞若安的男朋友，要谨记她的兴趣爱好；

3. 身为虞若安的男朋友，要谨记她厌恶的食物是豆芽；

4. 身为虞若安的男朋友，要支持她平日的创作，不得随意露出嘲讽的表情，打击她，损害她的身心健康；

5. 身为虞若安的男朋友，不得使用行动和言语上的攻击；

6. 身为虞若安的男朋友，说话要慢条斯理，举止要优雅温和，最重要的是要听从女朋友虞若安的话；

7. 我暂时仅想到了以上六条，若想到了其他，后续补充。

他连目光都不想分给那张破纸一眼，嗤笑道："那乱七八糟的都是什么鬼？"

虞若安表现得如临大敌："男朋友守则第四条。"

姜言："……"

"为了一个星期后的同学聚会，你当天一定要伪装成我给你定的人设，并且我们要伪装出一种很恩爱的假象。"她托着下巴，"恩爱的形式有很多种，有的人喜欢在公众平台上展示出来，比如微博、朋友圈之类的。"

她偷偷瞄了一下姜言的神色，放下托住下巴的手："当然，我们也没有必要这样做。"

姜言的神色缓和了一些。

"虽然我们是交易恋爱，也要装得像一些，不在公众平台秀恩爱自然是美德，但是小情侣之间记录一下彼此间的回忆，实在是再正常不过的事情。"

如果他们两个之间连一段拿得出手的回忆都讲不出来，就会显得十分可疑了。

"所以我的计划是这样的，"虞若安故作乖巧地拍了拍手，"今天呢，是一些理论知识课，你只要死记硬背就行了，从明天开始就是实践课。"

她的语气相当恶心。

作为回敬，姜言终于忍无可忍，一巴掌拍上了她的脑袋。

声音有些响,她的耳朵一侧是疼的。

所谓的理论课,就是有关虞若安大部分的事情。
"我已经把内容全部告诉你了,现在开始进行提问。"她推了推不存在的眼镜,"我的生日。"
"12月24日。"
"我爱吃什么,不爱吃什么?"
"你爱吃草莓,不爱吃草莓味的东西;你不爱吃巧克力,爱吃巧克力味的东西;你喜欢吃鱼虾,不爱吃豆芽。"
"非常好!"
一轮几个问题问下来,姜言脸上的不耐烦越来越明显,虞若安深吸了两口气,给自己壮胆,麻痹自己:我眼瞎,看不见。

答对一个问题画一个钩,看着整张纸上红艳艳的钩,她的心情很好,咧开笑容:"看来我很有当老师的天分。"

姜言哼哼两声,开始认真思考究竟发生了什么,才会让自己的威信降至此。

昨天,虞若安不知道从哪里掏出一块小黑板,在他耳边叨念了好久她的生平事迹。

他打游戏会被念叨,吃饭也会被念叨,就连上厕所,她也要隔着一扇门喋喋不休。

他听得耳朵都快生茧子了。

问题全部答完,虞若安见好就收,将问答纸叠了起来,随后拍了拍手。

姜言一看见她那副故作乖巧的模样,就觉得有猫腻。

果不其然,下一秒她就拎起沙发上的双肩包:"理论与实践,两者必要相结合才能有所得。为了让我们的恋爱成绩更优异,让我们去上实践课吧!"

"去哪儿?"

"第一站，游乐场！"

周末的游乐场人头攒动，一眼望去全是人在排队。

姜言的个子很高，即使站在人群中也丝毫遮挡不住他的视线，所以他也能更加清楚明了地看到前面那九曲十八弯，跟长龙盘踞一般的长队。

他看了一眼头顶的太阳，闻到来自四面八方的汗味，不干了："我要回去。"

虞若安眼疾手快，想一把揪住他后背上的衣服，不但没有揪住，还被他拽得一个趔趄，直挺挺地撞上了他的后背。

他背后的肌肉很硬，撞得她鼻子生疼。她揉了揉发酸的鼻子，控制不住地眼眶发红："我们刚刚才来这里，怎么能回去？"

在她撞到他后背的那一刻，他就转过身来。此刻看见她鼻子红红的、眼睛红红的模样，不知道为什么，他就想到了小兔子，那种毛茸茸的生物让他心下一软。

他无可奈何地叹了一口气，从口袋中掏出一张纸巾摁在她的脸上："你都多大的人了，还来游乐场约会？"

自从姜言迈入游乐场的第一步起，就有很多目光停留在他的身上，暗自揣测着他和身旁的女生是什么关系。

按理来说，一男一女来游乐场大部分都是情侣，可是他们俩的相处模式一点也不像热恋当中的小情侣。两个人根本没有并肩前行过，更别说手牵手了。姜言一只手插口袋，慢悠悠地迈着长腿，跟在满脸兴奋往前蹿的虞若安后面，神情冷淡。

此刻，他这句话一说出口，旁边一直如临大敌搂着自家女友的男生笑了，冲他摇了摇头："兄弟，话可不能这么说，女朋友都是要哄的。你现在要是得罪了她，还不知道她们会什么时候报复回来。"

姜言瞥了那个男生一眼，又看到他怀中搂着的女生，看向虞若安："你如果那么麻烦的话，我们那个协议就终止吧。"

他觉得还是抓住她威胁一顿，再逼着她"写"活姜西铭比较快。

他的眼睛危险地眯起,明明头顶是艳阳天,可虞若安还是硬生生打了一个冷战,并连忙摆手,拉着他的衣角将他拽到旁边,小声道:"不会的不会的,你放心好了,我有点恐高,我们就在那些游乐设施底下拍几张略显亲昵的合照就行。"

"哦?有点恐高?"

他的嘴角缓缓勾起,长臂一伸搭在她的肩膀上,按照她的要求,表情说不出的亲昵:"我现在觉得那些游乐项目还挺好玩的,我们就去……"他朝四周看了看,扬手指向设施最高的地方,"就去那里吧。"

虞若安:"……"

她现在整个人被姜言锁在怀里,头顶刚刚抵到姜言的肩膀,论力气,她是怎么也不可能敌过他的,况且现在的姿势刚刚好。她强迫自己露出一个微笑,打开自拍相机,对准两个人咔嚓拍了一张。

从她的角度来拍,对姜言来说就必然是仰角拍摄,可即便是这样,他的五官依然无可挑剔。

本来想要拍他丑照的虞若安顿时心里一阵不爽,第一次责怪起自己为什么当初要给姜言这小白眼狼那么好的外貌。

她将他当儿子,他却翻脸不认人。

"照片拍了,现在我们就去坐过山车吧。"没察觉到她的心理活动,姜言见她将手机重新放回包里,便将她带往过山车的方向。

几轮过山车坐下来,第一次玩这种东西的姜先生脸色发青、唇色发白,反观他身旁一直嚷嚷着自己恐高的虞若安,反倒一副没事人的样子。

他咬牙坐在长椅上休息,指责道:"你骗我。"

"明明是你自己要来玩的。"她笑眯眯的样子,就像一只狡黠的狐狸。

姜言被堵得哑口无言。

虞若安扳回一局,心情大好。

她正轻哼着小调,旁边却传来一道熟悉的声音:"安安?"

来人是顾以南,他戴着口罩,身边还跟着一个同样戴着口罩的姑娘,光看眉眼就觉得很漂亮。

虞若安扭过头看着他,表情暧昧:"顾大明星,你这样堂而皇之地带妹子出来玩,就不怕上头条?"

他笑骂了一句,道:"虞编剧怎么连自己的演员都不认识了?"

顾以南是演员,说来也巧,他主演的第一部网剧就是《九阶魔方》,当时两个人还感慨了一下缘分。

虞若安仔细地打量了一下他身旁的女生,果然是饰演阮落落的那个人。

只不过小姑娘留了长发,长发披散下来,又刻意改变了往日的风格,所以虞若安一时之间没有认出来。

她忍不住促狭一笑,小声地对顾以南说道:"因戏生情了?"

"你怎么说话的!"顾以南白了虞若安一眼,"她正好是我下部戏的搭档,第一场戏就在游乐园开拍,所以我就和她一起过来找找感觉。"

虞若安在嘴巴上做拉拉链状,摆明了不信。

顾以南从高中起就擅长跟女生打交道,和心底里悄悄暗恋人家的低情商男生不同,他向来很懂得讨女生欢心,也从来不缺女生喜欢。

她冲顾以南笑了笑,挥了挥手:"你们先去玩吧,我们坐一会儿就走。"

这个"我们"让顾以南的视线移向了她身旁的姜言。

其实当他刚来的时候,就看到了姜言,只不过那时候姜言坐在了长椅的另一头,他压根儿没往虞若安的身上想,此刻两人目光相触,他微微一怔:"好像。"

除了虞若安外,没有人知道他在说什么。

虞若安害怕从顾以南的嘴巴里听到什么她不想听到的话，往姜言的身边坐了坐："刚刚我和他闹脾气，所以坐得远了些。"

"这是你男朋友？"顾以南目不转睛地看着两个人，似乎不相信。

她的手悄悄地掐了一把姜言的大腿，眼睛却还是一直望着顾以南："当然啊，本打算下周末我就把他带过去介绍给你们认识，没想到先介绍给你认识了。"

姜言的大腿被她掐得生疼，但还是配合地握住了她的手。

望着两人十指交握的手，再看到虞若安的脸色，顾以南笑了笑："我们都以为你是在骗我们，没想到你真的有男朋友。"

"是啊。"虞若安嫌不够，还将脑袋靠在了姜言的肩膀上。

顾以南低头笑了笑，说："行，那你在这儿和你男朋友腻歪，我们去别处玩了。"

虞若安冲他摆了摆手。

看着顾以南的身影在她眼前渐渐消失，她嘴角边的假笑也逐渐隐了起来，抬起脑袋松开手。她垂着头，一点也没了刚刚的兴奋劲。

姜言从刚刚的晕眩感里缓过神来，看着她垂着脑袋怏怏的模样，露出招牌嗤笑："我怎么觉得他看起来这么眼熟？"

虞若安还没回答，他自己先恍然大悟，"哦"了一声："扮演我的人。"

她点了点头。

"没想到你们之间居然还有情债！"

"哪有情债？"

"刚刚那个人喜欢你，你别告诉我，你不知道。"他扬起下巴指向顾以南离去的方向，"有这么现成的一个人选，你为什么不选择他？如果你找他假扮男友，想必他一定会欣然答应。"

"不行。"虞若安摇了摇头，重复了一遍，"不可以。"

顾以南喜欢她,她不是不知道。

那一年高考结束填志愿,顾以南就坐在虞若安的旁边。

顾以南叼着一支笔,电脑屏幕上是空着没填的志愿,但他却探过脑袋,想要看看虞若安填了什么学校:"哇,你怎么填得这么快?都填到第三个志愿了。"

"志愿不都是在家里选择好的吗?"她一把推开顾以南探过来的脑袋,"你叼着笔干什么,不会还没有想好学校专业吧?"

"我没想啊,现在正在看。"他还是一副吊儿郎当的模样,"你把你的志愿借我抄抄,我就跟你填一样的吧。"

虞若安瞪大了眼睛:"你平常作业考试抄我的就算了,志愿这种东西怎么能抄!我们俩的高考成绩都不一样。"

"这个倒也是。"他沉吟了一声,在志愿书上随手翻过几页,"那我就填跟你一个城市的吧。"

一个志愿一个志愿比照下来,他第一页填的志愿学校和虞若安填的志愿学校在一个城市。

她傻了眼:"还有这种操作?"

"稳住,日常操作。"

他冲她摆了摆手,放下手中的笔,想看她的后一页志愿填的是什么。结果她猛地站起身,张开手臂抱住电脑,将屏幕遮了个严严实实:"你这也太随性了吧?后面两个志愿你好好考虑,别把这个当作儿戏。"

"你现在的口吻就像我老妈。"他噘了噘嘴,倒也老老实实地听话,认真地在志愿书上选取了几个比较合常规的志愿,"现在行了吗?"

见他已经提交志愿,虞若安才松下肩膀,重新坐回凳子上。

看着她慢腾腾地在键盘上打字,他撑着脑袋,侧脸看她:"你有没有兴趣和我打一个赌?"

她正在填志愿,敷衍地问道:"赌什么?"

"赌我们大学还能不能在一所城市。"

她敲键盘的手一顿，没有抬头："赌这个做什么？"

"我就想赌一下缘分。"他开口，一向吊儿郎当的语气中难得有几分认真，"如果我们最后真的在一个城市，你做我女朋友好不好？"

她的手一滑，指尖按到键盘上，面前的屏幕顿时出现了一长串的"hhhhhhhhhh"。

望着满屏的字母，虞若安却半分也笑不出来："这个玩笑一点也不好笑。"

"是不好笑，因为这不是玩笑。"他将笔胡乱地往兜里一塞，将志愿提交上去，站起身，"我先走了。"

他交往过很多女朋友，可她从未见过他如此慌乱的模样。

后来录取通知出来，她和顾以南竟然真的在同一座城市。

那一天晚上，顾以南到她家楼下找她，浑身上下写满了无措，却还是笑着看她："你看，上苍都说我们之间有缘分。"

虞若安望着他，吭哧吭哧了半天，只憋出了一句："蒋琰也和我在同一座城市。"

真的很巧合，顾以南是比照着她的志愿一个一个做的选择，而她和蒋琰之间却没有通过任何口径。她暗暗对自己说，这就是缘分。

顾以南嘴角的笑意渐渐地隐了下去，想要像以往那样揉揉她的头，可被她不着痕迹地躲开了。

从那天起，她和顾以南之间的气氛就很尴尬。

虽然他们还是朋友，但两人之间绝口不提之前的事情，仿佛为了找到一个微妙的平衡点，在这平衡间延续之前的关系。

之后，两个人一起坐车来这座城市上学，但他们的学校一个在东一个在西，两个人注定道路不同。

当两人走出车站的时候，顾以南看着她说："要不要我先把你送去学校？"

她赶忙拒绝:"不用不用。"

周围全部是行李箱轮子滚动在地面上的声音,他看向不远处,没有坚持:"也好,你的缘分来了。"

虞若安顺着他的目光看过去,在虞若安的身后,是蒋琰。

她的学校和蒋琰的学校很近,都在城东的大学城里面,正好顺路。

那个时候,顾以南拼了命地给自己制造和她的缘分,而她以为自己和蒋琰有缘分。

可是时光证明,所有先开口说出缘分的那个人,都不过是一厢情愿。

实践课总共持续了五天,还有一天就是再次聚会的时间,虞若安表现得比要去参加高考还紧张。

"游乐场、烛光晚餐、牵手照、拥抱照……"她一遍一遍地核对着。

姜言打了一个呵欠,坐在她旁边打着游戏,分神看了她一眼,问道:"你这些内容都是在哪里找的?"

"根据我这么多年看言情小说和少女漫画总结出来的经验,只要是男女双方恋爱,出现率最高的就是这几个地方。"她不假思索地回答。

"哦?"姜言停下打游戏的手,意味深长地看着她说道,"所以《九阶魔方》这部剧你也要凑够以上所有地方?"

"正常谈恋爱应该也会有这些经历吧?"没谈过恋爱的虞若安挠了挠头,"其实这都是我一开始打算写的情节,没想到竟然在这种时候派上了用场。"

虞若安不疑有他,他问一句,她就答一句,完全没想到自己的话已经被对方套了个七七八八。

虞若安又翻过相册中的几张照片,才猛然察觉出不对劲。

她身侧的姜言就像一台人造空调，往外泛着森森的寒意："很好，你刚刚口中报出的情节，全部别出现在我的故事中，否则……"

"否则你就终止我们两个的协议，采取暴力解决的方式。"他的话还没有说完，她就接了下去，在心中翻了一个白眼，但面上还是一派恭恭敬敬的模样，"好好好，我全部答应。"

反正牵手拥抱之前她都已经写过了，之后肯定是更进一步的情节，比如亲亲什么的。

男女主第一次接吻的时候，一定也是粉丝们沸腾的时候。

前几天她还刷到了评论，有读者已经迫不及待想看姜言和阮落落互送初吻的情节了，那种青涩感才是最少女心的东西。

她这样想着，视线不自觉地停留在了姜言的嘴唇上。

他的唇瓣不厚不薄，色泽红润，看起来就很软。

兴许她的眼神太带有侵略性，姜言不自觉地往旁边挪了挪屁股，沉声道："你在看什么？"

"喀喀……"她被自己的口水呛到，将视线从他的嘴唇上面挪走，转移话题，"我前几天让你记的东西你还记得吗？"

"记得。"

"那你说一下，我们究竟为什么会在一起？"

"你贪图我的美色，死皮赖脸地缠着我，"他面无表情，"我怕你轻生，于是答应了你。"

"不对！我们有一场浪漫的邂逅。"虞若安开口纠正，"我去大学校园里面寻找灵感，走在竞技场旁边被一颗铅球砸中了脑袋，你恰巧经过，将我公主抱到医务室，并且一直在医务室里等到我醒来。你要了我的联系方式后，每天都带着鲜花和便当来看我。一来二去，我们两个便互生情愫，终于在一个浪漫的夜晚，你向我告白了。"

"两个问题。"

"你说。"

姜言抽了抽嘴角："第一个问题，会这样做的人一般都是心虚，兴许他就是肇事者所以才会对受害方这样百般照顾。第二，如果铅球砸中了你的脑袋，去医务室可能不管用，你也许会被120拖走。"

虞若安按下手机的锁屏键，噔噔噔地跑进自己的房间里，将当初那张问答纸拿出来："你说得有道理，那你前几天为什么不早点提出意见呢？"

姜言："我当时也不知道这是你认真编的情节。"

她假装没有听出他语气中的嫌弃意味，重新改编了一下他们相遇的情节，并逼迫姜言背下来，同时还抽查了一下上面其他的问题。

对完一遍，两个人都累瘫在了沙发上，各占据沙发一角，抱着一个扶手半合着眼。

这简直就是精神折磨。

姜言累得连手指都不想抬一下，但还是忍不住问道："你当初到底怎么跟他们介绍你男朋友的？这么折腾。"

"我当初就一句话概括了。"

虞若安顿了顿，原本趴在沙发上宛若一条死狗的她猛然坐直身体："对了！我们还没有商量过要怎么介绍你！"

"这有什么好商量的，该怎么介绍就怎么介绍。"

看着她正襟危坐的模样，他突然想明白了。

此刻若是其他人来假扮虞若安的男朋友，自然是什么身份就说是什么身份，可他不是。

他来自她笔下的剧本，从剧本世界中来到现实，他见她的第一面就在她的家中拿着刀片，威胁她要写活自己的兄弟。

就算以上均是事实，但也绝不会有一个人相信。

"身份其实好办，就说你是我的校友，也不会有人闲到去查你的身份。但是你平时的兴趣爱好什么的，我该怎么说啊？"

看虞若安这个架势，是要帮他也编一份生平简介。

姜言摆了摆手："我是你一手刻画出来的，我有什么能力和兴趣,你不是最清楚吗?"

虞若安呵呵冷笑两声,向来自诩亲妈的她面上赞同,心中却对自家儿子不加掩饰地嫌弃——她是挺清楚的,手握一块九阶魔方,拥有在各个时空瞬移的能力,性格温和,偏偏打架超厉害,珍视自己的兄弟,被阮落落喜欢了好久。

对于这些事情,她如数家珍。

可是那又有什么用呢?

一旁的姜言不知道是不是也意识到了同一个问题,沉默起来。

沙发上,两个人双双托着下巴陷入了思索。

"对了!"虞若安一拍手掌,"你平时不是喜欢打游戏吗?男生喜欢打游戏再正常不过了!让我来看看你的技术怎么样,说不定到时候我们还能在聚会时开黑呢。"

姜言打开了手机上的游戏界面,异常专注地开始了角色操作。

十五分钟后,虞若安沉默着退了回来。

不过一刻钟,他完美地诠释了什么叫作"九死一生",那"一生"还是因为对方玩家掉了线。

空气里一阵静谧,她忍不住开口问道:"你打了这么久,怎么还打成这个鬼样子?"

"住口。"

"好的。"

久违的低气压传来,虞若安这才想起来,这么多天她到底对姜煞神做了多少大逆不道的事情。

于是她垂首抱拳,乖乖噤声。

她看着姜言那一脸参毛且暴躁的表情,终于察觉自己最近好像得意忘形了。

第四章

你是谈恋爱,还是过家家

虞若安紧张地咽了口口水,正准备做些什么来安抚炸毛的姜言时,门铃被人摁响了。

姜言恶劣地伸脚,轻轻踢了踢她的小腿:"去开门。"

她站起身悄悄噘了噘嘴。面对炸毛的男人,她所采取的政策一向只有两条:其一为忍,其二是听话。

于是她乖乖站起来,一边应声来了,一边来到门口。

她刚刚准备拧下门把手,脸上突然惊了一下,随后手便像触电一般缩了回来。

"你怎么了?"姜言抬眼瞥向她,"一副惊慌失措的样子。"

何止是惊慌失措!她三步并作两步地重新走回沙发前,扯着姜言的胳膊往房间里面拽:"快快快!藏起来!"

看着自己胳膊上的爪子,他坐在沙发上一动不动:"我不。"

"算我求你了!"

她的声音刻意放得很低,让姜言微微眯起了眼睛:"理由。"

虞若安的脸色一瞬间变得通红,半响才从嗓子眼里哼出几个字:"还没有人知道我和别人同居的事情。"

而这么晚会来她家找她的,除了邻居,就只可能是亲朋好友。

万一被别人看到这么晚还有男人在她家中,她就算多长一张嘴也说不清。

慌乱间,她完全没有反应过来她现在已经是有"男朋友"的人了,和男朋友同居别人也能理解。

在这过程中,门铃又被摁响了第二遍。

当门铃第三遍响起的时候,姜言心满意足地欣赏完了虞若安焦急的模样,没有开口点破,而是慢慢悠悠地伸出了两根手指:"两个要求。"

都什么时候了,他还提要求!

虞若安瞪着眼睛,抽了抽嘴角:"您讲。"

"我的第一个要求是,那个该死的什么恋爱训练不做了。"

反正明天就要同学聚会了,训不训练也完全无所谓。虞若安想也不想便点了点头。

"还有第二个要求。"他放下手指,语气一瞬间变得有些严肃,"我知道你喜欢我,但你不可以再用刚刚的神情看我。"

这个要求倒是让她一瞬间有些茫然:"什么神情?"

"就是……"沙发上,将近一米九的汉子眼神飘忽,耳朵还有些泛红,最后恶声恶气地开口,"那种侵略性很强,用想要砍了我的眼神盯着我嘴巴。"

说到最后,他干脆彻彻底底地恼羞成怒:"你不许喜欢我!"

虞若安:"……"

虞若安觉得关于"暗恋"这样的误会,还是尽快和这个男人澄清比较好。

与此同时,门铃的响声终于变成了敲门声。

于是她忙不迭地点头:"好好好。"

姜言得到了保证，勉强哼了一声，迈着两条长腿缩回自己的房间："睡了。"

看着他将门合起，虞若安才舒了一口气，然后迅速地将快被敲破的房门打开了。

门前站着的是一个她从未想到的人："顾以南！"

"是我，"他放下手，语气自然而熟稔，"你怎么这么半天才开门？"

虞若安一时语塞，半天才想到说词："家里好乱，我匆忙收拾了一下。"

"得了吧，"他轻笑着拍了拍她的脑袋，"你搬新家的时候还是我帮你搬的，多乱我都见过。"

她抽着嘴角，不知道该如何接话。

"我在门口站了好久，不请我进去坐坐？"

虞若安这才恍然大悟，侧过挡在门口的身子。

顾以南熟门熟路地换鞋，正准备将鞋子放在鞋架上，却突然看到了鞋架上几双明显属于男士的鞋子。

顺着顾以南的目光，虞若安自然也看到了男士的鞋子。

她刚才光顾着让姜言藏起来，却忘记将这些细节遮掩起来。

"我怎么不知道你的鞋码有这么大？"沉默间，还是顾以南率先开口，说了一个完全不好笑的笑话。

两个人都没有笑，气氛变得更加僵硬。

"你男朋友。"

听到这句话后，虞若安终于反应过来了——对啊，姜言现在是她男朋友，有什么好藏的？

"你和你男朋友怎么认识的？"沉默间，再次开口的还是顾以南。

就如同刚刚那样，或者说像他们之间一直以来的相处模式，率先妥协的永远是顾以南。

谁先付出感情，谁就输了。

虞若安看着顾以南的那一瞬间，仿佛看到了面对蒋琰时的自己，无论伪装得多完美，眼神里都带着小心翼翼。

不可否认的是，她有点心软。

可她知道感情这种事情最忌讳拖泥带水，早点让顾以南彻底死心，才是最妥当的做法。

"就前段时间。"虞若安顿了顿，开始撒谎，"我在附近的大学里面散步，偶然间碰到了他，也算是缘分吧，彼此非常投机。"

"具体是什么时候？"

当一个谎言开始，就需要用无数个谎言来使其完善，最终骗人骗己。

她硬着头皮继续开口："两三个月前。"

"你们这么快就同居？"他已经换好了鞋，靠坐在椅子上，半合着眼遮掩住所有的情绪，"要不要我帮你查查，好帮你把把关？"

"不用了吧。"这一查只能得到查无此人。

"是真的不用，还是因为你心虚？"顾以南重新抬起眼，打断她，"你不要跟我说你没注意到，你的男朋友很像蒋琰。"

她们何止是像，简直像一母同胎的兄弟。

虞若安一时语塞。

"你是真的谈恋爱，还是找一个蒋琰的替身陪你过家家？"他似乎终于抑制不住心中想说的话，双手扣住虞若安的肩头。

大一开学时，顾以南故作潇洒地转身离去，是他心中的一个结。

他一向率性妄为，却偏偏在虞若安的事情上一退再退。

顾以南原以为那时的退让就是两人的句号，可后来在阴差阳错下，他被星探发现，出演了她所编写的《九阶魔方》男主，文中一字一句所描述的都是一个他们俩都彼此熟悉的身影，但他义无反顾地扮演了。

"如果你只是想找一个替身，我不介意。"
　　反正扮演蒋琰这件事，他在剧组那么长的时间内，一直扮演得不错。

　　虞若安想要推开他的手。
　　她仰起头，不经意地撞见顾以南的目光，他的眼神里透着细细密密的哀伤，不够浓厚，却像丝线般一圈圈地缠紧，让人透不过气来。
　　她想要推开他的手顿时卸下了力气，嗫嚅地动了动唇："不行的。"
　　她拿他当朋友，便不会做出如此伤人的事情。
　　她心中的内疚感越发清晰，正准备道歉，肩头却骤然一轻。
　　清脆的响指声响起，顾以南已经完全换了一副神情："你怎么不管过了多少年，都是这么好骗？"
　　看着虞若安满脸迷茫和探究的表情，他不客气地揉上她的脑袋，将她原本柔顺的头发揉得一团乱："我说什么就是什么？你这样很容易被别人套话的。"
　　她反应了片刻，气呼呼地将脑袋上作乱的手一把拍开："你诈我！"
　　现在她找别人假扮成自己男朋友的事情，已经不打自招了。
　　"兵不厌诈。"他气定神闲地微笑，"况且就算你不露出马脚，你的搭档也已经露出了破绽。"
　　虞若安顺着顾以南的视线看过去，发现姜言的房间门口开了一条小缝。
　　这明显就是房间内的人听见动静开门查看情况，当发现是谈论他们两人的私人感情问题时，又将自己重新缩回了屋子里。
　　"如果他真的是你男朋友，哪有在这种情况下，还放任自己女朋友和其他男生不清不楚的？"他勾起嘴角，漂亮的桃花眼弯成一条缝,像一只偷腥成功而慵懒舔爪的猫。

被摆了一道的虞若安相当气恼,她故作凶狠地警告道:"明天就是同学聚会,你不许告诉别人!"

"是是是。"他高举双手,做投降状,"里面的那位兄弟,要不要出来见个面?"

忘记关门的姜言:"……"

姜言不情不愿地拖着脚走出来,往沙发上一坐,用眼神示意顾以南:"你可以开始了。"

"开始什么?"

"你费那么大的力气演一出戏,不仅仅是为了拆穿我们假扮情侣的事情吧?"他直截了当地说,"你还想告诉我,我不过是一个替代品。"

姜言在房间里听得清清楚楚。

有一个人也叫"姜言",而且听顾以南的语气,他似乎是那个叫"姜言"之人的替身。

替身,当这两个字出现在姜言脑海中的时候,他忍不住眯了眯眼睛。

哪怕他不喜欢虞若安,但以他的骄傲,绝不允许自己成为别人的替代品。

看着他的脸色,一旁的虞若安忍不住打了一个寒战。

相处了这么久,她当然知道姜言是多么骄傲的一个人。也正因为是这样,她一直不敢告诉姜言真相。

回想起她刚刚和顾以南之间的对话,她的心脏开始突突狂跳。

"其实……"

她刚试着打圆场,就被顾以南打断了:"是啊,我只是给你打一个预防针。"含着金汤勺长大的顾少爷从来就不知道"含蓄"两个字该怎么写,"不然等你明天去了我们的同学聚会,估计会以为自己和对方是失散多年的兄弟。"

他着重强调了一下"兄弟"这两个字。

姜言的脸色黑了黑。

回想起自己的名字是虞若安取的,姜言有了一个让自己非常不爽的猜想——他的出生就是某个人的替代品。

那个替代品是虞若安喜欢的人,她在他身上倾注的所有心血,其实不过是对另一个人无处安放的心意。

"对了,我这儿有他的照片,你要不要看?"

顾以南一边说着话,一边没有半点让对方回答的打算,迅速点进手机相册。

被推到面前的手机屏幕上是一张男生的证件照,虽然轮廓还带着青涩,但姜言还是一眼看到了熟悉的五官,和他相似度高达百分之八十的五官。

"这是我们高考那年拍的证件照,高清未P图。"顾以南笑吟吟地将手机重新揣回口袋里,"你是不是也觉得你们很像?"

没有人回答顾以南的提问。

姜言浑身泛着骇人的低气压,虞若安能清楚地听到自己嗓间传来咽口水的声音。

好……好害怕。

这样带着修罗气场的姜言跟两人第一次见面时的姜言差不多了。

见达到了自己的目的,顾以南将目光重新转向虞若安那边:"你找的临时演员心理素质明显不过关。"

"不如,"他伸出手指,指了指自己,"你考虑一下我?"

"她不愿意。"姜言沉声替虞若安回答,"如果她一开始愿意考虑你,又怎么会有我的存在?"

在旁边完全插不上话的虞若安,清楚地看到顾以南的脸色黑了下来。

虞若安:"……"

她想哭！

"至少我陪她演这场戏不会穿帮。"

"谁知道你是不是只想演戏？"

"关你什么事！"

面对炸了毛的顾以南，姜言回以招牌嗤笑。

这种嗤笑最大的杀伤力大概是让孬人胆怯，对正常人有激怒功能。

虞若安属于孬者范畴，而顾以南是后者。

于是，他扭过头将想逃跑的虞若安扯了过来："你想选择谁？"

她看了看顾以南，又望了望姜言。

虽然两个人都很不想选，可事实上她早就已经做好了选择。

如果他们之间只是朋友，她肯定选择顾以南，可她偏偏已经知晓了顾以南的心思，便不能这么自私。

于是虞若安小心翼翼地开口："抱歉。"

顾以南的眼神一瞬间黯了下去，可他还是扯着嘴角："你的眼光这么差？我可是专业演员，整套戏都不会带一个穿帮镜头的那种。"

她咬着下唇，重复了一遍："抱歉。"

他嘴角那微微弯起的弧度终于一点一点抚平："嗯，我知道了。"

这两声"抱歉"所代表的是什么意思，他们彼此心知肚明。

有些话不必明说，就已经很伤人了。

在她做出选择后不久，顾以南便离开了。

他离开之前告诉虞若安："其实我来这边主要是为了告诉你……"他看着她眨巴着眼睛，一副认真倾听的模样，改了说词，"我来这边顺便告诉你，明天的聚会蒋琰不一定会去。"

"他不一定去？"虞若安觉得自己的心在滴血。

她兜兜转转吃了这么多苦，还精心安排了那么多恋爱课程，就是为了让蒋琰看到,结果主人公可能不去?

"是啊,具体原因我也不知道,是班长告诉我的,蒋琰这阵子好像很忙。"他顿了顿,似乎不忍心看见她那副生无可恋的样子,出言安慰道,"他做考古这一行,联系不上或者某一阵子很忙是正常的。"

"的确,工作要紧。"

虽然她嘴上说着没关系,但心里隐约有些失落。

失落什么呢?说到底,她还是忍不住在心里期盼着蒋琰也是喜欢她的,只是因为某些事情没有说出口。在见到她有男朋友之后,他就会因为吃醋告白。

虞若安知道自己是做梦,可她总是忍不住在黑白的艰难现实里,用幻想为自己勾勒出一层层色彩。

她调整了一下心态,换上一副轻快的口吻:"那你明天去吗?"

"去啊,当然去。"他瞥了一眼四平八稳坐在沙发上的姜言,"我不去给你镇场子,你的男朋友要是穿帮了怎么办?"

"男朋友"三个字被顾以南加了重音,让沙发上的男人忍不住眯了眯眼,想起了刚刚的不愉快回忆。

等顾以南走后,姜言一只手靠在沙发上,目光灼灼:"聊聊?"

姜言的声音有些低沉,让虞若安瞬间脑补出了十几集自己被笔下男主狂揍的剧情。

于是她抬起手放在嘴边,打了一个虚假无比的呵欠,也没空伤春悲秋了:"我有点困,有什么事明天再谈吧。"

明明前后不过半个多小时,可半个小时前,虞若安还像一个变态似的盯着人家的嘴唇看;半个小时之后,她连个眼神都不敢递过去。

"也可以。"今天,姜言好说话到不可思议。

当虞若安震惊地看着他时,他才慢慢悠悠地补上了后面半句:"我就给你一个晚上想好说词,然后明天好好给我解释一番。"

虞若安："……"

她挣扎了半晌，慢慢蹭了过去，小声开口："抗拒从严，坦白从宽吗？"

"坦白从严，抗拒更严。"他的手指缓缓摩擦沙发的皮面，"你想要体验一下吗？"

她思索片刻，觉得自己还是不要知道那个"更严"到底是什么样子比较好。

于是她搬了一张小板凳，乖乖地坐在姜言对面接受审问。

"蒋琰是谁？"

"我的高中同学。"

"哦？"

"我暗恋的对象。"

姜言的食指轻轻扣着之前摩擦过的地方，面上却看不出太多的情绪变化："所以我是按照他来创立的？"

是的，换一个角度来解读，他其实是你爸爸。

但虞若安没胆子将心里的话说出口，只能万分狗腿地曲线救国："你比他帅。"

作为一个亲妈，她对自家儿子这点自信还是有的。

不过她家儿子看起来没有半分要尊敬她的意思。

只见他长腿交叠，半晌才高贵冷艳地吐出一个字："嗬。"

她小心翼翼地开口："嗬？"

"这笔账先记着，以后再算。"他顿了顿，脸色不好地补充，"以后你不许将对他的感情转移到我身上。"

虞若安点头如捣蒜。

可偏偏此刻她的乖巧完全没有讨好到沙发上的男人，他的脸色更臭了："所以，你之前真的敢将对别人的感情放在我的身上？"

虞若安："……"

他满脸不爽地站起身，往自己的卧室走去，脚步声比以往要重一些。

　　他将房门合起，重重地将自己摔进床里，柔软的棉絮没有缓和他此刻的情绪，于是他将枕头揉进自己的怀里。

　　他翻来覆去两遍，瞪大了眼睛看向天花板。

　　啧，不爽。

　　他掏出魔方，回到自己原本的世界，在看到姜西铭空荡荡的房间后，他抿了抿唇。

　　原以为他的不爽是因为他的创造者将他视为替身，在创造了属于他的世界之后还不负责任，可他来到他哥的房间后，却隐约觉得不仅是这样。

　　烦躁间，他回到了现实中，裹紧被子，老实闭眼。

　　他到底在不爽些什么，他也不知道。

　　虞若安生怕姜言会参毛，因此第二天醒来，她就完美地饰演了一个安静如鸡的角色。

　　大清早起来，虞若安就异常乖巧地做好了早饭，中午也难得亲自下厨，烧的全是姜言喜欢吃的菜。

　　不知道为什么，当初她创造姜言出来的时候，本来是为了纪念自己这么多年的暗恋，可是在书中的角色自己出来后，她又抑制不住地心虚。

　　她头一次这么感谢自己当年的一念之差，没有将他塑造成和蒋琰一模一样的角色，不然她此刻恐怕已经不在这个世界上了。

　　她这样想着，便开始更加关注起姜言的一举一动。

　　他伸出筷子，她便迅速地将小菜夹进他的碗里；

　　他放下筷子，她便迅速地拿着空碗去给他盛汤；

　　他看向苹果，她便迅速地准备去厨房拿小刀给他削苹果；

　　不过，当她准备去厨房的时候，却被男人拦住了。

　　他懒懒散散地从果篮里面拿出一个苹果，瞥了她一眼，手下微微使力,一个完整的苹果便裂成两半,苹果特有的清香四散在空气中:"我就喜欢这样吃苹果。"

虞若安:"……"

他这是在示威?应该是的。

所以,他吃个苹果究竟有什么好示威的啊!简直丧心病狂!

她干巴巴地笑了两声:"您吃,您吃。"

虞若安突然开始祈祷蒋琰工作忙不能去同学聚会,不然两个人一见面,姜言这个易燃易爆品可能又要出现什么状况。

"今晚我陪你去完高中同学聚会后,你记得履行我们俩的交易,尽快救活我哥。"

虞若安悄悄打量了一下他的神色,揣测了半天没看出来什么,只能在心底宽慰自己,至少此刻他看起来还是比较平静的。

事实上,这一天姜言虽然板着一张脸,徒手掰了一个苹果,但真的没有做什么出格的事情。反而是虞若安本人有些不太平静。

晚上六点,她深吸一口气,问身旁的姜言:"你准备好了吗?"

他无奈地低头看了她一眼,答道:"这个问题你已经问了不下三遍,我们也在这家店门口站了不下十分钟,门口的服务生看我们的目光就像在看两个傻瓜。"

虞若安转过头,守在门口的服务生看着他们俩的眼神的确跟姜言说的相差无二。

她正面接收了服务员的白眼,再次深吸了一口气,可是这次还没有等她开口说话,姜言就一把扯过她的手腕,将她带入了酒店里面。

里面的老同学们基本落座,她缓缓扫视了一圈,悄悄松了一口气。

很好,蒋琰不在。

"咦?"高中的班长疑惑出声,"蒋琰?你不是不来了吗?"

他话音刚落,虞若安刚刚放下的心又悄悄提了起来。

她咽了咽口水，紧紧地盯着身边的男人。

姜言淡淡地瞥了她一眼，正准备开口，身后却传来一道男音。

"我老远就听见你们的声音了。"顾以南蹿进他们两个中间，一只手搭在姜言的肩上，一只手搂着虞若安的脖子，目光却是朝向在座的高中同学，"你们是不是跟我一样，第一眼将安安的男朋友认错了？"

"认错了？"班长疑惑地打量着姜言。

乍一看两人的确有些像，不过仔细看却发现完全不同。

男人比虞若安要高上整整一个头，带着一股逼人的气势，和温润如玉的蒋琰完全不同。

"是我们看错了。"班长笑了两声，"安安，你怎么不跟我们介绍一下你的男朋友啊？"

"他叫褚一清。"慌乱间，虞若安随口编了一个名字。

两个人本来长得就很相像，如果此刻再告诉大家他叫"姜言"的话，巧合也太多了一点。

顾以南深深地看了她一眼，而身旁的姜言则完全黑了脸。

人已经来齐了，看热闹不嫌事大的老同学们纷纷将酒杯对准了迟到的三人："迟到的自罚三杯！"

"我之前让顾以南转告你们，如果我真的把男朋友带来了，你们也要自罚三杯，这样算，我们就互相抵销好不好？"

"不好。"其他人还没有出声，顾以南先将杯中酒倒满，一口饮尽。

一杯接一杯，三杯酒瞬间就被他喝光了。

其他人也起哄道："不好。"

姜言的酒量好不好，这一点虞若安还真的不知道，因为她从来没有考虑过这方面的东西。

她担忧地看了一眼姜言，很害怕醉酒后的姜言会将所有实话招了出来。

她赶忙往自己的杯中倒了一杯酒，仰头饮尽："我好不容易交到这么一个男朋友，你们别把人家吓走了行不行？"

虞若安在往年的聚会中从来没有喝过酒，哪怕一口。

这次她一喝就一杯，半点都没停顿。

周围起哄的声音小了，大家面面相觑。

见她还在往杯中倒酒，姜言将她手中的杯子拿走，重新倒满三杯喝下。他亮起空空的杯底，看的却是她的方向："放心，我不会被吓走。"

周围的起哄声重新大了起来。

"我敬你是一条汉子！"有人嘻嘻哈哈地端着杯子凑过来，"壮士叫褚……褚什么来着？我记性不太好。"

顿了片刻，姜言用余光扫了一眼虞若安。

此刻她正眼巴巴地瞅着他，眼神中含着哀求。

他无奈地叹了一口气，言简意赅："褚一清。"

他的记忆力一向很好，却还是头一回这样厌恶自己的记忆力。

酒过三巡，大家便已经开始跟姜言称兄道弟起来。

"一清啊，你知不知道你和我们一个老同学非常像？"

"哦？"他的食指缓缓地摩擦着杯沿，"非常像？"

"呃，"已经稍稍有些醉意的班长愣了愣，然后头摇得像一个拨浪鼓，"这么看，你们一点也不像。"

明明都是笑容，一个如和煦的春风，一个却似冷冽的月光。

"对了。"过了一会儿，班长又走到虞若安和姜言中间，"蒋琰虽然不能来，但他让我给你们捎一句话。"

班长掏出手机在屏幕上滑动了两下，他和蒋琰的微信聊天页面便弹了出来。

班长：明天聚会你来吗？

蒋琰：抱歉，我去不了了。

班长：安安好像明天要带男朋友过来。

蒋琰：你替我转告一声祝福。

虞若安盯着"祝福"两个字看了好几眼，似乎能想象蒋琰打出这句话的模样——嘴角边噙着惯有的笑容，礼貌却又疏离。

她挽住姜言的胳膊，再次端起酒杯："那班长也替我转告一声'谢谢'。"

两个人明明互有微信号，班长却可怜地做起了传话筒。

其实一直以来，蒋琰的拒绝已经很明显了，即便两个人的学校很近，他也从来没有和虞若安两个人单独出去过，甚至两个人聊天都基本只聊公事。

而蒋琰的不愿提及是在不喜欢的前提下，对她最大的温柔。

饭桌上一片热闹，而在角落里，虞若安手中的酒杯从来没有放下过。

姜言坐在她的旁边，看着她一杯接一杯喝酒，没有阻止。

一顿饭，十几个人从大学生活讲到高中旧事，笑了哭，哭了又笑。

大家似乎都喝得有些不清醒了。

将醉倒的老同学一个一个送上出租车，自己意识也有些不太清醒的班长看向姜言："需要帮忙吗？"

在姜言的身旁，趴着两个醉鬼——虞若安和顾以南。

现在两个人正开心地玩着"你拍一我拍一"。

姜言也喝了很多酒，不过看不出半分醉态。

听着一声接一声拍手的声音，他的太阳穴突突地跳："算了，你先走吧。"

班长此刻万分想念自己柔软的大床，倒也没有想跟他客套的意思，只是点了点头："那我就先走了。"

包厢里瞬间只剩下姜言三人。

姜言一边肩膀架起虞若安，一只手扯住顾以南，"啧"了一声：

"两个醉鬼。"

两个醉鬼并没有身为醉鬼的自觉,尤其是虞若安,死活不肯上出租车就算了,还非要在大马路上唱歌,五音不全堪比车祸现场。

在她又一次嘶吼高音唱到嗓音沙哑后,姜言将两个人扶着在街边的长椅上坐下,难得耐心地冲她嘱咐道:"你们两个给我乖乖地在这儿坐着,我去给你们买醒酒药。"

顾以南乖巧地将双手搭在膝盖上,头低得像一个犯错误的孩子。

虞若安眯着眼睛看了姜言一会儿,打了一个酒嗝:"好,你去,我给你唱践行歌!妹妹你坐船头,那大河向东流!"

姜言脚下一个踉跄,随后奔向药店的脚步更快了。

在他的身影转进街角旁的药店后,顾以南刚刚还醉意迷蒙的眼神逐渐变得清明起来。他神色复杂地站起身,蹲在乱挥双手唱歌的虞若安面前,声音轻柔:"其实我很难过。"

"哥哥我岸上走!"

"难过我们曾经无话不谈,可是现在你什么都不跟我说;难过我在你身后守候了那么久,你却从未回过头。"他伸出手,将她脸颊上的碎发拢在耳后,"可是你知道我最难过的是什么吗?"

"天上的星星参北斗!"

"我最难过的是,哪怕是假扮的男朋友,你都没有考虑过我。"

"下面一句歌词是什么来着?"她看着面前蹲下来的顾以南,咧开嘴笑了笑,"虽然你平时从来不在我们面前唱歌,但我知道你唱歌好听。蒋琰,你快给我提示一下后面的歌词。"

虞若安的眼睛里充满了期待。

看着她弯起的眉眼,顾以南自嘲地笑了一声。

他微微偏过头,看见刚刚姜言进去的药店门被打开,里面走出来一个垂着头看药的高大身影。

他吸了吸鼻子,站起身,揉了一把她的脑袋后,将手插进口袋中，掏出一个口罩戴在自己脸上："走了。"

姜言一边看着说明书，一边走到刚刚的长椅上，拧开瓶盖，恶声恶气地将药瓶递到她的嘴边："快喝！"

她被他吓到，又打了一个酒嗝，总算乖乖喝下了醒酒药。

见她喝完醒酒药，他才转移了视线。长椅的另一边原本还坐了一个醉鬼，而现在空无一人。

看着面前闹腾到似乎有些筋疲力尽的虞若安，他若有所思地望了一下远方，蹲在她的身前："上来，我背你回去。"

她软着手脚，倒是乖乖爬到了他的背上。

他背着她走了两步，她略带委屈的声音传来："蒋琰，你不用沉默，我其实知道下一句的歌词是什么，只是想趁机找你多说说话。"

"闭嘴，我早就警告过你，不许把我当成别人。"

"你是不是真的很讨厌我啊？"

姜言的脚步顿了一下，随后不带任何情绪地问她："那下一句歌词是什么？"

"是千年等一回。"在百转千回地唱完这一句后，她又乖乖地趴回了他的背上，脑袋还轻轻地蹭了蹭，"我曾经幻想过我就是那个等待了千年的白素贞，你忘了我没关系，我可以等，等到你回心转意的那一天。一直以来，我都是这样想的，可是今天我真的心灰意冷了。"

她的声音越来越小，还带着哭腔，与上一次的哭法大相径庭。

回想起之前沾满鼻涕、眼泪的衣服，姜言沉默了。

果不其然，过了一会儿，他感觉到背后的衣服被人揪起，随即就是一阵擤鼻涕的声音。

姜言："……"

他突然有一股想将背上的人掀翻在地的冲动。

还没等他将这股冲动付诸实践，背后又传来一阵细小的声音："或许你真的不是我的许仙。"

姜言抿了抿唇，不知为何突然觉得自己有些良心发现。

他想要安慰一下这个将自己创造出来的小姑娘。

不过同样没等他将这个想法付诸实践，他的肩膀上就一沉。

他偏头看去，虞若安已经睡着了，眼睫毛湿湿的，脸上写满了委屈。

街道上五光十色的霓虹灯将夜色映照出一片绚烂，红的、蓝的、紫的光束在他们眼前不断变换。

他用小臂抵在她的膝盖窝上，往上掂了掂，嗤笑一声："笨蛋。"

明明知道对方不喜欢自己还巴巴地往上凑，费心费力不讨好，这样的行为用"笨蛋"来形容再合适不过。

顾以南是，她也是。

姜言觉得自己对于笨蛋的行为并不能理解。

第五章

讨厌你哭,所以下不为例

宿醉醒来,虞若安头痛欲裂。

她挣扎着从床上爬起来,对于自己昨晚究竟是怎么回家的,一时有些断片,不过也只是一时。

很快,在太阳穴突突的疼痛中,她回忆起昨天晚上一路上洪亮的歌声、顾以南借着醉意的表白,还有最后她在姜言后背上丢脸的哭泣。

她揉了揉脑袋,卧室门被人从外面敲响,姜言的声音传来:"我听到了你起床的动静,既然醒了就出来吃个早饭。"

她梳洗好之后,在脑袋上随便扎了一个小鬏鬏,走向餐桌。

她喝了一口稀饭,明知故问道:"昨天我是怎么回来的啊?"

话一出口,她那仿佛被人掐住了喉管的沙哑嗓音将自己吓了一大跳。

姜言勾起嘴角:"你说呢?"

虞若安一噎,又往嘴巴里塞了一口稀饭:"我们可不可以假装昨晚的事情没有发生过?"

"你是说你唱了一路歌的事情,还是将我当作那个男生表白的事情?"

她口中的稀饭喷了出来。

明明宿醉后的脑袋会比较迷糊,可她还是下意识想起前两天姜言的警告——绝对不能将他视为替身。

可她昨天不仅把姜煞神当成替身,还在他的衣服上擤鼻涕了。

看着桌上被喷出来的稀饭,姜言嫌弃地往后退了退,生怕她一个激动将稀饭喷到自己的身上,那样他可能会忍不住将她的脑袋按进稀饭里。

显然,虞若安有着跟他一致的想法。

在看见姜言动了动身子后,她整个人立马弹了起来,生怕自己的脑袋会被按进面前的碗里。

"那什么。"她轻声咳了咳,"缴枪不杀?"

身为一个编剧,她的脑海中竟然一时之间想不出什么更好的求饶的话。

"啧。"姜言不耐烦地抬起头看了她一眼,见她一副受惊的模样,放下筷子,恶声恶气地开口,"我又不会吃了你。"

虞若安抖了抖,小声嘟囔:"不会吗?可你看起来不是这样。"

"你说什么?"

"我说今早的早饭不错,你做的吗?"她立马换了一副说词,势必要做狗腿的完美典范。

"我在小区门口的早点摊上买的。"姜言的面色有些纠结,"你想吃我做的?"

她刚刚塞进嘴巴里的稀饭差点再次喷出来。

不过在看到姜言警告的眼神后,她艰难地将到嘴边的稀饭咽了下去。

姜言:"……"

喷和不喷,也不知道到底哪个选择更恶心一点。

他没了胃口,三两下将碗中的稀饭一饮而尽,放下碗筷,斟酌了一下说词:"等你休息好了之后,我带你去一个地方。"

姜言会带她去什么地方?虞若安想都不用想就知道是剧本世界。

本来也是,他已经成功地扮演了她的男朋友,他们昨天得到了她高中同学的祝福,哪怕是不在场之人,也发了短信过来。

想到蒋琰发过来的祝福,虞若安的眼神微微黯了黯。

姜言将她的神情尽收眼底,清了清嗓子:"对了,之前你帮我垫付的医药费是多少钱?"

虽然她沉浸在自己的思绪中,但提到钱的时候,她的反应一向还是比较快的。

于是她想都没想就答道:"五千六百块钱。"

下一秒,一沓纸币就被塞进了她的手心。

男人的表情有些不自在:"这是四千,剩下的一千六过两天再还给你。"

看着掌中粉红色的纸币,虞若安的第一反应是赶紧揣起来,下一秒才想起来问他:"你哪里来的钱?"

他毕竟是剧本世界中的人,两边世界的钱币完全不一样,也不存在有积蓄的可能。

"你们小区对面有一个学校,我这些天一直在里面上课,虽然进度有些慢,不过里面很多东西都比较有意思。"

在他们那个世界,没有学校的说法。

所以他一开始看到学校的时候,是抱着进去参观一下的态度去的。不过他刚刚踏入校园,就有大胆的小姑娘过来问他是哪个系的。

拜那个叽叽喳喳又分外热情的小姑娘所赐,他挑选了一个自己看起来还比较感兴趣的课程,然后大摇大摆地进去蹭课。

他蹭课的原因是，当时他在门外听到讲台上的老师正热情洋溢地鼓励大家："只要学好了我这门课，你根本不用愁游戏打不好，遇到通不过的关卡，你自己做个外挂就过去了。"

他被吸引着走向了教室最后，错过了老师后面的那句："当然，老师只是开个玩笑，我们不提倡外挂行为。"

他目前还没有做出可以帮助自己通关的外挂，不过那个班的同学时不时求助他代写课程设计，还有不少慕名而来的同学请他修电脑。

虽然有些修电脑的同学在给钱的时候会夹带私货——比如一些粉色的、闻起来就想打喷嚏的信封。

听完自家儿子的挣钱汇报，虞若安目瞪口呆，还有点莫名的骄傲。

她跟姜言相处了这么久，还是第一次看到花在他身上的钱能收回来。

于是，她激动得手有些颤抖："那……那我就先把钱收起来了。"她半点客套的意思也没有。

"等等。"

不过有时候，就算不客套，事情也总会发生一些变故。

姜言突然将她掌心的钱拿了出来，从里面抽出五张放进自己的口袋，剩下的钱又重新放进虞若安手中。

虞若安回想了一下自己的成长经历："是要零花钱吗？"

"你当我是小孩？"他黑了脸，扬了扬下巴，示意她那个正在不停晃动的小鬏鬏可以拆下来了，"这五百块钱我今天要用，你快点吃完早饭，我带你出去。"

这个时候，她才后知后觉反应过来，他不是要她带去剧本世界。

"我带你玩一天，从今往后，不许摆出昨天晚上那样的丧气脸给我看。"出门前，姜言言简意赅地发表了今日的出门宣言。

虞若安恍然大悟，原来他是害怕她失恋难受，所以在用他的方式安慰她。

望着面前一身休闲服，虽然满脸不耐烦但会时不时放慢脚步等她的男人，她低下头笑了笑。

原来他比她想象的要有人情味。

不过姜言对安慰人的方法显然有什么误会。

刚刚吃完早饭，他就带着她来到了影院。

工作日的上午，来电影院的人寥寥无几，他扫视了一圈，毫不犹豫地选择了一场恐怖片。

虞若安："……"

偌大的影院，他们买了两张电影票得到了包场的效果。

不过附加产物是虞若安被吓出了满身的鸡皮疙瘩。

她这一身的鸡皮疙瘩，其中有一半是姜言的功劳。

在中间最恐怖的桥段，他突然转过身，语气森然地对她说："你如果害怕的话，可以靠在我肩上。"

虞若安一个哆嗦，扭过脸就看到他一副要笑不笑，扯着一个嘴角的模样，配合着当时影院中的音乐，她差点尿裤子了。

看着此刻她走路都在发颤的模样，姜言皱了皱眉："听说看恐怖片可以减压，不过这场电影的确不怎么恐怖。"

她的脚步顿了一下，僵硬地挤出一个字："哦。"

第一招没有效果，姜言没有泄气，又带着她去吃了九宫格火锅，信誓旦旦地选择了可以将人辣哭的那种。

结果向来习惯吃辣的虞若安面不改色，他辣得满头大汗。

看着脸上毫无快乐之意的虞若安，姜言用自己最后那点可怜的耐心，将她带去了一个甜品屋。

不知道他从哪里找到的甜品屋，明明在市中心，良好的隔音效果却隔绝了所有的喧闹，舒缓的钢琴曲倾泻在这个不大的空间内，让她因宿醉有些疲惫的身体瞬间舒缓了下来。

面前的蛋糕十分精致,是店员推荐的经典款——星空蛋糕。

她一勺舀下蛋糕,榛仁慕斯、白巧芝士和覆盆子库利一层又一层地呈现在她面前。

她将蛋糕送进嘴里,含糊不清地开口:"听说星空蛋糕最大的特色在于它的独一无二,每一次的淋面都无法复制。"

姜言的眼神动了动,没有说话。

"我知道你想安慰我。"

这一整天,姜言都在尽力地扮演着另外一个人。

那个人温柔又体贴,会用自己的方式安慰别人,会在吃辣火锅的时候体贴地递上一张纸巾,会尽可能地找到雅致的甜品屋带受伤的人吃甜品,理由是吃甜点可以让心情变好。

但这些都不是姜言会做的事情。

"真的、真的很感谢你,可我知道你不是他。"

哪怕两个人模样相似,姜言也在尽力地扮演着她曾经想让他扮演的人,但世界上最难的还是自欺欺人。

甜而不腻的奶油化在唇齿之间,无论从感官还是科学角度上来说,蛋糕都是能够提高兴奋度的东西。

"怎么办?"她听见自己说,声音有些哽咽,"这蛋糕好像太好吃了。"

姜言没有说话,只是默默地站起身,去前台那儿又点了一些有特色的蛋糕。

在他转身之后,她一个控制不住,一滴又一滴的眼泪砸在了蛋糕上。

等姜言端着一盘蛋糕回来的时候,虞若安正在一边抽泣,一边往嘴巴里面塞蛋糕。

她一个抽噎,手抖着就戳歪了,沾满奶油的木勺碰到她的脸颊上,又是眼泪又是奶油。

姜言:"……"

他将手中盛满各式各样蛋糕的盘子放在桌面上，发出不大不小的响声。

他从口袋里摸出纸巾，探过身子将纸巾摁在她的脸上："你为一个男人哭成这样，出息呢？"

"我哭……哭是因为昨天喝……多了，今……今天脑袋疼。"

脸被摁在纸巾下面，她说话有些瓮声瓮气的。

可是正因为脸被纸巾藏起来了，她更加放任自己哭出来，姜言清晰地感受到手下的纸巾正在迅速地被眼泪打湿。

他"啧"了一声，又换上一张干净的纸巾，再次毫不客气地往她脸上擦去。

他的力气比较大，纸巾又算不上多柔软，很快虞若安的脸上便多了几分红印，那粗粝的感觉让她忍不住向后躲去。

"别躲。"

"疼……疼死了。"

姜言也不坚持："那你自己擦。"

虞若安捧住那包从天而降的纸巾，用比姜言轻柔不到哪里去的力道往自己脸上胡乱地抹了两把。刚刚擦完眼泪又流了出来，仿佛怎么也擦不干净。

她赌气地将纸巾一扔："我吃……吃不下了。"

"那就打包。"

姜言看着她红肿的眼睛，皱了皱眉："等会儿我再带你去一个地方。"

"不……不去。"

虞若安现在最想做的就是回去好好地睡一觉，以及将面前的十几份蛋糕想办法分出去，太浪费了。

一想到这些精致的蛋糕是用钱换回来的，一贯节省的她不禁鼻子一酸。

不过她的硬气没能持续两秒，想起自己拒绝的是姜言，他有一万种方式弄死自己还不会被警察追查到后,她又迅速地改了口:"去……去哪儿?"

"我带你去一个可以肆无忌惮哭泣的地方。"

虞若安今天去的最后一个地方是剧本世界。

只不过他们今天没有去公会,而是去了一个废弃的工厂。

那里似乎被人精心改造过,上面还悬着沙袋。

"你对这里还有印象吗?"

虞若安点了点头,又摇了摇头。

这个废弃工厂她是知道的,小时候的姜言就是在这里面被姜西铭找到,然后带进公会的。

不过关于童年的姜言,虞若安实在知之甚少,在知道她笔下的角色在没有她安排戏份时也会自己有剧情后,她就多了几分微妙的心理。

在虞若安的印象里面,小时候的姜言在整个剧本中只出现过两次,其一是他父母迫于无奈将他丢下;其二是他被姜西铭捡回去,总共就这两个情节。

这个废弃的工厂,在电视剧里面的镜头,总共不超过十分钟。

所以虞若安肿着一双眼睛,表示对眼前的一切还是感到有些新奇的。

"小时候的我比较淘气,比余沉那个小鬼还要淘气一点,所以大哥总是揍我。"姜言露出一个浅淡的笑意。

听到姜煞神也会被揍,虞若安露出一个发自内心的笑容。

姜言瞥了她一眼:"你别笑了,好丑。"

虞若安:"……"

"我小时候挺爱哭的,每次挨揍了之后都会跑进这里面,一边哭一边下定决心,以后谁揍我,我就揍回去。"他摸着那个沙袋,看起来有些怀念,"余沉那个小鬼和我一样,挺欠教育的。"

姜言转过身，不知道从哪里摸出来一副手套，耐心地帮她戴上："你可以试试，将难过的情绪全部发泄在这上面，不喜欢你的人不用在意，是他们没有眼光。"

小时候，姜言也是这样对自己说的：父母选择了丢弃他，是他们的损失。

虽然不知道失恋是一种什么样的感觉，可他知道，被人丢在身后是什么样的体验。

虞若安戴着手套，肿着眼睛，配合地往沙袋上打了两下："其实我不恨蒋琰。"

姜言帮她扶着沙袋，没有吭声，他知道她此刻只是想要一个纾解口。

"高中我就喜欢他了。"

"我第一次见他的时候，是我父母吵架，我哭着藏在了小区的树丛里面，想要看看父母谁先来找我。"

"可是最先找来的是蒋琰，他看见树丛在动，以为里面有什么流浪猫狗，便拿着食物来喂，结果从树丛里面爬出来一个我。"

想到初见时的场景，虞若安呼出一口气，干脆摘了手套坐在地上。

姜言在她身边也坐了下来。

"那时候我读高一，正是情窦初开的年纪，然后一喜欢他就喜欢了八年。"她笑着捂住自己的眼睛，哭了很久，没有眼泪了，只是隐隐觉得有些酸胀，"我其实可以找别人假扮情侣，大学城里有那么多学表演的大学生。"

姜言静静地看着她："可你还是选择了我。"

"因为……"她顿了顿，犹豫要不要继续说下去。

可男人今天的脾气难得的好，还帮她说下去："因为我和他最像？"

虞若安迟疑着，点了点头。

"八年的时间真的太长了,我在看到你的那一瞬间,就忍不住想——这八年,该有一个了断了。"

要么蒋琰在看到姜言的时候吃醋,两人在一起;要么蒋琰视而不见,她彻底死心。

她重新放下手,因为哭的时间太久,双眼皮变成了三眼皮:"死心的感觉也不错,只是我觉得哭一场更应景些。"

"这是你哭的第二场了。"姜言伸手指了指自己的背后,"第一场在这儿。"

虞若安不好意思地咧嘴笑了笑:"那时候我不太清醒,总觉得哭了跟没哭似的。"

两个人安静地坐了一会儿,她用肩膀顶了顶身边的人:"你今天怎么没有生气啊?"

"气什么?"

"你不是最讨厌变成别人的替身吗?可我……"她挠了挠头,剩下的话没有说出口。

"嗯,讨厌。"他一只手撑起身体,居高临下地望着她,"所以下不为例。"

听见这种威胁的语气,虞若安才重新舒了一口气。

原本她一直期待着姜言能够温柔一点,可他今天温柔了一天,她反而觉得很不适应。

果然,姜言就是姜言。

看着面前伸出来的手,虞若安伸手拽住,顺势起身,想了想道:"我要不要给你改一个名字啊?"

"改名字?"

"之前我是为了用你来纪念我的暗恋对象,所以起了谐音字。"她认真思索了一下,觉得两个人的名字实在太像了,还是换一个名字比较好,"褚一清怎么样?"

虽然这是她临时想的名字,但现在念起来还是挺好听的。

"不怎么样。"姜言周遭的空气又冷了下来。

所以她现在是为了另外一个男人,让他改名字?她哪来的狗胆?

"这个名字真的感觉不错。"

"那你让他改。"

"我怎么让他改?"虞若安愣了愣,"人家的名字在户口本上,你不一样,你还是没户口人士。"

姜言现在在现实世界的时间比较多,没事还总往人家大学跑,万一人家让他掏身份证什么的,也挺麻烦。

"没户口人士?"

姜言眯起眼睛,似乎想起了什么,语气沉了下去:"不需要,等你复活完我哥之后,我就不会出现在你们的世界了。"

虞若安愣怔在了原地。

的确是这样。

他现在会频繁地出入剧本世界和现实世界,是因为想要救活姜西铭。

他原本和她就是两个世界的人,因为种种事情才在一起,总有一天,两个人会分别。

不知道为什么,明明之前她日思夜想希望姜煞神快点离开,可现在一想到那个场面,竟然觉得心底隐隐地空了一块。

半晌无言,虞若安想了想后,做了一个努力握拳的姿势:"我一定会复活他的。"

"嗯。"

他顶着她,突然伸出手,两根手指搭在她的嘴角边,将其向下按了按:"刚哭完不要笑,丑死了。"

"你才丑。"她不服气地反驳道,"不过你的确不能改名字,观众都已经熟悉你了,你突然换一个名字,最头疼的还是我。"

一想到导演还有观众不停地质问编剧是谁，为什么好好的要换男主的姓名，她就觉得一阵头大。

"改名让你头疼？那我突然有点心动了。"

虞若安："……"

虞若安觉得，刚刚的不舍肯定是假象，姜煞神还是快点离开比较好，不然她迟早会被气死。

敢怒不敢言的虞若安将气全部撒在了那个无辜的沙袋上。

或许是因为地点不同，不在公会里面，看不见那个空荡荡的房间和颓丧的姜言，虞若安感觉整个人的心态都不一样了。

在这个世界里面，除了姜言以外，所有人都不知道她就是虞若安。

她可以放肆地哭闹、喊叫，反正所有的锅都是阮落落背。

这样一想，她就忍不住看向姜言，想要让他以后经常带她来剧本世界玩玩。

姜言一眼就看穿了她到底在想些什么，没有任何思考就拒绝了："你想都别想。"

"就偶尔放松一下，我们还能进来找找看有没有什么没利用上的线索……"话还没有说完，虞若安整个人被扯离了沙袋旁边。

她刚刚离开，沙袋上就多了一个菱形的暗器，细碎的沙粒顺着破洞不断地洒落在地。如果刚刚没有姜言，她现在身上已经多了一个洞。

"你找一个地方躲起来，我没喊你就绝对不要出来。"

姜言的语气是少有的严肃。

她被他的语气吓到，不明所以地躲到了一堆钢筋后面。

而姜言随手捡起一根被折断的钢筋，缓缓地朝第二层的尽头走去。

虞若安眯起眼睛去看，才发现在尽头的地方有一个衣角一闪而过。

姜言的视力比她要好，自然也看见了。只见他猛地跃起，一只手抓住上面的横梁，一个飞跃便站到那人的面前。

他的记忆力一向很好，一眼便认出了眼前的人，是当初追杀他的团伙中的其中一人。

姜言眯起眼睛，趁着对方还没反应过来，一只手用钢筋挑掉了对方的手枪，同时迅速地近身，将其制服压倒在地："说，是谁派你来的，你又是怎么知道这个基地的？"

那个人明明被按跪在地上，却没有半点害怕，眼角边甚至闪过一丝得意。

得意？姜言的眼角跳了跳，一种不好的预感突然浮至心头。

果然，当他扭过头的时候，虞若安已经被人抓住了，明晃晃的刀刃正横在她的脖颈间，令人有些胆寒。

虞若安真的欲哭无泪。

原本她躲在钢筋后面是为了不暴露自己，可谁想到那堆钢筋后面也埋伏了对方的人。

而且，这个人她还挺熟悉的。

大反派的其中一个手下，原名程杰，外号小辣鸡——这个外号当然是观众送的。

被叫这个外号还是因为他的武功不高，出场两次都做了炮灰。不是被男主姜言揍，就是被自家老大揍。有一次他遇到阮落落，也被狠狠地打了一顿，毫无还手之力。可以说，他是一个调节气氛的角色。

程杰原本只是负责联络，随时跟组织汇报情况，万万没想到钢筋堆后面突然藏进来一个人。

两个人大眼瞪小眼片刻，他伸出一根手指颤颤巍巍地指向虞若安："阮……阮落落？"

可他不知道的是，面前的"阮落落"不是阮落落，而是只有上帝视角、武力值为零的虞若安。

正所谓菜鸡互啄，没有谁赢，只有谁更菜。

虞若安见姜言去二楼尽头了，面前的人又是程杰，便大着胆子，用刚才打沙袋的力道一拳揍向了程杰。

正处在呆愣中的程杰硬生生地挨了这么一拳。

不过在手套碰到脸颊的那一刻，程杰才后知后觉反应过来——阮落落好像没有之前厉害了。

这个想法给了他勇气，他掏出口袋里的小刀对准了虞若安。

在看到刀尖的一刹那，"尿王"虞若安又尿了。

她高举双拳："小……小心点，会划伤人的。"

程杰咽了咽口水："那……那你配合点！"

于是，就有了刚刚的那一幕。

程杰一只手扣着虞若安的肩膀，一只手拿着匕首抵在她的脖颈上，缓缓地走向姜言那边："你……你放了我兄弟。"

如果不是手上有阮落落，程杰此刻肯定已经被姜言吓跑了。

不过即便如此，当姜言的视线看过来时，虞若安依然能清晰地感觉到自己脖子上的刀正在抖。

于是她也开始抖："大哥，你别害怕，姜言就是看起来比较凶，真人没有那么可怕的。"

"你……你放屁。"

"真的！他就是纸老虎！而且你仔细看看，难道不觉得他的长相是很温和的吗？"

说话间，抖动的刀刃已经微微划伤了她的脖颈。

虞若安快要疯了，她多么希望挟持自己的人是一个硬气点的坏人，至少她不用担心会被对方误伤。

被她这样一安慰，程杰便大着胆子重新看向姜言。

不过姜言没有看程杰，他全部的注意力都集中在虞若安的脖子上。她的脖子已经被锋利的刀刃划破了，鲜血微微染红了刀锋，这让他的眼睛也染上了红色："谁给你的胆子动她？"

程杰也要哭了，他哆哆嗦嗦地向虞若安抱怨："温……温柔什么！"

换作其他任何一个人，姜言都不会那么着急，他可以用钢筋挑掉对方手里的匕首，就像刚刚挑掉别人的手枪一样。

可这是虞若安，她不会打架、手脚又笨，肯定不会配合着他的动作来行动。

万一她没有躲开，匕首反而扎到她怎么办？

正犹豫间，刚刚被姜言制服的阿九趁机站了起来，虽然姜言反应迅速，一脚将地上的手枪踢掉，可对方还有暗器。

如果姜言躲开，就会扎进虞若安的身体里面。

略一犹豫，他硬生生地挨了这一下。

"姜言！"

虞若安瞪大了眼睛，顾不得脖颈上横着的匕首，下意识地想往前冲，锋利的刀刃划破了她的脖颈，这一次划得比较深，血不断地流向地面。

程杰也没有想到她突然像不要命一般，吓了一跳，手中的匕首应声而落。

看准了这个时机，姜言顾不得肩膀上的暗器，一只手搂住虞若安，一个手肘重重地砸在程杰的肋骨上。

程杰在被放倒的同时，阿九却凑了过来。

若是以往，这两个人压根儿不够姜言打，可是在肩膀受伤，怀中还抱着一个累赘的情况下，姜言也开始吃力起来。

偏偏阿九看准了这一点，攻击频频朝向虞若安。

三个人纠缠在一起，虽然其中虞若安是被迫的，并且搂住她腰身的大手时不时地带她进行一些旋转动作，动作难度极大，旋转速度极高，比坐过山车刺激多了。

幸好，姜言也发现带着一个累赘实在难以解决，在一脚踹向阿九的肚子的时候，手上用力将虞若安抛了出去。

虞若安晕头转向地趴在地上，等她缓过神爬起来的时候，发现程杰就倒在自己身边。

虞若安："……"

冤家路窄。

肋骨被姜言揍断一根的程杰扯着她的脚腕，不停地高喊："阿九！"

他的高喊也让姜言分了神："小心！"

虞若安正在与程杰做争斗，她的心思也很简单，只是想着要尽快地摆脱程杰，不能再让姜言分心，可她在和程杰挣扎间，两人的位置不知不觉挪动到了尽头。

只要再往下，两人便会从二楼坠下去。

在虞若安的坚持不懈下，她脚下一个使力，终于挣脱了程杰的束缚。

她还没高兴两秒，便一脚踏空，往后仰去。

她慌乱地闭上眼睛，隐约间只觉得有一个温暖的怀抱搂住了自己，而后便是一声闷响，她晕了过去。

虞若安醒来的时候，已经躺在诊疗室了，旁边坐着一个面色黑如锅底的男人。

见她醒来，程叔对着那黑脸的男人开口："好了，现在落落没事，你可以安心去躺着了。"

二层楼的高度说高不高，说矮不矮。

当姜言将虞若安从沙袋旁边拽过来的时候，便按下了裤子口袋中的信号发射器。

姜西铭出事以后，程叔便给每个人配了一个信号发射器，凡是任务过程中出现了什么麻烦，都可以按下紧急按钮，公会里没有其他事情的人便可以尽快地赶过去帮忙。

当程叔赶过去的时候，正好看见虞若安一脚踏空从二楼掉落，而姜言纵身一跃，一只手将虞若安搂进怀里，一只手拽住旁边的铁栏作为缓冲。

所以两个人掉下来的时候都没有伤到骨头，而虞若安纯粹是被吓晕的，她脖间的伤口虽然看起来恐怖，但没有伤及动脉。姜言的伤口反而比较深，后肩原本就被暗器开了一个口子，又拉着铁栏使力，关节有些脱臼。

可偏偏他在没看到虞若安醒过来前，怎么都不肯去睡觉。

被程叔的话一提醒，虞若安才看到姜言的左手臂打了石膏，眼底泛着疲惫，青色的胡茬长了出来，整个人看起来变得成熟了几分，却有些狼狈。

虞若安对姜言的印象其实可以分为两个阶段：第一个阶段，姜言老老实实地做她笔下的角色，她自认为男主温和谦逊；第二个阶段，是姜言从剧本世界来到现实世界，性格全部颠覆了她给他的设定，恶劣到不行，其中最爱做的事情一定包含了一条——威胁她。

他没事时穿一件老头衫和裤衩趴在沙发上打游戏，或者威胁一下她。

上一次见到这样狼狈的姜言，还是因为姜西铭的离去。

原本想说的话尽数被咽回了嗓间，她伸出一只手，轻轻地戳了戳姜言的胳膊："疼不疼？"

可惜她的感动完全没有被男人接收到。

姜言冷着一张脸，把她乱动的手捉在手心："你乱动什么，没看到在挂水？"

虞若安后知后觉地发现自己的那只手扎了针，此刻正在回血，于是她老老实实地将手塞进被子里。

"你现在知道老实了？之前打架的时候怎么不老实一点？程杰的肋骨都断了一根，你还能把自己折腾下去，真厉害。"

他还想说什么，被程叔一巴掌拍在屁股上，原因是他全身上下只剩下屁股还完好无损。

"你怎么不反省一下自己？医生让你赶紧去休息，你合眼了吗？"

姜言："……"

"给我休息去！"

姜言一向敬重程叔，屁股被拍了也没吱声，老老实实地长腿一迈，在旁边的床上躺了下来。

五分钟后，虞若安听到隔壁床铺传来均匀的呼吸声。

程叔等她拔完针，冲她比了一个手势，开门离去。

脖子上的伤口有些疼，还有些痒，她闭着眼睛想伸手去挠两下，手就被人扣住了。

刚刚还一副陷入梦乡模样的姜言，不知何时悄然无息地立在床边："别挠，你管不住自己的手，我就把你捆起来。"

虞若安："……"

越不让挠脖子就越痒，她清了清嗓子，试图游说姜言："其实，我不是这个世界的人，等你带我回去之后，这些伤应该就不在了。"

"真的吗？"这个说法倒有几分可行度，姜言将信将疑，立刻就想掏魔方出来。

"哎！"她抽了抽嘴角，"先不急，把你的伤给养好。"

她现在还能回想起那个破掉的沙袋究竟是什么模样，而那个暗器就这样直直地扎进姜言的后肩，不用想也知道伤口会有多深。

虞若安顿了顿，似乎想到了什么，疑惑开口："你是不是对我的伤太在意了一点？"

他刚准备拧动魔方的手一顿，居高临下地看着她，半晌才低声开口："你想太多。"

她悻悻地摸了摸自己的鼻子。

姜言将魔方随手扔到自己的枕头旁边，粗鲁地给她披好被角，却小心地避开了她的脖子。

随后他将自己塞进了隔壁床铺的被子里面，冷声命令："睡觉。"

"哦。"

命令别人睡觉的人，自己没有睡觉。

他微微蹙紧眉，看向一旁的虞若安。她似乎真的困了，没过一会儿就睡了过去。

可她刚刚的话，却让姜言没有丝毫睡意。

他的确紧张过头了一点，从小到大，他受过无数次的伤，身边的人也经常受伤，偏偏在看到虞若安的血后，他失去了全部的冷静。这不是什么好事。

虞若安创造了他，如果硬要给她在他的生命中安排一个角色，那么她可能是神明，可能是刽子手，唯独不该是女朋友。

可是她会成为他的女朋友吗？肯定不会。

觉得相当笃定的姜言，心满意足地放任自己沉入了梦乡。

第六章

没有他的话,你能不能考虑一下我

虞若安打的如意算盘相当美——她毕竟是现实世界中的人,在剧本世界受的伤等回到现实中后,自然而然就会消失不见。

所以她全程没有忌口,伤口愈合时痒了就挠,偶尔被姜言看见逮住说两句时,她才会乖上一会儿。

等姜言转身一走,她又挠得异常欢快。

不过没了顾忌,她下手就有些没轻没重,一不小心就将伤口挠裂了。

于是,准备帮虞若安上药的姜言就看到原本已经结痂的伤口重新冒了血丝出来。

姜言的眼睛微微眯起,没有说话,用镊子夹着酒精棉狠狠地压了上去。

下一秒——

"嗷——"姜言谋杀亲作者!

"知道痛?"男人冷哼一声,举着镊子继续帮她上药。

当看到镊子上面的酒精棉时，虞若安猛地跳了起来，警惕地看着姜言。

"自己挠的时候不知道痛，我给你上药你倒知道躲了？"

男人的声音不大，却让她莫名其妙地一阵心虚。

在姜言的注视下，她慢腾腾地挪回原来的座位上，将自己的脖子重新投向姜言的手下。

他脸上的神色终于有了好转，放缓了手中的力道，嘴上却不忘威胁她："你下次再挠破伤口，我给你上药也就不用放轻力道了。"

人在屋檐下，不得不低头，虞若安委委屈屈地做了保证。

公会里面响起一阵起哄声，一旁的程叔倒是看不下去了，取过姜言手中的酒精棉："你没资格教训落落，先把自己的伤养好再说吧。独臂侠很光荣？"

像是为了印证程叔的话，余沉毫不留情地伸出一根手指戳在男人的后肩上，姜言的脸色瞬间白了下去，额头上浮现出一层细密的汗珠。

"很疼吗？"虞若安顿时慌了起来。

"还行，死不了。"姜言誓要将双标进行到底。

"我……"她举着手，"我来给你换药吧？"

这阵子以来，她每次换药都是姜言来做的，可他每次换药却连让她看都不行。

而这一次，也毫无例外地得到无任何转圜余地的答案："不行。"

"你一个人怎么上药？"

虞若安难得坚持，默默地跟在姜言的身后。

他皱紧眉头，转身看向她："你的房间在上面一层。"

她不吭声，依然跟着他。

姜言的眉头皱得更紧了："你这样进一个男人的房间，不太好吧？"

多次进出过姜言的房间的虞若安："……"

可她的沉默并没有让他的神色好转，甚至眉头蹙得更深："我说不行你就不进？你平常怎么没这么听话？"

所以是她的错觉吗？姜言好像更加暴躁了。

虞若安秉承着多说多错、沉默是金的原则，抿紧了嘴唇，默默地跟在他的身后，等到他打开房门的时候，她也伸出一根手指轻轻地戳在他后肩的伤口处。

完全没有想到她会来这一招，姜言在原地愣了片刻。

就这一愣神的工夫，虞若安灵活地从空隙间钻进了他的房间里，一副"不管你的态度究竟是什么，反正我今天一定要看到伤口"的模样。

"你的胆子大了。"

男人的声音照例让虞若安打了一个哆嗦，不过向来是尿王的她居然依旧坚持着。

两人僵持了好久，男人拿她没有办法，开口："如果你觉得恶心，就闭上眼睛。"

他这个人一向骄傲惯了，哪怕受伤也不让任何人知晓，就连程叔也只帮他上过一回药。

白色的纱布被男人一只手艰难地拆下，虞若安终于看到了他的伤口。

暗器扎下的地方并不是一个形状规整的洞，而是从上到下有着撕裂的痕迹。透过缝针的线，她可以隐约看见里面长着粉红色的新肉，周围还有些红肿，看起来异常恐怖。

虞若安知道，这是男人为了救从二楼坠楼的她时，再度撕裂的伤口。

她生活在和平的年代，很少见这些血腥的场面，可在姜言来到她的生活中后，她好像被迫与血和痛更近地接触在了一起。

可这一切，归根结底还是她的错。

是她创造了姜言，让他生活在这样一个危险的社会。

虽然她嘴上总是自诩着亲妈，说自己最终一定会给姜言写一个好结局，可在看到姜言身后大大小小的伤痕时，她没办法再自欺欺人了。

见男人草草地换过新绷带就想把自己包扎起来，虞若安终于知道第一次见面的时候，他那个看起来像是闹着玩的包扎形状到底是怎么来的了。

于是，她赶忙上前一步，拿过酒精棉帮他轻轻涂抹着伤口。

"你不害怕？"姜言不想让虞若安看见自己的伤口，无非就是害怕她太过自责，又或者是没办法忍受这样的画面。

她跟他不是一个世界的人，也不是医生，虽然她将这个世界创造出来，但从没有亲眼去见证在刀头舔血的生活。

她老老实实地回答："害怕。"

以前虞若安面对所有害怕的事情，都采取同一种态度——避为上策。

可这一次，她却觉得自己没有办法继续逃避下去了。

在彼此的互帮互助下，虞若安和姜言的身体养得差不多了。

姜言的伤口已经拆了线，虞若安的脖子已经拆了纱布，上面有一道略微深色的疤痕。

当在公会里吃饭的时候，姜言的视线一直若有若无地停留在她的脖子上，这让她有些许不自在。

吃完饭后，她终于忍不住了，扯住姜言的胳膊："我脖子上的疤是不是很丑？"

姜言盯着她半晌，手指轻轻蹭过她脖子上的疤，见她被痒得缩了缩自己的脖子后，他才答非所问："你之前跟我说，你的疤到了现实世界就会消失不见？"

"嗯。"她点点头，"我是这样猜想的，毕竟和我不属于这个世界一样，在这个世界所出现的疤痕，等我到那个世界的时候，应该就会自己消失了吧？"

姜言沉吟了片刻："我们回现实世界看看吧？"

"啊？"

没等她反应过来，姜言已经掏出了魔方并转动，将两个人带回了现实世界中。

虞若安迷茫地看着眼前熟悉的家，眨了眨眼睛："这么快就回来了？"

男人没有说话。

他的面色有些阴沉，直直地看着她脖子上的伤口："没有消失。"

她愣了好一会儿，才反应过来他到底在说些什么。

她走到镜子旁边，看见自己脖子上的伤疤还在，她的如意算盘完全落空了。

虞若安伸出手摸一摸那块疤，与旁边的皮肤不同，手上明显有凸起的感觉，再放下手瞧了瞧，实在算不上好看。

她瞅着那块疤，第一反应是——完了，过年回家的时候，我要怎么跟父母解释？第二反应是——咦，姜言为什么在生气？

等她反应过来的时候，姜言已经很明显地处在炸毛的边缘了。

"没事没事，反正现在已经是深秋了，我秋天戴丝巾，冬天戴围脖，等明年开春的时候，说不定这个疤就已经淡下去了。"虞若安赶紧给姜煞神顺毛，"我不是疤痕体质，很难留疤的。"

姜言将信将疑，犹豫了半响才问道："真的？"

虞若安疯狂点头，生怕自己点头的力道不够用力。他微微好转的脸色重新低沉下去。

可是姜言为什么会炸毛？她对这个问题实在百思不得其解。

没等她想出个所以然来，姜言就拽住她的手腕带她往外面走。

"干什么去？"

"买丝巾。"

虞若安："……"

于是刚刚回到现实世界的两个人,还没有休息片刻就风风火火地跑去买丝巾了。

在买丝巾这个问题上,两个人之间颇有争论。

"碎花的丝巾?你的审美告诉我,你已经五六十岁了。"

"不适合你,显得你非常土。"

"所以你对丝巾到底有什么误解?你是要买丝巾,而不是抹布。"

……

如此种种,让虞若安气得直翻白眼。

偏偏导购员似乎就是她家小区对面那个学校的大学生,平时没事过来这边的商场兼职。面对自家产品被指责,小姑娘没有半点怨言,而是欢天喜地地凑到姜言身边:"您是计算机专业的学长吗?能不能请您帮我修台电脑啊?"

虞若安:"……"

修电脑找专业人士啊,不怕你的电脑炸掉吗?

虞若安心里的腹诽没有影响到他们两个人中的任何一个,她眼睁睁地看着姜言同意了小姑娘的请求,拿着小姑娘给的会员卡还有修电脑的定金,给她买了丝巾。

虞若安拎着手中的袋子,看着姜言呵呵一笑:"你是不是不喜欢阮落落啊?"

"是啊。"不明所以的姜言垂眸望她,"你怎么突然说这件事?"

"没什么。"她大步向前,"只是在剧本世界里走了一趟之后,我决定按照角色自己的心意来安排剧情,我看你的抵触情绪那么浓厚,最适合单身。"

注定孤身的直男!没有任何花纹的丝巾有什么好看的?要尊重当事人的意愿不懂吗?

她说完之后才后知后觉地发现自己刚刚那一番话夹棍带刺,再偷偷瞄一眼姜言,男人果然皱着眉。

虞若安舔了舔唇，刚准备设法补救，却发现姜言在意的点根本不对。

姜言："为什么我最适合单身？"

虞若安："咦？"

她还以为他会针对这点拍手称赞。

看来她当初那个尽快了解笔下角色的想法，得尽快提上日程了。

买完丝巾之后，姜言觉得自己浑身上下都不太舒坦。

看见虞若安戴着丝巾他心烦，看见她将丝巾扯下，露出自己的伤口，他依旧心烦。

虞若安胆战心惊了一路，似乎终于意识到他今天如此暴躁的原因。

于是在打开自己家门之后，她当着姜言的面将脖子上的丝巾解下，露出一截细白的脖颈对着姜言。

她的皮肤很细腻，于是那道微微凸起的疤痕更为显眼，他的眼神微微闪烁了片刻，而后扭过脸去。

"其实我没有怪你。"虞若安难得强硬地将他的脑袋扳着面对自己，"如果我受了这么一点伤，你就这么久都不能释怀的话，那么是我创造的那个世界，我是不是要一直迁怒自己？"

姜言抿了抿嘴唇，没有说话。

"或者换一种说法，那个世界中你们所受到的全部伤害都是由我一手创造，你是不是也要一直怪我？"

她满脸严肃正经，客厅内顿时一片寂静。

姜言的沉默终于结束，他挑了挑眉，好整以暇地抱臂环胸："我一直都在怪你，难道是我表现得不够明显？"

虞若安："……"

行吧，是她会错意了。

被责怪的虞若安灰溜溜地回到了自己的房间。

在自己所创造的世界受伤这件事情，对她而言，其实也不是一点感悟没有，至少那份疼痛让一切变得更加真实起来。

在认识姜言之前，或者说在姜言来到自己生活的世界之前，虞若安一直认为那是她笔下的角色，就算对他们付出了感情，也只是一时的。她这一生中会创造出许许多多的角色，或许在她心中有血有肉，但那也不过是幻想出来的。

在她的脑海中，那些角色会蹦会跳，唯独没有温度。

可是在姜言来到她身边之后，她逐渐发现那些角色有血有肉有体温，逐渐发现那些角色也会感知到疼痛。

就像她当时的疼痛一样，甚至更甚。

她每一个草率的决定，一旦有了表面上的逻辑，或许就会伤害到那个世界中的一个人。

她想要复活姜西铭的念头空前强烈，觉得自己应该更谨慎小心地对待那个世界中的每一个人。或许这是被她一直以来忽略的责任。

虞若安扑在房间里的小沙发上，决定先跟导演商讨一下第二季的剧情走向，毕竟一部剧并不是她一个人的作品。

她前前后后翻找了半天，才从桌子上找到了自己的手机。因为在剧本世界中待了一段时间，她现在对手机的需求度直线下降。

她十几天没有用手机，手机已经自动关机了。

虞若安又进行了一番寻找，找到了手机充电器。

做好这一切后，她擦了擦额头上不存在的汗，自我满足地觉得已经努力很久了。

这份自我满足感没能持续太长时间，当手机开机的一瞬间，无数条短信和未接来电蜂拥而至，手机甚至出现了死机现象，而让她手机死机的杰出贡献者就是顾以南。

顾以南：想来想去，我还是忍不住告诉你这番话。

顾以南：那天晚上，我其实没有喝多，只是没有勇气面对那个心心念念在意着蒋琰的你。那天晚上，你坐在街角的长椅上，我甚至出现过特别阴暗的念头。你连替身都不让我当，是不是完全不在乎我？可理智让我没有将这句话问出口，不管你有没有喝醉，似乎这句话问出口之后，我们似乎便连朋友也当不成了。我曾经一向信奉缘分，觉得蒋琰和你之间才是真的有缘，不然他为什么无意中就能找到草丛中的你，而我费尽心思填报志愿，却还是和你在城市的两侧。说来也惭愧，我现在敢将这些话说出口，其实也是他的鼓励。你没有喜欢错人，他已经有了自己的女朋友。不过告诉你这件事，我也有自己的私心。没有他的话，你可不可以考虑一下我？

顾以南：这么一番长情的告白，你居然狠得下心一周不回复？

顾以南：谈不了恋爱我们还可以做朋友，你说一声就成。

顾以南：虞若安，你不要吓我。

……

微信几十条，短信几十条，未接来电几十通。

当她的手机刚刚从死机状态解放出来的时候，顾以南又打了一通电话过来。

他似乎没有想到电话会被接通，语气中带着满满的小心翼翼和期待："是虞若安吗？"

"我的手机不是我接，你还期盼着是谁接呀？"她的嗓间蓦然酸涩，故意开了一个玩笑。

听出是她的声音，顾以南长长地舒了一口气。

那种如释重负的感觉是骗不了别人的。

顾以南在电话那头沉默了良久："你接电话就好，我先去跟警方汇报一下。"

一开始她不回消息，他以为她只是不知道该怎样面对他的告白。

反正一直以来，她就是那样的性子，遇到天大的事情首先想到的是怎么去逃避。

可在她这么长时间没有任何信息,无论是什么软件都看不到她更新状态后,顾以南终于慌了,于是他今天上午报了警。

结果报警没有两个小时,她就接了电话。

顾以南再次打电话过来的时候,笑骂道:"你是不是故意的?"

"我真不是有意的。"虽然虞若安心中愧疚,但还是不得不绞尽脑汁编造着谎言,"我最近在构思《九阶魔方》的第二部,可是一直没有灵感,便去郊外采风了。那里没有什么信号。"

顾以南虽然心中存疑,但没有道破:"下次你去之前打声招呼。我去你家的时候你也没有开门,我以为是你找的替身情郎将你拐卖了。"

"替身情郎"四个字让虞若安的身子僵了僵。

有些事,不是逃避就能够解决的。

她也曾想过既然蒋琰不喜欢自己,那她就和顾以南在一起吧,为什么可以找姜言当替身,却不能找顾以南呢?

可是不行。她心里清清楚楚地知道,她对他没有任何爱情的成分,掺不了假。

她可以和姜言假扮男女朋友,可以和这个世界上任何不喜欢她的人假扮男女朋友,唯独顾以南不行。

因为在爱情的天平上,一旦有人在砝码上加了码,就再也不能平衡。

于是,虞若安不得不面对那条告白短讯,哪怕有些迟:"抱歉,我的答案还和当年一样。"

顾以南一向聪明,他曾想过但凡虞若安给他一点暗示,他便可以左顾而言他,可他没想到的是,她会这么直接。

就算是他,此刻也不想勉强自己再挂上伪装的笑意:"这么直接?像我这种世界顶级备胎,可是过了这村儿就没这店儿了。"

虞若安嗓间的酸涩在此刻更加强烈。

她此刻终于明白,她难过的是顾以南这么骄傲的一个人,却甘愿将自己降为备胎。

"顾以南,你去喜欢其他女生吧。"她闭了闭眼,终于还是将这段话说了出来,"或许就像我对蒋琰那样,时间久了,也就不知道自己心中的那份感情究竟是不是执念了。"

在听到蒋琰有女朋友的那一刻,她没有自己所想象的那么难受。

或许是她早有准备,又或许是之前已经将所有的情绪宣泄殆尽。总之,此刻她的心中,遗憾大于悲伤,而祝福又大于遗憾。

曾经青春年少时喜欢的那个白衫少年,最终与他执手的人并非自己,虽然足够遗憾,她却也想给予对方最大的祝福。

她的态度异常坚决,顾以南只得苦笑了一下:"你这么果断,我不知道该为你的坚决而难过,还是该为你替我着想而开心。"

"你知道吗?"他深吸了一口气,"有的时候我真希望能够变换身份,或者时间能够倒回,我比蒋琰先找到你,这样我就不会有这么多年的兜兜转转,爱而不得了。"

一阵唏嘘后,顾以南那边传来经纪人的声音,似乎在催促他快点准备,等会儿就要去见广告商了。

挂断电话后,虞若安的脑海中反反复复地回想着她刚才和顾以南两个人的对话。

变换身份?如果变换身份就可以重来的话……

她猛地从小沙发上弹了起来,匆匆敲响了姜言的房门。

他似乎刚刚在洗澡,头发还湿着,刘海搭在额头上,比平日看起来要无害几分。

有水珠从他的刘海上滴落,虞若安的视线随那滴水珠缓缓往下滑,滑过他的脖颈、锁骨和腹肌,再到那充满了遐想的地方。

她的脑海中瞬间炸出了层层的烟花,脸颊开始不受控制地升温。

虞若安情不自禁地咽了口口水，没话找话："你……你刚刚在洗澡吗？"

"看不出来？"姜言挑了挑眉，"还没看够？"

回应他的，是房门"砰"地合上，还有她结结巴巴的话："你先……先把衣服穿好再开门！"

她的羞赧仿佛成了他的情绪修复剂，这段时间以来，他那股无端的焦躁和烦闷终于得到了缓解。

他慢条斯理地穿好了衣服，重新打开自己的房门。

房门面前，虞若安捂着自己的眼睛："你穿好衣服了吗？"

"该看的你都看完了，现在才想着掩耳盗铃，是不是太晚了一点？"

"谁……谁看了！"

无意义的争执每天都在上演，今天也不例外。

持续了十几分钟的"看"与"没看"，虞若安终于想起来自己敲门的目的——"我想到要怎么救姜西铭了！"

一句话成功地堵住姜言的嘴，他沉默片刻："你确定？"

"我确定！"她兴冲冲地用双手比画，"我们之前不是就已经判定，想要改变那个世界，就只需要符合那个世界的逻辑就可以了吗？"

"的确是这样。"

"所以，我们只要在第二部中间将姜西铭的角色设立成反派的话，一切的前情提要便都可以说得通了。"

姜言把她乱比画的手按了下来："反派？"

"对！"生怕自己说不清楚，她匆匆地找出笔和纸，蹲在地上就开始画因果图，"你之前跟我说，在你出任务之前，姜西铭那天晚上在你房间中与你彻夜长谈，并且在那个任务发布下来后，他便展现出了莫大的关心。"

姜言同样屈膝蹲在地上，专心致志地看着她画的因果图。

两人都没有想起来旁边有桌子的事情。

"假设姜西铭是反派，而这个任务本来就是要打入敌人内部，弄清楚你父母下落的线索，那么，无论是谁去出任务，都有可能会带回来或多或少的情报，只有姜西铭执行这个任务的时候，才有可能避开所有的重要情报泄露出去。"

在这样的前提下，姜西铭会与姜言彻夜长谈，并且商讨战术部署的事情，便都可以解释成是为了知己知彼。

"的确可行，不过我哥的性格一直都很正派。"

他担心，一旦姜西铭发现自己莫名其妙地变成了大反派后，心中的负担会不会过重。

不过对于这点，虞若安有不同的看法。

"没关系，你那么反感我给你的人设，可你这么多年不也坦坦荡荡地过来了吗？"

听起来似乎有理有据，令人信服……

虞若安还在整理因果图："还有，你记不记得你刚来到现实世界的时候，你对我说过一句话？"

"什么话？"

"你说你当时觉得事情很蹊跷，事情明明没有到山穷水尽的地步，可姜西铭却提前放弃了。"

"这一点我现在仍觉得奇怪，也曾调查过。"姜言在纸页上的空白处轻轻敲了敲，"比如说，我哥害怕我最终选择了救他出去，从而放弃自己的生命，所以他宁愿提前放弃自己。"

这个解释，其实是虞若安在开始创作之初所考虑到的。

不过现在换了一种思维之后，她可以更好地利用自己当时的逻辑漏洞："换一个解释如何？如果姜西铭是为了摆脱姜西铭这个身份，从而不让你起疑呢？"

如果是这种逻辑的话，不但能将之前的所有细节联系起来，还可以成功地复活姜西铭。

　　虞若安和姜言趴在地上商量了半天,两人最终敲定了结果——这是一个确实可行的办法。

　　有了大致的方向和思路后,虞若安快速地写完了《九阶魔方》第二部的大纲,然后去找了导演。

　　之前导演就一直让她尽快构思第二部的剧情,不过她始终没有足够的灵感。

　　将姜西铭作为最终反派这样的设定,不仅解决了她和姜言心头上的结,还催发了她的灵感。

　　可她怎么也没想到,导演在看完她的梗概与大纲之后,摇了摇头:"不行。"

　　"为什么?"

　　有修改意见是很正常的事情,可虞若安没想到得到的结果竟然是全盘否定。

　　她有些急切地双手交握,生怕是自己哪里没写清楚:"您再看一看?时间线上是合理的,当时姜西铭将姜言推出了机关外,导致自己坠入陷阱中,可没有人确认过最后在陷阱中的那具残骸就是姜西铭。因为整个基地都被毁了。"

　　"小虞啊,"导演喝了一口茶,打断了她说的话,态度依旧坚定,"当初姜西铭救弟心切,做了那个二选一的决定舍弃自己,也正因为这一幕才让观众对他留下了极为深刻的印象。你现在毫无铺垫地就在第二部中将他定为最大的 boss,你让观众心中怎么想?"

　　口中的所有说词都被虞若安咽了下去。

　　其实导演的看法也没有什么不对,只是两个人所处的位置不同。

　　她是编剧,要做的是让剧情跌宕起伏并且能自圆其说。

　　可导演不是,导演不仅要判断一个故事是否有逻辑,还要判断这个故事是否有市场，以及人物、剧情的走向观众是否会接受。毕竟这些因素夹杂在一起，才是外界对他导演一部片子的评定。

无关对错，只是两人角度不同。

虞若安走出来的时候，看见了门外一脸期待的姜言。

外面雨下得很大，世界的噪音似乎都被雨声遮掩了，一片宁静。

姜言守在门外，一只手执伞，一只手的拇指与食指不断地相互摩擦。

她知道，这是他紧张的时候才会出现的小动作。

玻璃门檐上挂着铜铃铛，进出之间都会发出一阵丁零零的响声。虞若安推开门的瞬间，姜言便发现了她。

他转过身急走两步，走至她的身旁，微微探出伞面将她整个人保护在伞下："怎么样？"

虞若安抿了抿唇，说不出答案。

直到她走进这份宁静中，才发现这份宁静究竟有多令人窒息。

可姜言固执地不肯开口，始终在等她的那一份宣判。

"导演说，"她终于缓慢开口，每一个字溢出嗓间的时候都像在接受凌迟，"第一部作品没有什么铺垫，结果到了第二部，姜西铭莫名其妙就成了反派的头目，这不合理。"

"不是有很多的细节吗？"姜言愣了片刻，而后急急开口，"当初我们两个一起整理的。"

姜西铭为什么能从废弃的工厂将年幼的他带出来；

姜西铭为什么要与他彻夜长谈；

姜西铭为什么会在还未到最后一刻时，选择将他推出去；

……

那张长长的因果图，罗列了所有可以利用的细节，是他们辛辛苦苦探讨的结果，更是他们两个人的期盼，怎么会这样被驳回呢？

虞若安所传达的话，他并非不能理解，每个人所处的地位决定了他看问题的角度。

可理解归理解,身为弟弟的他却不能接受。

"你干什么?"

见姜言气势汹汹地将伞塞进自己的手里,虞若安一时之间有些慌了。

"我去找他谈谈。"姜言的半边身子淋在雨中,他睁着眼睛,任由雨水冲刷,"只要带他去一趟剧本世界的话,他应该就可以理解我为什么想要复活姜西铭了吧?"

每个人都有自己的亲人,活到三四十岁的时候,都多多少少经历了那种亲人逝去的痛苦。只要经历了那种痛苦,就不可能不明白他想将自己亲人救回来的渴求。

"姜言!"虞若安吓了一大跳,也顾不得撑伞了,两只手死死地拽住姜言的胳膊,"你疯了吗?"

"我没有疯,我很清楚自己究竟在做什么。"

"就算你用这种方式说服了导演,可是制片人呢?观众呢?难道所有不赞同的人,你都想要将他们一一带回剧本世界中吗?"

就像剧本世界有自己的规则一样,现实社会也有它的秩序。

一旦更多的人知道可以通过姜言、通过魔方,自由地在两个世界来回穿梭后,一定会在现实社会中引起极大的震荡。

那样的后果,就算虞若安这么多年早就习惯了开脑洞,也依然不敢去想象。

雨势很大,没一会儿便将两个人从头到脚淋了个遍。姜言看着死死攥住自己手臂的姑娘,思维依旧清晰:"观众不在我考虑的范围内,只要你们剧组全员通过,只要你能正常地将剧本写完,要带多少个人过去我都不介意。"

这个时候,虞若安终于认清她和姜言之间最大的不同。

他们处于两个不同的世界。

可剧本世界毕竟是她一手创造的，她会对那个世界以及那个世界里面的人有感情；而姜言不同，这个世界对他来说，不过是另外一个空间而已，他没有半分情感。

在意识到这一点后，她情不自禁地打了一个冷战，那是在刚刚遇到姜言时才会有的反应。

虞若安咬了咬牙，松开了攥住姜言的手，猛地扑进了他的怀中。

完全没预想到会有这么一出的姜言顿时僵在了原地，看着怀中湿漉漉的脑袋，他一时不知道是放任她这样抱着，还是将她推开。

在他僵直着身子的同时，一双手开始在他身上四处游移。

姜言："……"

这样的举动的确成功分散了他的注意力，可光天化日之下……

姜言凭借着自己良好的视力，在雨中看见了来来往往的行人后，自认为脸皮很薄的他终于在纠结中推开了虞若安。

虞若安顺着力道往后退了两步，水珠在她脚下四溅开来，她的手下意识挥舞了两下。

她的姿势比较搞笑，但也让姜言成功地看清楚她手里拿的究竟是什么东西——他一直随身携带的九阶魔方。

"很好，你刚刚就是为了偷走我身上的魔方？"

低气压顺着雨雾传了过来，虞若安看着手中的九阶魔方，还没仔细思索，身体已经做出了迅猛的反应。

这种反应如果要用四个字来诠释，那便是"拔腿就跑"。

于是，两人在漫天大雨中上演了一场惊心动魄的你追我赶，而路人却对他们俩的举动有着另一番的解读。

"现在的年轻人啊，要浪漫不要身体。"

"谁没有疯狂过？我们当初也经历过。"

"要不我们也来试一下？"

……

这些话虞若安当然没有听到。自从大学毕业之后，她就再也没有进行过八百米奔跑练习了。

　　此刻被自己坑着重温了一遍，她大口喘气，雨水争先恐后地钻进她的口中，呛得她上气不接下气。

　　最惨的还不是这些，最惨的是她才跑了一条街，就被姜言抓住了。

　　"还跑吗？嗯？"

　　这一声"嗯"九曲回转，意味深长。

　　虞若安打了一个哆嗦，连连摇头。这条街的人比较稀少，也喊不到什么路人来帮忙。

　　她也不知道自己为什么会有这样的举动，只知道在意识到姜言对这个世界没有任何情感之后，她便打心底开始抵触。

　　如果姜言会做出这样的判断，是因为他对这个世界没有感情，那么她就阻止他做这样的判断，不过效果似乎不太理想。

　　姜言抹了一把自己脸上的雨水，朝她伸出手："给我。"

　　她咽了口口水，摇了摇头，将魔方往自己怀中紧了紧。

　　姜言眯眼看着她的举动，伸手直接扣住了她的手腕，微微使力，魔方便暴露在了他的视野内。

　　他的另一只手刚刚碰到魔方，虞若安就皱着眉头，一个劲地喊疼。

　　他的力气一向很大，生怕自己用力过猛真的伤到了她，迟疑间放松了扣住她手腕的力道。

　　而虞若安等待的，就是这个时机。

　　趁着姜言疏于防守，她猛地想要将魔方往后收。可她忘记了，魔方上面还有一只姜言的手。

　　在两股力道的冲撞下，魔方转动，他们前往了剧本世界。

　　熟悉的场景布置浮现在两人眼前，他们两个回到了姜言的房间。

四目相对，虞若安眨了眨眼，下一秒松开魔方，举手投降："现在冷静了一点吗？"

"我一直都很冷静。"话虽这样说，可他没有立刻重新回到现实世界，"给我一个你这样做的理由。"

在姜言心中，虞若安一直都很胆小怕事，能委屈自己的事情，绝对不会与旁人争论。在他面前，或许是他出场方式的问题，她更是一直对他表现出惧怕。后来因为一个不算美好的误会，她对他的态度才开始转变。

可无论是转变前的虞若安，还是转变后的虞若安，都不会做出这样的事情。

她犹豫了片刻，开口："你真的想要听一个理由？"

"嗯。"

"我不希望现实世界会因为救姜西铭崩溃。"

"在我心中……"

"我知道，"虞若安鼓起勇气打断了他说的话，"在你心中，复活姜西铭才是第一顺位。复活你哥哥之后，你就可以一边高呼着兄弟情万岁，一边回到你的剧本世界中，肆意地活着。至于现实世界怎么样，你当然可以不必理会。"说到最后，她的话语中竟然流露出了淡淡的抱怨。

即便被打断了话，姜言也难得没有发脾气，而是静静地听着她的看法。

等她说完之后，他才淡淡开口："那你希望我怎么做？"

他将一个简单的问题抛还给她，将她堵得哑口无言。

是啊，她说了那么一大堆话，却从来没有指出姜言应该怎么办。

她强硬地指出他太过自私，可人向来就是这样的生物，在指定的范围内，会下意识地选择偏袒自己的族群。

学校举办运动会，大家会给自己班拼命加油呐喊，哪怕周围的班级失望而归；

公司部门评比的时候，大家会找出自己部门的全部荣耀，哪怕会让隔壁部门扣奖金。

而姜言所做的，不过是在题目出来的那一瞬间，下意识地偏向了自己的世界。

只要他的世界能接纳姜西铭复活的逻辑，可以平复他们公会与他心里的哀伤，这个与他毫无关系的世界，他又有什么考虑的必要呢？

"姜言，"她在脑中搜刮了半天的说辞，终于开口，"我只是希望你能明白，两个世界都是平等的，你们会受到的伤害，我们也可能会有，如果有可能，请你不要破坏任何一个世界的秩序。"

"如果只要说服导演一个人，就可以救活我哥呢？"他犀利地指出问题所在，"如果只需要再牵扯进一个人，就可以换回我哥哥的话，我为什么不去尝试？"

"可我们永远没有办法判断，那个人究竟是不是最后一个人！"

有了第一个，就有可能会出现第二个。

两人之间第一次出现了争吵。

虽然虞若安表面上表现得相当勇敢，但是她的心里还是有些发怵。

她深吸了一口气，丢下最后一句话："我先回去洗澡了。"

直到她合上房门之前，姜言都还维持着刚刚的那个姿势，没有动过。

关上房门后，虞若安背靠着墙壁，有些愣怔。

两人观念不合，但是这种强烈的碰撞还是第一次发生。她也不知道自己究竟是哪儿来的勇气，现在回想起她吼姜言的景象，就一阵腿软。

不过这个世界显然没有要放过她的意思。

当她腿软的时候，程叔走了过来，满脸疑惑："你怎么把自己搞得这么狼狈？"

此刻，剧本中的世界正是艳阳高照，而她满身的水迹。

虞若安："……"

"你刚刚不是说你要出任务吗？"程叔狐疑地问道。

这个公会每周都会有一定的任务发布，公会里的人可以自由选取任务，任务成功便可以拿到佣金。

算一下日期，今天便是公会发布任务的日子。很有可能在他们进来剧本世界之前，原本的阮落落已经接下了某一个任务单，现在正准备执行任务。

正当虞若安绞尽脑汁想要怎么瞒过去时，姜言的房门打开了。

他面无表情地看了一眼虞若安，然后看向程叔："她听说我房间的淋浴喷头坏了，自告奋勇地要来帮我修。"他指了指自己，又指了指虞若安，"然后就修成了这个样子，最后还是我自己解决的。"

刚刚的疑惑得到了解答，程叔暧昧地冲他挤了挤眼睛："修淋浴喷头？花样不少啊。"

姜言的眉角抽了抽，没有说话。

"我就不打扰你们两个了，你们继续。"

程叔没有理会面无表情的姜言，大笑着离开了。

程叔走后，姜言神色复杂地看向垂着脑袋的虞若安。

她垂着脑袋，浑身上下都湿淋淋的，怎么看都没有刚刚在房间里和他拍板叫嚣的气势。他顿了顿，恶劣地开口："喂。"

虞若安下意识地仰起头，一条大毛巾从上砸来，正好盖在她的脑袋上。

她手忙脚乱地将自己的脑袋从毛巾中拯救出来，就看见姜言满脸嫌弃的表情："笨死了。"

笨死了？

下一秒，一双大手接过毛巾，动作不算温柔地替她擦着头发和脸,一边擦还一边嘲讽她:"你不是说要回房间洗澡吗,怎么像一只被遗弃的小狗一样蹲在我的房间门口?知道自己刚刚说的话很过分?"一连几个问题,气都不带喘一下。

她非常想测一下姜言的肺活量到底有多大。

不过在测肺活量之前,她还有一个问题想问:"你为什么会开门?"

她以为两个人在吵架,或许还会冷战一段时间,直到他们两个人其中一方被说服。

沉默了片刻,姜言将毛巾盖在她的脸上:"我如果不开门,你是不是就直接出任务去了?"

毛巾下面,虞若安的脑袋小幅度地点了点。

"你这么弱要怎么一个人出任务?"他的声音从她的头顶传来,"要是你死了,就没有编剧帮我复活我哥了。"

第七章

女人心海底针,男人心万丈深

虞若安身负重任,诚惶诚恐地继续点头。

可是姜言任性也不是一两天了,他四下看了看,将毛巾往她的手中一塞:"不擦了。"

"好。"她接过毛巾想自己动手丰衣足食,"我自己来就好。"

可她还没有行动,就被他一把拽回了自己的房间。

"快洗澡。"他粗声粗气地说道,"你刚刚养好伤,还想要感冒一场?"

虞若安局促地站在原地没有动。

半晌,她小心翼翼地仰起头:"你这里有我的换洗衣服吗?"

姜言:"……"

显然是没有的。

于是两秒后,她又被姜言推出了门外。

女人心海底针,男人心万丈深。

虞若安莫名其妙地盯着门口看了两眼,怎么也想不明白他究竟为何一副恼羞成怒的模样,于是她乖乖地回阮落落房间冲了个澡。

反正之前在剧本世界的那段时间,她一直都住在阮落落的房间内,也算半个主人了。

至于公会里的任务,两个人最终还是没做。

因为在她冲完澡后,又被姜言带回了现实世界。

在刚回到现实世界的头两天,虞若安始终提心吊胆,生怕姜言一个想不开就冲去找导演。

于是,姜言吃饭她看着,姜言出门她跟着,就连姜言上厕所,她也⋯⋯

"站住!"

离厕所还有五步远,他终于忍无可忍地转身看向自己身后亦步亦趋的"小尾巴"。

虞若安打了一个激灵,下意识地立正站好,仰起头看向姜言,那无辜的眼神似乎在问他怎么了。

"我去厕所,你也跟着?"

"啊?"她瞬间涨红了脸,连忙摆手,"我就在门口守着⋯⋯"

话说到一半,她突然觉得不太妥当,毕竟姜言的身手她再清楚不过。厕所永远不是一个可以拦住他的地方,万一他跳窗离开,她根本防不胜防。

这样一思索,她恨不得立刻化身为男性,与姜言同寝同食同上厕所,将他严加看管起来。

"如果我真的想要出去,你能拦得住我?"

他脸上的神情实在算不上和蔼可亲,可虞若安知道他说得没错,如果他真的想要出去,无论她是男是女,都拦不住他。

她抿了抿唇,看向姜言:"那你是想通了?"

"在你眼中,我对这个世界没有感情,所以可以毫无纠结地选择为了救活兄长,毁坏这个世界?"他毫不留情地拆穿她心中所想,"可你又怎么判定,我对这个世界就没留有任何眷恋?"

虞若安的眼神亮了亮。

他没有错过她神情一丝一毫的变化,冷哼一声:"所以你有跟着我的空闲时间,不如多想想要怎么说服导演,不然我就按照我的方式来了。"

"我现在就去想。"

她生怕他反悔,立马转身回房。

直到她将自己的房门合起,姜言才终于长舒一口气。

正所谓人有三急,而他现在很急,非常急!

背着自己的偶像包袱解决完三急之后,姜言慢条斯理地下楼,在小区里面晃荡了一圈。

他呼吸着久违的自由空气,买了一袋子小鱼干,懒散地喂着小区里面的野猫。

这些毛茸茸的小动物似乎远远就闻到了味道,胆子大的团团围在姜言脚下;胆子小的站在远处,小心翼翼地瞅着他,那眼神像极了虞若安。

他嗤笑一声,蹲下身子倒出一些小鱼干放在自己的掌心,很快便被分食完毕。

远处的那只小猫见自己的同伴都在欢快地啃着小鱼干,眼神中流露出明显的心动,于是晃晃悠悠地迈着四只小短腿颠了过来。

它伸出粉嫩的小舌头舔了一下姜言的掌心,而后两只爪子抱住小鱼干,心满意足地咀嚼了两口之后,终于往姜言脚下一躺,娇气地"喵呜"了一声,示意求抚摸。

姜言的大手往它的肚皮上一放,它舒坦地眯起眼睛,又咬了两口小鱼干。

等虞若安找过来的时候,便看到这样一副场景——男人的身边围满了猫咪,脚边还躺了一只花色最好看的。他时不时摸两下小猫咪的肚子，小猫咪便心满意足地啃着自己的小鱼干，等他的手一停下，小猫咪便快速地抖两下耳朵，蹭过去求摸摸。

光影斑驳处，他眯着眼睛哼着不知名的歌，带着说不出的柔和，看起来就像猫大王。

她轻手轻脚地凑过去，蹲在姜言的身边，从他身侧的袋子中摸出小鱼干来喂："你在哼什么歌？"

"我在马路边捡到一只猫。""猫大王"篡改着歌词，点了点猫咪的鼻子，不让它吃太急。

"是《我在马路边捡到一分钱》的改良版吗？"

他顿了顿，含糊开口："算是吧，曲没变，就改了词。"

恕她直言，她完全没有听出原来的调。

她没有吱声，静静地陪着姜言喂完了猫。

一袋子小鱼干很快就吃完了，猫咪们心满意足地舔完自己的爪子，晒完太阳后一哄而散。

刚刚在姜言脚旁边不停撒娇的小花猫也伸了个懒腰，迅速跳进了草丛中，一会儿就不见了踪影。

他皱皱鼻子，嘟囔了一句："小没良心的。"也不知道在说谁。

他将空袋子随手抓起，斜睨了一眼蹲在他身旁的虞若安："你下来干什么？"

"我……"

她伸手挠了挠自己的脑袋，怎么都不好意思开口。她是因为在家中没看见他的身影，以为他刚刚的那番话不过是缓兵之计，所以匆匆赶了过来，生怕他已经杀到了导演面前。

看着她手足无措的模样，姜言嗤笑了一声，没有再追问。

他站起身伸了个懒腰，居高临下地望着她："回家？"

"嗯。"

她踮起脚尖跟在他的身后走了两步，鬼使神差地开口："其实我有一个办法，但不一定能确保结果。"

姜言脚步蓦然一顿，转过身直勾勾地看向她，没有说话。

"导演不同意的原因不过是害怕观众不能接受。"她舔了舔略微有些干涩的嘴唇，仰起头看向他。阳光照在他的眼睛里，原本黑亮的瞳仁带着些微的棕色，看起来格外剔透。"只要有人能向导演保证，观众不会因为这一点放弃这部剧便可以了。"

"谁能保证？"

"或许我可以试试。"

在虞若安的想法中，导演害怕观众不能接受姜西铭变成反派的原因有两点：

其一，姜西铭在观众们心中的形象是正直厚重的兄长，并且已经下意识地将他划分到正面角色中，一时之间的颠覆会让他们觉得难以接受；

其二，在第一部剧集里面，没有过任何铺垫，导演或许是觉得她目前所找出来的大纲还不足以说服他，更别提说服观众。

也就是说，只要满足以上两点，便有可能让导演同意。

虞若安翻出当初两人整理的因果图，再拿出自己之前写的第二部大纲，决定还是从第一季的剧情入手。

她不能仅凭回忆，而是要将每一幕可以利用的剧情细细记录下来，就像他们当初寻找有没有救活姜西铭的方法时那样细致。

电脑面前，姜言和虞若安两个人正襟危坐，身前依次摆放着因果图、《九阶魔方》第二季大纲，还有当初两人记录的小本子。

虞若安的脑袋上扎起了正事专用的小鬏鬏，一脸严肃："准备好了吗？"

"地道战？"姜言曲起手指弹了一下她脑袋上的小鬏鬏，"啪"地按下了开始键，"赶紧开始。"

之前他们已经全部顺过一遍剧情，不过当初整理的内容是，在剧情后面大段的留白中，姜言有没有什么格外深刻的回忆；而这一遍他们需要找出可以为姜西铭的形象转变做铺垫的地方。

两人正在做笔记的时候，虞若安的房门突然被人敲响了。

她头也不抬地用手肘拐了拐身旁的男人："开一下门。"

"你这次就不怕被别人撞见了？"

"反正所有人都以为我谈恋爱了，同居又不违法。"

反正最后都会被拆穿，她不如索性坦坦荡荡一点。

姜言挑了挑眉，看着她聚精会神的模样，起身前去开门。

而这次串门的人也非常没有新意，依旧是熟悉的配方——顾以南。

他自从被虞若安二次拒绝后，反倒打开了自己的新大门，隔三岔五便会在工作之余蹭到虞若安家，美其名曰来找挚友玩耍。

他不仅玩耍，还会顺便嫌弃一下姜言的存在。

每次开场的第一句话都是："姜言？你怎么还不走？"

反复听了好几次，第一次姜言还饶有兴趣地回答两句，现在纯当听不见。

当然，顾以南也完全不在意他会不会回答自己。

顾以南熟门熟路地给自己换上拖鞋，嗒嗒嗒地一路找向虞若安，伸手捏住她脑袋上的小鬏鬏："我好久没有看见你扎这个辫子了。"

姜言也很喜欢弹虞若安脑袋上的小鬏鬏，现在看见这一幕，他不知为何有一种不爽，就像自己的玩具被别的小朋友霸占了那样不爽。

姜言不动声色地压下心中莫名其妙的不快，一屁股坐在不远处的凳子上，看向似乎陷在回忆中的顾以南："其他明星都很忙，怎么你这么闲？"

他的提问将顾以南从回忆中拽了回来。

顾以南没理会他的挑衅，一拍自己的脑门想起自己今天来的正事："安安，你前两天是不是将第二部的大纲给导演看了？"

正在认真工作的虞若安停下笔，按下暂停键："你怎么知道？"

"我听到了消息，导演昨天找制片人和投资商讨论了一下你的想法。"顾以南故意停顿了片刻，在吊足了她全部的胃口后才慢悠悠地开口，"最后的结果是留有商榷的余地。"

他既然知道导演昨天和制片人他们开会，自然也知道之前虞若安提出第二季的想法，结果被导演拒绝的事情。

导演虽然之前否定了她的想法，但他知道每一个想法和灵感对于创作者的重要性，所以他再三考虑了之后，决定开一个会，听听大家的想法。如果在有可能的前提下，不妨跟着那个世界原本的创造者走上一遭。

而现在，虞若安最重要的事情就是写出能说服所有人的新大纲。

"太好了！"她兴奋地从椅子上跳了起来，拿出目前整理好的资料递到顾以南的面前，"我们现在就在整理资料，只是总担心铺垫会不够多，不足以说服人。你看一看哪里还不够？"

顾以南接过资料翻看了两眼，发现上面密密麻麻地写满了灵感："这么努力？比某人高三时期要用功太多了。"

高三，身为全班最惹老师心烦的组合，他们两个不知道在门外罚了多少次站。

顾以南就不必说了，每天逃课已经成了他的习惯，而虞若安是看起来非常用功，但成绩就是上不去的典范。

虽然虞若安胆子小，不敢跟他一起逃课，但她时不时会上课开小差，瞥向蒋琰的方向。

顾以南如果在的话会帮她打掩护，两个人一块被老师扔出去。然后她站在教室外面，一扭身便是蒋琰的座位，于是偷看行为变得更加顺理成章，她被扔出来的次数也频繁了起来。

一开始虞若安不懂，为何顾以南被扔出来的次数也变得跟她一样频繁，后来才明白。因为当她扭身看蒋琰的时候，他正在偏头望她。

"打断你们两个的回忆非常抱歉。"

一道不解风情的声音传来，姜言伸脚踢了踢，一个柔软的东西碰到了虞若安的脚踝，她低头一看，是自己的拖鞋。

姜言冲她扬了扬下巴："你先把拖鞋穿上，感冒了别喊我。"

"如果你感冒了跟我说，我会照顾你的。"顾以南揽住她的肩膀，冲她眨了眨眼。

"她感冒的时候眼睛都睁不开，哪儿来的工夫喊你？"

"你见过她感冒的样子吗？"

虞若安："……"

这有什么好争的？

还有，为什么事态发展到了她好像一定会感冒的地步？

在姜言和顾以南的共同诅咒下，虞若安淋了一场暴雨没有感冒，光脚踩在地上没两分钟就感冒了。

虞若安一连打了好几个喷嚏之后，满脸阴郁地找来了体温计，又满脸阴郁地量了五遍体温。

量完五遍之后，她终于确认自己发烧了。

本来感冒发烧就已经够心酸的了，而她的耳边却还有一个男人在不停地冷嘲热讽："听说傻瓜是不会感冒的，现在你成功摆脱了傻瓜的行列，开心吗？"

在确认自己发烧之后，虞若安就将自己塞进了被子里面："怪谁？"

"不知道。怪谁？"

"被你和顾以南诅咒的！"

"你确定不反思一下你不爱穿拖鞋的这个习惯？"姜言嗤笑了一声，"每天光着脚在地上蹦跶，前两天还淋了一场大雨，你以为你十八岁？"

在她心中，她每天都是十八岁。

见她闭口不言，他更加恶劣地开口："还是你仅仅是为了向我证明，你并非傻瓜？"

她虚弱地抬起手，指向门外："出去。"

"出去？"

男人微微挑眉，她就尿了下去，乖乖将手塞进被窝里面："我怕传染你。"

从姜言认识她那天起，她就是这副小尿包的模样，尤其是刚刚接触的那段时间，他进她就退，他退她还退。后来两人相处的时间长了一些，她的胆子大了一些，偶尔他退的时候她会嚣张地进两步，可一旦他流露出前进的意思，她又噌噌噌退了回去。

现在回想起来，无论是哪一个阶段的虞若安，欺负起来都非常有意思。

看着姜言嘴角微翘的模样，缩在被窝里的虞若安心里一个劲地忐忑，生怕他又在酝酿什么坏主意。于是在心里不停祈祷着，希望他听信了她的说词。

上天偶尔也会听见她的祷告，于是姜言嘴角含笑地出去了。

不过上天听见的时效有点短暂，十分钟后，他重新出现在了虞若安的房间内。

他的手上拿了一大堆乱七八糟的东西。

虞若安瞅了一眼，依次看见了水杯、药丸、水盆和毛巾。

此时此刻，她从内心深处发出一个疑问：这么多东西，他是怎么一次性拿进来的？

这个问题还没有问出口，姜言就已经将药丸塞到了她的嘴边："吃药。"

她从小就害怕打针吃药，每次感冒发烧，除非到了万不得已的地步，她一般选择多盖几床被子睡觉，睡得昏天暗地之后，病就基本上好得差不多了。

不过迄今为止，她这个方法在两个人的面前无效，其一是她妈，其二是姜言。

前者反对的方式相当粗暴，她不乖乖吃药就带她去医院看医生，二者只能择其一。而后者，在粗暴方面有过之而无不及。

她刚准备开口拒绝，药丸已经顺着她张开的口被送了进去，紧接着倒满了温水的杯子就递到了她的嘴边。

她完全没有办法拒绝，趁着药丸的外衣还没有在口腔中完全化开时，赶忙喝了两口温水，将药吞了下去。

即便是这样，她也隐约察觉到了药丸的苦腥味，整张脸拧巴成了一团。

"还要喝水吗？"姜言见她皱眉，刚刚移开的水杯重新递了过来。

虞若安疯狂点头，将剩下的半杯水一饮而尽。

姜言将空的玻璃杯轻轻放置在床头柜上，一只大手揉了揉她的脑袋："乖。"

一个字让两个人都愣了愣。

姜言不自在地收回手，给出解释："你刚刚给我的感觉特别像小花。"

小花，那只喜欢在姜言脚边撒娇卖乖求抚摸的小猫咪。

虞若安："哦。"

他没再解释什么，转过身将湿毛巾拧干折好，放在了她的额头上，言简意赅地命令道："快睡觉。"

不知道是感冒药带来的睡意，还是她架不住躺在床上，床边还有个人不停地让你睡觉，总之她不知不觉地就睡了过去。

等她醒来的时候，脑袋上还放着拧干的毛巾，毛巾上带着凉意，显然刚放上去没多久。

她以为自己才睡下不久，挣扎着拿下毛巾去摸身边的手机，想看一下现在几点了。

手机被摁亮，泛着幽光的屏幕却告知她——这一场香甜的梦，已经持续了四个多小时。

"你醒了？"姜言听到动静，出现在她的房间门口，"醒了的话就出来喝粥。"

她含糊地应了一声，却盯着一旁的毛巾发呆。

她怔怔了几分钟，在客厅内又传来姜言的催促声后，忍不住伸手去摸了摸刚刚被她放在一旁的毛巾，依然泛着凉意。

所以这四个小时，他都在照顾她？

等她抵达餐桌的时候，姜言已经帮她盛好了粥。

看着她一副欲言又止的模样，他狐疑地看了她一眼："不想吃？"

"不是。"她摇了摇头，最终决定小声地道谢，"那个……毛巾和药，谢谢你。"

他瞬间明白过来虞若安刚刚的纠结到底是为什么，了然地哼笑一声："没事，小时候我生病，我哥也是这样照顾我的。"

"我……我会尽力复活姜西铭的。"

"嗯，我知道。"他不咸不淡地应声，"现在感恩模式结束，能不能坐下来吃饭了？"

他话音刚落，她就坐在了椅子上。

她吃完药昏睡了四个多小时，烧已经完全退了下去，现在只觉得饥肠辘辘。

她匆匆忙忙地往自己嘴巴里面扒拉着粥，隐隐约约觉得这一幕似曾相识。

好像在很久之前，他也曾这样准备好了粥，等她醒来一起吃饭。

她在脑海中思索了良久，终于回想起来，之前她宿醉的时候，他也做过同样的事情。

只不过那一次的粥好像没有今天这么难喝。

127

姜言意识到了同样的问题,他喝了一口后,皱着眉头放下碗:"怎么这么难喝?"

"是有一点。"虞若安舔了舔唇,感冒让她的味觉有一些迟钝,她喝了小半碗才隐隐察觉出一股腥气,"为什么白粥里面会有一种很腥的感觉?"

"我放了一点虾进去。"

"怪不得。"她煞有介事地点了点头,然后维持着点头抬起的姿势僵了片刻,才匪夷所思地开口,"这碗粥是你做的?"

他将她的震惊误作嫌弃,蹙眉道:"我还是订一份外卖吧。"

他一边说着,一边打开了手机。

"不用!"她往嘴巴里面又塞了一勺粥进去,"仔细尝尝,还是挺鲜的。"

"你感冒了,还能尝出来鲜不鲜?"

姜言嘴上嘲讽着,自己却将面前的粥喝了个一干二净。

不管怎么说,这是他第一次下厨,不给自己捧场算怎么回事?

虞若安喝完一大碗粥,主动承担起了收拾碗筷的任务,不过被姜言拦住了:"你给我乖乖去休息。"

"可我才睡醒。"

"睡不着就躺着。"

"我……"

"你不快点养好身体,谁来救我哥?"

虞若安眨了眨眼睛,原本不知所措还夹杂着某种复杂的想法的心情瞬间就恢复正常了。

"之前你让我假扮你的男朋友,我做到了,可你在复活我哥这件事情上却迟迟没有进展。"姜言微微眯眼,露出初见时的压迫感,"我觉得是时候给你一点压力了。"

这一天终于还是来了。

关于这点,虞若安其实心里也非常愧疚:"那我现在就去继续整理资料，争取加快进度！"

"不许！"

"啊？"

"你给我乖乖回被窝里。"前后言论非常不一致的姜言冷下脸来，"你听没听过什么叫作'磨刀不误砍柴工'？"

她似懂非懂地点了点头："听过。"

"所以你快点把身体给我养好，然后专心致志地复活我哥，听到没有？"

他的语气凶巴巴的，硬是看着虞若安乖乖地重新钻进被窝里面且闭上眼睛后才转身离去。

听见脚步声离开后，她悄悄地将眼睛睁开一条缝，被子下面的手动了动，捂住自己的心口，之前那种莫名其妙的情绪又涌了上来。

她不知道的是，在她看不见的厨房里面，姜言的神色同样复杂。

在姜言强硬式的照顾下，虞若安的病很快就好了。

顾以南之后听说的时候，懊恼得捶胸顿足，一个劲地悔恨自己为何那两天出去拍杂志封面了。

演了十几分钟的戏，顾以南见没有观众，十分寂寞地结束了表演："你们怎么都不捧场？"

姜言："嗬。"

虞若安倒是还算捧场，伸手鼓掌了三次。

顾以南："……"

"对了，我问你一件事，"虞若安咬着笔，声音有些含糊，"你之前在演姜言的时候，有没有察觉到什么不合逻辑的地方？"

她之所以问顾以南而不问姜言，是因为在姜言的世界中，剧本没有涉及的地方，他自己已经擅自将故事内容补充完整了。

一个人最多会反思自己的人生过得有没有意义，而不会反思自己的人生过得有没有逻辑。

所以这个问题如果去问姜言,是得不出任何答案的,只有去询问这个角色的扮演者,看看他在扮演的过程中,有没有觉得异常不顺畅的地方。

只不过当她这个问题提出的时候,得到了两个人的回应。

被提问的顾以南自然准备开口回答,而被点名的姜言也下意识地看向了虞若安的方向。

"没有问你。"顾以南给了姜言一个骄傲的小眼神,"最了解姜言的那个人是我。"

在顾以南的记忆中,姜言现在叫作"褚一清"。

被质疑不了解姜言的姜言本人:"……"

虞若安尴尬地咳嗽了两声,生怕姜言一个忍不住就暴露了出来,于是刻意地使唤他:"一清,给我倒杯水吧。"

姜言的脸色很臭,转身倒完水后将水杯重重地放在了她面前。

水面晃晃荡荡,洒了几滴水在桌面上,可她全程不敢抬头,假装正在认真地听顾以南分析。

她这样一副小媳妇的模样倒是让顾以南心里不痛快了,他仰起头看向不远处那个长手长脚窝在小沙发里面的男人:"你怎么还赖在安安的家里?"

"合同期还没满。"生怕他答错了,虞若安抢答道。

"合同?"顾以南愣了愣,"你们假扮一场男女朋友,还要签署合同?"

"为了严谨一点。"

当开始撒一个谎言的时候,就需要用无数个谎言来圆谎。

虞若安身后已经浮现了一层细细密密的汗,觉得自己需要用一个小本子来记下自己所说的每句谎话,免得哪一天因为自己忘记而穿帮了。

"严谨一点的确没错,不过你们签署的是什么合同?需不需要我请律师来帮你看一看？"

见虞若安频频送来求救的信号，姜言这才不急不慌地接过话题："请律师是假，找办法把我赶出去才是真吧？"

自己的目的被识破，顾以南倒也不恼："你每天住在安安家里，我总觉得很不放心。"

"她都放心，你还不放心什么？"

"对对对！"她赶忙举手，"其实我没有什么不方便的，就像多了一个租客那样。现在这种一人租住一间，然后共用客厅厨房的租住模式不是很正常吗？"

姜言的脸色一黑，手中翻看资料的声音蓦然变大。

虞若安莫名心虚地重新扭回脸。

他不爽了，顾以南倒是开心了不少，连带着给虞若安的分析都异常细致："其实我在刚开始看到剧本的时候，就觉得姜西铭这个人物太过正面，似乎身上每一处都是完美的，就连最后离世都带着壮烈与义气。你难道不觉得这点有一些奇怪吗？"

"有什么不妥吗？"

她一开始就是给姜西铭这样设定的。她觉得只有这样完美无缺的人在牺牲的时候，才会引起观众们心中最浓重的惋惜。

"没有什么不妥，可人的心里是有阴暗面的。"他沉吟了片刻，在思考该怎样措辞，"当一个人表现出无懈可击的模样时，人们会下意识地希望能看见他的一两个缺点。比如太过正直的人可能会有一些不懂变通，太过懂得审时度势的人往往在黑白两边游走不定……可姜西铭虽然正直却懂得变通，对己严厉，对人宽容，似乎没有任何的缺点，反而会觉得有一些反常。"

"你是说，观众们也许也在预测着姜西铭可能会是一个反派？"

"坏人一开始扮演好人隐藏在主角身边，这样的电视剧也有不少，所以只要你把握好这个度就可以。"

虞若安思索了片刻，将这个点记录了下来："还有没有什么其他的？"

"剧情上面可以利用的情节，你已经找得差不多了。"

当初在看到那份厚厚的资料时，顾以南深刻地认知到了她这次的决心。

虽然不知道为什么她一定要将姜西铭设置成反派角色，不过既然是她想做的，他便必定全力支持："不过那些分析适量地穿插在情节中就可以了，太多的回忆有可能会适得其反。"

顾以南的意见打破了虞若安目前的惯有模式。

她一直在纠结剧情是不是足够有逻辑，却忽略了观众的力量。

导演的不同意本身就建立在观众的基础上，想要改变这样的观点，自然也要从观众入手。

虞若安有了大致的思路后，和姜言两个人便开始了分工合作。

虞若安将故事进行完善，而姜言则负责寻找之前观众认为姜西铭是反派的言论依据。

如顾以南所言，有不少网友之前都以为姜西铭后续会有大动作，在看到姜西铭就这样离世之后，还有些不信。

姜言将这些言论尽可能地收集起来，做了一份详尽细致的数据分析。

所有准备工作结束之后，她长舒一口气，将所有的资料和大纲简介一并打包发给了导演。

一天之后，她收到了导演的回信。

导演：看起来你已经做好了充足的准备，我也做好了被你说服的准备，明天下午见。

还是之前的那家咖啡厅，还是之前的雅座。

虞若安赶到的时候，导演已经坐在了位置上，见她到来后冲她善意地笑了笑。

她深吸了一口气："导演，我……我现在可以开始了吗？"

"你随时都可以开始。"

她将手中打印好的数据分析和大纲递给导演，开始讲述自己的看法："之前您不同意这个点子，理由是观众可能不接受。这是整理出来的观众评论，可以看出还是有一部分观众认为姜西铭有可能就是反派。"

导演点了点头，示意她继续。

"第一部的《九阶魔方》主要有六大情节，每经历一个情节，主角姜言便会收集一种魔方颜料，当魔方的六面均被涂满颜料的时候，他便可以任意穿梭时空。"

"魔方这个东西不算袖珍，姜西铭和姜言相处了那么多年却从来没有问过魔方的事情，那么可以有一种合理的解释，就是他原本便知道这个魔方是怎么回事，甚至比姜言还要更加清楚这个魔方的来历。"

"魔方和父母可以是姜西铭成为反派的契机，而他是反派的线索可以通过第一部中的第三集、第十一集、第二十六集等部分来解释，我在大纲里面已经写了。"

……

她絮絮叨叨地将自己的所有想法全部说出来。

在《九阶魔方》第二部中，姜言再次执行公会任务，在这个任务中却发现了姜西铭之前的死有一些蹊跷之处。姜言心中存疑，开始了重新追查。在追查的过程中，姜言找到了敌人的窝藏据点，正想一并歼灭时，却被狡猾的敌人发现。不过姜言也不是没有任何收获，他在一间密室里发现了姜西铭，他竟然没有死，只是失去了全部的记忆，被敌人藏了起来。

姜言历经艰难带回了姜西铭，想要尽力帮姜西铭找回记忆，不过却经常发现姜西铭的行为有些微古怪。他以为姜西铭是被敌人洗脑了，没有多加注意，却没想到真正的大 boss 就是姜西铭。

被暗算之后,公会的形势一度非常严峻,而姜言被迫和他最爱的兄长反目成仇,每次到了紧要关头,他都没有办法将锋利的刀刃对准姜西铭。而姜西铭也很痛苦,姜西铭一面恨着他,一面又打心底宠着自己的弟弟。姜西铭与他一样,都是被亲生父母抛下的。

只是他不能释怀的是,自己是率先被扔下的那个人。明明都是父母的亲生骨肉,为什么父母会偏袒对待。

导演一边听着虞若安的讲述,一边翻看着面前的大纲。

她将所有的想法说完后,才后知后觉地发现喉咙有些干。她很少一口气说这么多话。

"导演。"她舔了舔有些干涩的嘴唇,"您觉得这个构思可以吗?"

导演轻呷了一口咖啡,笑出了声:"你这可不是一个简单的构思。你将第二部所有的故事画面都呈现在了我的面前,我又怎么反对?"

虞若安半天没有反应过来:"那您同意了?"

"当然。"他将咖啡杯放下,拿起面前厚厚的一沓资料,"准备工作做得不错。"

片刻的怔忪后,她兴奋得一跃而起。

看着她的样子,导演也笑出了声:"过了这么久,我终于重新看见你这么执着于一件事了。"

当初导演愿意拍摄《九阶魔方》的原因之一,就是他曾看过虞若安在创作这部作品时的用心。当一个人用心去做一件事情的时候,必然在其身上倾注了自己全部的心血,而一个编剧将自己全部的情感投注到笔下角色的时候,其形象也会变得愈加丰满。

可是第一部剧集结束后,虞若安似乎进入了倦怠期。虽然每天都在写着新的故事,却总觉得缺了一点什么东西。

而现在,那些缺失的东西仿佛重新回来了。

"你好好写。"导演站起身拍了拍她的肩膀,"快去将这个好消息分享给你的男朋友吧,我看见他已经在门口等好一会儿。"

清晰而透明的窗户外,有一抹高大的身影斜倚在烟灰色的墙壁上,此刻正好有姑娘上前询问联系方式。虞若安看不见他说了什么,只能看到他轻轻摇了摇头,而后那个姑娘满脸沮丧。

那个姑娘离开后还没过两秒,又有勇敢的少女冲了上去。似乎是询问的人多了,男人逐渐丧失了耐心,背着身子随手指了指自己的身后。少女的脸上有片刻的尴尬,而后看向虞若安这边,笑着说了什么。

良好的隔音效果成功地阻断了她与少女的交流,不过可以模模糊糊地勉强辨认几个字。

虞若安眯着眼睛,努力地进行拆分解读,那几个字好像是——打扰了,祝你们幸福。

打扰了,祝你们幸福?什么鬼?

做完拆分解读的虞若安一脸惊恐,如果面前有镜子的话,她或许可以看见自己张大的鼻孔。

不过,她没看见不代表姜言没看见。在他转身的一刹那,正好看见了她怒张鼻孔的模样。

说实话,有点丑。

于是他略带嫌弃地重新别过脸。

"男朋友很帅啊!"导演笑着拍了拍她的肩膀,"桃花运也不错,你得好好看牢。"

一张白皙的脸被虞若安自己憋成了猪肝色,眼睁睁看着导演满脸愉悦地离去,而她竟然连一句反驳的话都没有说出口。

虞若安晃晃悠悠地从咖啡厅里出来后,姜言疑惑地看着她:"你的脸色怎么这么红?喝咖啡呛到了?"

她憋了好半天,终于憋出一句:"没有。你刚刚跟那个小姑娘说了什么?"

"哦，"他回忆了片刻，满不在乎地开口，"她找我要联系方式，我说我有女朋友。"
　　"然后你就指向了我？"
　　"是啊！"他一脸理所当然的模样，"既然我们假扮了男女朋友，功效不就是在这种时候体现的吗？"
　　虞若安："……"
　　"互利互惠。"
　　好像也没毛病。

第八章

我不担心的原因,是有你在

假扮情侣的事情暂且放到一边,虞若安迫不及待地与姜言分享了一下终于获得导演同意的结果。

姜言的反应比她要冷静几分:"嗯。"

"嗯?"

"意料之中。"

这些日子,她的努力他都看在眼里,如果这样还没能说服导演的话,也就没有再说服的必要了。

不过虞若安显然对他的冷淡反应不太满意:"就四个字?"

"那我换一种说法好了。"姜言顿了顿,"是因为对你的信任。"

自认识姜言以来,虞若安还是第一次从他口中听到对自己正面的评价,一时间百感交集,差点流下感动的泪花。

"是因为什么?"

"好话不说第二遍。"

"我想再听一次,你重复一遍就好!"

"你先把你开着录音的手机给我揣回口袋里。"

"咦?"

"咦什么咦!住口!你赶快给我回家写剧本!"

在"姜扒皮"的催促下,虞若安噘了噘嘴,乖乖关闭录音键,将手机放回了自己的包里。

两分钟后,她重新将手机拿了出来。

姜言的眼皮一跳:"放回去。"

见他误会了,虞若安赶忙摆手摇头:"这次不是为了录音,我刚刚想起要给顾以南打个电话。"

这次事情能这么顺利办成,也多亏了顾以南的帮忙。

姜言没有什么反对的理由,闭上了嘴巴,老老实实地听着她给顾以南拨通了电话。

"喂,在忙吗?"

"哇,这都被你猜到了,真的什么事情都瞒不过你。"

"肯定的,我一定要请你吃饭,你想去哪儿吃都可以。"

身旁,虞若安的话一句接一句地传进了姜言的耳朵里。他的眼皮又是一跳,不知道为何,他觉得还不如刚刚放任她录音比较好。

这样想着,他也就这样做了。当她和顾以南商量着到底要去哪里吃饭的时候,他伸手夺过她手中的手机,顾以南的声音传来:"不如我们就去大学城的那家餐馆?听说重新翻修了,不知道记忆中的味道还在不在。"

姜言:"……"

记忆中的味道?他哼笑一声,迅速按下了结束键。

虞若安瞪大了眼睛,不明白他为何突然来这出:"你干什么?"

"你不是想要录音吗?"他扬了扬下巴,将手机重新抛还给她,"现在给你一个机会,过时不候。"

她来不及反应,手忙脚乱地打开了录音模式。

下一秒,男人略带沙哑的嗓音被收录进去——

"我不担心的原因，是因为有你在。"

简短的一句话，他说完之后就略显暴躁，主动伸手按下结束录音的按钮。

虞若安生怕他一个激动就将刚刚录好的文件删掉，慌忙将手机往怀里送了送。

"啧，"他凶巴巴地开口，"你现在快点给我回去写剧本！"说完后，他转身离去，耳朵泛着好看的粉红色。

虞若安像一个变态似的盯着他的耳朵看了半天，莫名觉得现在的他不仅不凶，还有点可爱。

她可能真的疯了。

姜言阻止了虞若安与顾以南两个人商量庆功宴的地点，但他阻止得了一时，阻止不了一世。

在他挂断电话后，虞若安和顾以南进行了一番微信交流。

不过顾以南现在毕竟是明星，大学城的人比较多，害怕被粉丝们认出来，虞若安觉得还是在家里做菜比较靠谱。

顾以南：你还会做菜？

虞若安：我早就会了，只不过你不知道而已。

顾以南：我难道是第一个有幸品尝你厨艺的人？

虞若安：……

虞若安：不是，第一个品尝我厨艺的人是我爸妈。那一天他们每个人扒拉了两大碗白饭，理由是没有菜吃。

认真算起来，顾以南竟然真的是除了她父母之外，第一个品尝她厨艺的人。

顾以南：虽然我很荣幸，但依然有些忐忑。

顾以南：我不会拉肚子吧？

虞若安：大概不会。

虞若安虽然做了保证，但自己也没有什么信心。

周末,她起了个大早,准备去菜市场买点新鲜的菜。她刚刚拉开门,一身运动装的姜言就从外面打开了门,显然已经结束晨练。

他上上下下地打量了她半晌,疑惑道:"你难得起这么早,去干什么?"

"我去买菜。"她抖了抖手中的零钱包。

相处了这么久,姜言从来没见过她做饭:"你会做饭?"

"我好久没下厨了,今天答应顾以南要好好庆祝一下。"

现在一听到"顾以南"三个字,姜言的眼皮就一阵狂跳。他"哦"了一声,冷淡开口:"等我。"

"我就出去买个菜。"

她微弱的反驳没有得到注意,他不容拒绝地开口:"等我冲个凉陪你一起去买菜。"

"我自己就可以。"

"谁知道你认不认识菜?等我陪你一起去。"

攥着一个零钱包,乐呵呵准备出门的虞若安:"……"

姜言迅速冲了个澡换了一身衣服,带着她一块和谐地出来买菜了。

一男一女两个年轻人出现在菜市场的概率并不算太高,卖菜的叔叔阿姨都乐呵呵地看着他们两个。当两人停下来挑菜的时候,便会得到一句热情的问候:"哟,小夫妻俩一起出门买菜啊?"

脸皮一向比较薄的虞若安:"阿姨,我们……"

"我们不是夫妻"这六个字还没有说出口,姜言就已经将菜递了过去:"谢谢阿姨,这些我都要了。"

当他递出钱的那一刻,往往还能再收获一句:"这小夫妻俩的感情真好。"

菜摊还没有逛到一半,姜言的手上便已经拎满了两大包菜。

她抽了抽嘴角,拽住比她还有购买欲望,直直就想往下一个菜摊那儿冲的姜言:"我觉得菜好像够了。"

"够了吗？"他意犹未尽地舔了舔唇，"鸡、鸭、鱼、肉，还有各种时令蔬菜，我们都买齐了？"

虞若安无比肯定地点了点头。

"哦。"他的语气中莫名有些失望，"行，那我们就回去吧。"

看着他手上满满当当的菜，她下意识地想帮他分担一些，可她的手刚刚碰到袋子，就被他避开了。

他瞥了她一眼："你好好看路，别摔着。"

她小声反驳："我什么时候摔过？"

"你每天走路都时不时蹦跶两下，你以为今年刚刚幼稚园毕业？"

"我没有。"

"你看不见自己走路的样子，反驳无效。"

这样毫无意义的对话进行了一路，到家后，虞若安才发现，她竟然完全忘记了一开始要帮忙拿菜的事情。

看着姜言将菜塞往冰箱，她终于觉得过意不去，赶忙上前："没事，这些菜不用放冰箱，我来整理就好。"

"不放冰箱可能会坏吧？"他一边塞菜一边回答，"毕竟是明天吃的。"

她眼睁睁地看着他将荤菜全部塞进了冰箱里面，觉得自己的大脑有些短路："明天？"

"嗯，今天顾以南来，"他指了指地上还剩的两三个菜，"给他吃这些就可以了。"

虞若安沉默了片刻，问出了今日最发人深省的问题："你好像很不待见顾以南？"

按事实来判断，这不是一个疑问句，而是肯定句。

那么问题来了，他为什么不待见顾以南？

姜言也被这个问题问得一愣，半晌才回过神来，居高临下地看着虞若安:"身为姜言本人,我觉得他作为姜言的扮演者让我很不满意。"

她细细回想起来,好像最初姜言还不认识顾以南的时候,就已经发表过同样的意见。

她不疑有他,决定还是小声为好友辩解一句:"人家演得没毛病,是你自己长歪了。"

原本温润如玉的公子人设,到了姜言身上连半个字也不剩,全程将"我不按设定来"六个大字摆在自己的脸上,一点办法也没有。

听力一如既往灵活的姜言准备说些什么,门铃突然响起。

虞若安赶忙蹦过去开门,看见顾以南像看见救星一样:"你今天来得很早。"

"为了我的生命安全着想,我觉得今天还是来监工比较好。"他勾唇笑了笑,一眼便望见站在冰箱旁边、脸黑似炭的某人,"你今天打算做什么菜?我来给你打下手。"

顾以南一边说着,一边拉开了冰箱的门。

顾以南看见满冰箱的菜和地上三三两两的菜叶之后,略微一脑补,便大概知道发生了什么事情。

在高一未分班之前,虞若安后排的男生其实偷偷暗恋着虞若安。不过他暗恋的方式比较笨拙——扯扯她的小辫子,没事嘲讽她两句。每次被欺负得狠了,她便是现在这副表情,四处观望,想寻求帮助。

现在姜言所做的事情和当初那个情商为零的男生差不多。

顾以南虽然心下明白,不过并不准备挑破这层纱,为自己的情敌当助攻。

可他眼中的了然反而让姜言的心中暴躁起来。

他觉得自己这阵子经常会做一些莫名其妙的举动,说一些莫名其妙的话,虽然每次都完美地将虞若安糊弄了过去,但他自己心里知道不是这么回事。

有什么东西在悄然改变着,他阻止不了,也无能为力。

仿佛没有察觉到姜言正在懊恼着什么一般，顾以南按照虞若安报的菜名迅速拿好了相应的菜，往厨房走去："走吧，听你报了那么多菜名，如果再不加点紧的话，你可能烧到下午也烧不完。"

顾以南的语气含着亲昵，让原本就在烦躁的姜言更加心烦。

他还没想出个所以然，就下意识地抬腿想要跟着虞若安一起进厨房。

等他反应过来后，硬生生地僵在了原地。

"怎么了？"他的反常被虞若安看在眼底，疑惑地扭头问了一声。

姜言神色复杂地看了一眼面前的女生——个子不算高，仅及他的脖颈；眼睛不够妩媚；脑袋上喜欢顶着一个充满稚气的小鬏鬏；胆子小得不行，一开始见面的时候，他总怀疑她会不会昏过去。

从上到下，他挑不出什么她有让人惊艳的优点，可光是这样看着她，他都觉得很舒服——因为很可爱啊。

不高的个子，抱起来应该会很舒服；眼睛虽然不够妩媚，但黑亮的瞳仁像含着星光，注视着人的时候便让人注意不到周围；胆子小的话没关系，反正他习惯了什么时候都冲在前面，将她护在身后的感觉也很不错；那个小鬏鬏弹起来也很好玩……

而那个顾以南，一看就是常常流连于花丛之间的浪荡公子，在公园里见面的时候，身边还有女伴。

如果虞若安真的被顾以南追到手的话，估计三天两头就会以泪洗面。

她毕竟创造出了自己，虽然缺点一大堆，但看在她足够符合他的审美观，并且这么认真地帮他复活姜西铭的分上，他觉得不能放任这个人落入魔掌，因为他的良心上会过意不去。

姜言仔细地思索完毕，终于找出了自己这么多天以来反常的原因。

于是他平复了心情，收回自己的目光："我也来帮你打下手。"

十分钟后，本来就不大的厨房内挤满了三个人，其中两个还是一米八以上的大汉，使得厨房的空间显得更加狭小。

如果只是这样的话，她也就忍了。

偏偏两个男人像在进行某种神秘的竞赛一样，一个洗菜洗得水花四溅，一个切菜切得满地菜花。

姜言："刚刚你满脸自信地说要进来帮忙，可我看你切菜的架势，没有怎么进过厨房啊？"

顾以南："彼此彼此，你洗菜洗出了切菜的感觉。要不然我们换一换工作再说风凉话？"

"换就换。"

说完，他们俩便一人踩上了虞若安的一只脚，顾以南手上的菜叶还飞到了虞若安的头上。

虞若安："……"

吸气、呼气、再吸气、再呼气，深呼吸了两次，她终于忍无可忍，将他们轰出了厨房这片圣地。

姜言站在门口，眼神有些无辜，"啧"了一声："把菜叶扔她头上的人又不是我。"

回应他的，是顾以南一声响亮的嘲笑。

如果是在剧本世界内，姜言早就揍了上去。

可惜这里不是，他在心底里默念了几遍"莫生气，莫生气"之后，不客气地伸脚踢了踢顾以南的小腿："喂，你喜欢她吧？"

顾以南下意识地朝厨房瞥了一眼，厨房传来一阵哗哗的流水声。

"是啊，我喜欢她，她也早就知道这件事情了。"他轻笑出声，"那你又是因为什么赖在她的身边？"

话一出口，顾以南就暗道不妙。他在心里劝告了自己几百遍，一定要沉住气，不要给这个傻瓜一丁点的提示，更不要帮助姜言茅塞顿开，结果他被对方一激，就忍不住气了。

可他没想到的是，傻瓜在厨房的时候，就已经对这个问题做了一番认真且深刻的自我剖析。

于是，此刻顾以南眼中的傻瓜非但没有露出任何犹疑，反而一脸莫名的骄傲："嘀，秘密。"

秘密个鬼！

不知道姜言哪儿来的优越感，但顾以南非常清楚自己想要扇他一脸的欲望。

他强忍着没有动手，大概是因为面前之人看起来身手不错。

而姜言在想清楚自己和虞若安之间的羁绊后，浑身觉得非常舒坦。

曾经他最讨厌的就是他是她笔下角色的身份，因为这个身份代表着他的一切都是被人安排好的，他所做的一切大多不是按照自己的意愿来的，他所遭遇的一切也都是注定的。

不过现在，姜言竟然觉得这个身份还不错。

他是虞若安笔下的角色，她是他的创造者，这就证明他和她的关系比顾以南和她的关系要亲近几分。

这样他想要拉虞若安出火坑便容易不少，不需要费什么心力。

姜言沉浸在自己的思绪中，情不自禁地哼起了歌。

"褚一清，我不知道你和虞若安之间有什么秘密，可我想你应该明白，她之所以会和你假扮成情侣，完全是你长得特别像她的暗恋对象。"

"哦，这件事情你上次已经说过了。"姜言不为所动，瞥了一眼顾以南，"如果你没有什么其他理由可以拿出来说服自己的话，不如选择闭嘴。"

"我只是想提醒你，你是站在什么立场对我说这句话的，自己最好弄清楚。"

又提醒了他一遍！顾以南觉得自己今天出门没有带智商。

"我站在善意的合租人立场上。"他淡淡地开口，"在感情这方面，她根本就不是你的对手。"

"爱情又不是斗争，哪来的对手之说？"

"你虽然口口声声说喜欢她，可你扪心自问，究竟是真的喜欢还是仅仅因为求之不得？"姜言从口袋中掏出手机，在屏幕上敲了两下，"这些你的绯闻女友，还有那天游乐场里你身旁的姑娘。你的喜欢可以分成那么多份，还是蛮厉害的。"

"安安和她们不一样！"

"不一样在她没有接受你而已。喜欢一个人的话，便不会再给其他人可乘之机。"

两人之间的战火一触即发。

当他们周遭的氛围越来越紧张的时候，厨房里突然传来虞若安的喊声："姜言。"

姜言下意识走了过去："什么事？"

"姜言？"顾以南走了过去，他没有错过她刚刚的那道喊声，"你喊他'姜言'？"

虞若安和姜言两个人都愣住了。

在顾以南的记忆中，姜言现在还是叫褚一清，刚刚虞若安一忙，就给忙糊涂了。

她急中生智，开口补救："我是突然想到了有关姜言的故事情节，于是就喊你们进来讨论一下。"

接收到她的信号，姜言应和道："你烧个菜也能想到剧本的事情？"

"你想到什么故事情节了？"顾以南的眼神中还是带着一些探究。

是啊，所以她想到什么故事情节了呢？

关于故事的大体脉络，之前她都已经给顾以南看了，现在需要说的必须是之前他没有看过的。

虞若安的脑海中突然浮现出一个角色，于是装作一副沉思的模样：“姜言的感情线也很有进展的必要，我认为第二季的时候，他应该和阮落落在一起了。"说这番话的时候，她全程不敢看姜言的眼睛。

"第一季的时候，观众不是早就高呼让他们在一起了吗？"顾以南盯着她看了半晌，才接话道，"第二季让他们在一起也是理所应当的事情。"

虞若安认同地点了点头，故作轻松地拍了拍手："没事了，我再想想要怎么发展感情线。你们帮我把菜端出去吧。"

她生怕自己演技不过关而穿帮，等他们将菜端走之后，迅速地重新将厨房门合上，背靠着房门长舒了一口气。

可怀疑的种子一旦种下，就没有那么容易消除了。

考验虞若安应变能力的时候还在后面，真正的主战场终于来临。

当姜言往嘴巴里塞一块鱼肉的时候，顾以南幽幽开口："我记得姜言也很喜欢吃鱼。"

当虞若安喝汤的时候，顾以南装作无意地问道："你当初写下姜言这个角色的时候，是不是以蒋琰为原型？"

当姜言吃完饭抽纸巾的时候，顾以南再次开口："姜言也有将纸巾对折再擦的习惯。"

……

一餐饭吃下来，虞若安和姜言两个人都觉得精神受到了很大的折磨。

好不容易挨到午饭结束时，她已经彻底精疲力竭。

幸好顾以南的经纪人打电话给他，似乎有什么要事找他。

临出门前，顾以南穿好自己的外套，偏过头看了她一眼。

虞若安精神紧绷："怎……怎么了？"

"你知道的吧，"他轻声开口，"你是不是在说谎，瞒不了我。"

不知道为什么，虞若安总有一种所有事情都被顾以南知晓的感觉。

不过这件事情实在太过荒诞,正常人应该猜不出来。

她就这样一边自我安慰,一边提心吊胆,每天都过得非常慌张,生怕有一天顾以南会给她打个电话问她:"褚一清就是姜言吧?"

但顾以南的电话还没有等来,她就等来了导演的电话:"小虞啊,你第二季的剧本写到哪儿了?"

"第一集才刚刚写到一半。"

"那你可得加快点进度。"导演语气含笑,"我有个好消息告诉你,我已经把第二季的故事大纲给制片他们看了一遍,全体通过,并且已经确定第二季的演员都由原班人马出演。"

"真的吗?原班人马?"虞若安也惊喜起来。

很多时候,因为演员档期的问题,一部剧的每期角色都或多或少有一些变化或者缺失,全部原班人马这种事情完全是可遇不可求。

"是啊,这件事情你还要好好谢谢顾以南,他为了这件事可是花了不少心思。"

"顾以南?"

"我早就听说你们两个是高中同班同学,没想到情谊这么深厚。"

虞若安挂断了导演的电话,盯着手机通讯录看了好半晌,最终拨通了顾以南的电话。

他似乎一点儿也不意外:"听说了?"

"嗯,"她纠结了片刻,"谢谢你。"

"惊喜不惊喜?"

"你没有必要对我这么好。"

"安安,你不要将我喜欢你这件事情当成是你的压力。"顾以南苦笑了一声,"我喜欢你,所以为你做任何事情都是心甘情愿的。我知道你之前做一大桌子菜是为了感谢我之前帮你出谋划策,你现在是不是又想做点什么来回报我这次的帮助?"

虞若安被拆穿了心事，显得有些无措。

"安安，你公平一点可以吗？为什么你可以毫无芥蒂地接受褚一清的帮助，却不能坦诚地接受我的帮忙？"

她张了张嘴，却不知道该说些什么。

姜言的帮助对她来说似乎是理所应当，毕竟这也是跟姜言有关的事情。但顾以南不同，他原本可以置身事外。

"你如果真想回报我的话。"顾以南重新换上了那副轻快的语气，似乎刚刚满身受伤的人并不是他，"就把褚一清赶出去吧。"

顾以南似乎永远都是这样，不知道他是真是假。他将自己全部的情绪都隐藏在心底，偶尔露出一丝，却又很快地将其藏起。

"抱歉。"

"又是道歉啊，"他的笑声异常爽朗，可是电话那头他的眼睛里却未有任何的笑意，"行吧，那你别拖稿，让剧组快点开机总可以做到吧？"

虞若安点了点头，半晌后意识到他看不见，又重重地"嗯"了一声。

姜言进来的时候，就看到了这一幕。

她点着头，脑袋上的小鬏鬏就随着她的动作一摇一摆，看起来格外乖巧。

他站在门口，看着她的小鬏鬏停下摆动，看着她挂掉电话，看着她咬着笔头一副充满干劲的模样，看着她转过头……

两人四目相对了半晌，姜言才回过神来。

"你想做什么？"她的语气充满了警觉，说完还下意识地伸手捂在了屏幕上，生怕他看到姜言和阮落落的戏份时会要求她删掉。

"我给你送牛奶。"他举着手中的玻璃杯，"捂什么捂？"

虞若安看见他大步朝自己走来，更加紧张了，干脆整个人拦在了电脑屏幕面前："你……你先别过来。"

她瘦弱的身子根本挡不住宽大的电脑屏幕，姜言扫了一眼，便隐隐约约看见了半行字：阮落落红着眼眶，从身后搂住了姜言的腰。

姜言："……"

行吧，反正只要他不回剧本世界，这个"姜言"就不是他。

"你把牛奶喝了，爱怎么写怎么写。"

"真的？"她的脸上充满了犹豫。

姜言微微蹙了蹙眉。

"不不不，我相信！"她立马端走他手中的杯子，将里面的牛奶一饮而尽，"既然你不介意的话，等我写完这一集，你可不可以带我去剧本世界求证一下？"

姜言："……"

也行吧，反正他带虞若安一起回剧本世界后，她就是"阮落落"，也不是那么难以忍受。

姜言发现自己现在越来越擅于安慰自己了。

虞若安生怕自己中间哪一部分没有注意到，写一集剧情就要去剧本世界中求证一次。

看看她有没有忽略剧本世界中的什么规则，看看剧本世界里面的剧情是不是按照自己所描述的那样运转。

一次两次还可以，可有时候他们进入剧本世界时，正好碰到姜言或者阮落落正在执行任务。

幸好这几次的任务是由姜言和阮落落一起进行的，他们凭借着极强的反应能力，好几次都有惊无险。

可他们不可能次次都这样幸运。

当虞若安写完第八集时，照例提出想要前往剧本世界的要求。

这一集的剧情比较惊险，姜言将剧本前前后后翻看了好几遍后，仍然拿不定主意。

"你虽然到剧本世界中会变成阮落落，但你并没有她那样的身手。"他提出了第一点反驳的意见。

虞若安赶忙立正站好，伸出三个手指朝天发誓："等到了那个世界之后，我一定尽快地找到藏身之处，如果没有什么躲避的地方，我就乖乖躲你身后，让你保护我，绝对不乱动，不拖组织的后腿！"

"可在这一幕中，阮落落即将挡在姜言的面前，想要帮他挡刀。"姜言曲起手指，敲了敲剧本上的最后一句话，"万一我们进去的时候，正好是这一幕情节该怎么办？"

"那是阮落落，我不会这样做的，毕竟我可是创造那个世界的人，那个世界本身应该对我不具有那么大的约束力。"她依旧立定站好，眼巴巴地瞅着他，"实在不行，我们就看一眼，确定剧情在按照剧本发展后便回来。"

她的眼眶湿漉漉的，看起来和之前小区里面那只撒娇卖乖的猫咪没什么不同。

姜言的嗓子突然有些痒，他清了清嗓子，勉为其难地答应："好，就看一眼，你不许乱跑乱动。"

虞若安生怕他会反悔，忙不迭地点头："放心！那么多次都没有问题，这次也不会受伤的！"

而事实证明，这注定是一个巨大的目标。

当姜言转动魔方的一瞬间，他们刚刚看清眼前的局势，虞若安的身子就不受控制地往前走了一步，挡在了姜言的面前。

姜言眼神蓦然一凛，没等他伸手将她重新拽到身后，一柄锋利的尖刀便刺入了她的腹部。

"虞若安！"

利器刺入体内的声音在姜言耳边扩大，他盯着虞若安的腹部，只觉得眼前的世界都被浸染上了猩红色。

不同于之前仅仅是被割破表皮，这次的刀全部没入了她的身体中，仅能看见刀柄。

姜言将虞若安送进医院，当他看见医生满脸严肃的神情时，只觉得整个人都是恍惚的。

他恍惚地看着她躺在急救担架上，恍惚地看着她被推进了急救室。

程叔得知了消息后，也匆匆赶到："她的情况怎么样？"

他颓坐在墙脚，摇了摇头："不清楚。"

"没有消息就是好消息。"程叔也不知道该怎么安慰他，只能拍了拍他的肩膀，"我先告诉你一个好消息，让你缓一缓吧。"

姜言没有搭话。

程叔还没有开口，他便已经知道程叔口中的那个"好消息"究竟是什么了。

"你哥还没有死。"程叔揽住了他的肩膀，声音中竟然带着浅浅的颤音，"你所有的坚持都是对的，你哥没有死。"

"你们在他们的据点里找到我哥了？"他开口的时候，所有字都变成了气音。

他发现自己浑身都在颤抖，一切都按照虞若安笔下的剧情在进行。

他等了这么长的时间，终于再一次亲耳听到有关于他哥的消息。

"你要不要去看看你哥？"程叔跟他一同坐在医院的墙角边。医院里消毒水的味道充斥在两人的鼻间，没有人喜欢医院，因为这里永远最直接地面对所有的悲欢离合，"虽然人找回来了，但是他好像忘记了所有的事情。"

姜言搭在膝盖上的手指微微动了动，终于偏头看向程叔。

他们兄弟俩进入公会那么长时间，程叔早就已经将他们当作自己的亲生孩子一样来对待。

姜言这段时间所承受的丧亲之痛，程叔也在一并承受，只是他不能说，不能倒下，他必须要让自己成为姜言的依靠。

程叔："你要去看看你哥吗？等落落从急救室里出来，我再联系你。"

他保持着僵硬的姿势好久，最终还是摇了摇头："不了，她一个人在里面可能会怕。"

虞若安那么胆小的一个人，曾经被他威胁的时候都快要吓破胆了，这次那么锋利的尖刀捅进了她的腹部，她可能会被吓死吧？

她原本不需要遇到这么多的风险，不需要来到这个舞刀弄枪的世界，可她还是来了。

为什么呢？因为她想救他哥，因为信任他。

虞若安醒来的时候，整个人还是茫然的。

她抬眼看着纯白的天花板，对自己现在身处哪里抱着浓浓的疑惑。

她的记忆停留在她挺身挡刀，姜言一把接住她，帅气地揍翻了两个对手的地方，再往后的印象就开始变得模糊起来。

她好像躺在了急救车里面，姜言的脸好像一直贴在她脸旁，一副泫然欲泣的小可怜模样。

"泫然欲泣"与"小可怜"这两个词很好地娱乐了虞若安，她咧开嘴一个人乐了半晌，突然察觉到有什么不对劲的地方。

为什么她的伤口不痛？听说只有死人的伤口才不会痛。

她的心底蓦然生出一股悲怆，前后不过半分钟，她深刻认识到了什么叫作乐极生悲。所以她刚刚的回忆大概也就是走马灯一样的东西了。

可这不应该啊？先不提她是作者这件事情，即便她在剧本世界中成了阮落落，也不应该这么早就领便当才对。在她所构思的结局中，阮落落最后和姜言两个人幸福地生活在了一起。

于是，她不死心地伸手去按自己的伤口，想看看伤口究竟会不会痛。

还没等她戳到自己的伤口，她的手腕就被人一把握住，男人无甚起伏的声音在她耳边响起："你做什么？"

从她睁开眼的那一刻起，姜言就发现她醒过来了。

虽然医生说她已经度过了危险期，可他还是在她的病床前守了一夜。

听到熟悉的嗓音，虞若安心头的那块大石头终于落了地，扭过头来看向他，一脸傻兮兮地笑道："我刚刚想按一下伤口，辨别自己死了没有。"

当"死"这个字眼出来的时候，姜言的面部微不可察地抽动了片刻："笑个屁，蠢死了。"

虞若安："……"

这还是他第一次发这么大的火。

就连他们初见，他对她抱有那么大的敌意，都没有爆粗口。

所以，是谁惹到了姜煞神？

她情不自禁地将自己往远离他的地方缩了缩。

"别动。"他皱紧了眉头，"你现在不痛是因为打了麻醉药，等麻醉药效过去后，有你痛的时候。"

姜言扔下这么一句像是威胁的话后，就不再开口说话了，全程板着一张脸，像谁欠了他钱一样。

这和虞若安幻想中的场景一点也不一样。

在她的想象中，她至少救了姜言一命，他不说感恩戴德，至少也应该心怀感激。

怎么在她变身成为他的救命恩人之后，他对她的态度反而一朝打回解放前？

虞若安心里委屈，再加上自己是患者，也硬气了一回。

当她面对他冷得像冰块的面容时，闭上了嘴巴，坚决不先开口找他说一句话，就算渴死也不和他说话！

渴死……她要哭了，现在真的好渴。

她委屈巴巴地舔了舔自己干涩的嘴唇，下一秒一根蘸了水的棉棒就点在了她的唇瓣上。

姜言依旧面无表情，只是不停地将蘸水的棉棒来回擦拭着她的嘴唇，像之前趴在她家沙发上打游戏时那样认真。

虞若安抿了抿嘴唇，聊胜于无："谢谢。"

"现在你还不能喝水，只能这样。"他的脸色还是不怎么好看。

见姜言丝毫没有聊天的欲望，她只能仰躺在病床上看着挂瓶里的液体一滴又一滴地流入自己的体内，数液滴数无聊了之后，再寂寞地抠抠自己的手。

什么都不能干的日子，真是相当寂寞。

幸好余沉和程叔没一会儿就来探望她了，程叔的手上拎着杂七杂八一堆好吃的东西。

"她现在还不能吃。"姜言冷冷地开口。

"好像是这样。"余沉一屁股坐在虞若安的病床旁边，"阮阮姐，你说你亏不亏？费劲巴拉地救了他，结果现在这不能吃那不能干的。"

她的确亏，不能吃不能喝就算了，他还摆脸色给她看。

面对余沉的挑衅，姜言罕见地没有接话，也没有喊着要给那个小鬼一个教训，只是抿着唇看了一眼虞若安，就站起身离开了。

他浑身泛着极低的气压，走出房门的时候似乎都带着极深的怒气，将虞若安吓了一跳。

"落落，"程叔叹了一口气，"你别怪姜言，从你被推进手术室再到你被推出来，他整个人就像游魂一样。他虽然嘴上不说，但我们都知道他其实在心里怪着自己。"

"他总是这样有什么用？"余沉冷哼一声，"当初姜大哥出事的时候他也是这样，有本事一开始就阻止这些事情的发生啊。"

"别说了，现在你姜大哥也回来了。"程叔责怪地看了他一眼。

"他回来是回来了，可他也失忆了！"

余沉有一句没一句地在和程叔顶嘴，听着他们两个争执，虞若安迅速地提取了所有自己想知道的信息——姜西铭被他们救了回来，并且成功伪装失忆了。

所有的剧情都按照她的安排在进行，这样就好。

程叔和余沉两个人陪了她一会儿，然后便回公会去了。

虞若安一个人静静地躺在病床上，脑海中不断地回响着刚刚程叔所说的话。

在她昏迷的这段时间内，姜言也在不吃不喝地陪她吗？

他为什么要责怪自己？

她早就已经写好了剧本，就算是受了重伤也肯定不会有生命危险。那姜言为什么还是一副失魂落魄的模样？

一连串的问题在她脑海中闪过，她思索着进入了梦乡。

她这一觉睡得并不算安稳，梦里光怪陆离，现实世界与剧本世界的人物都来到了她的面前。

场面似乎很混乱，有人在不停地争斗，她抱着脑袋正在四处逃窜，余光却瞥见姜言的身后有人正持刀准备偷袭他。

她来不及思考，就冲了过去。

真傻，她在心里嘲讽自己，闭上眼前却下意识地寻找姜言的眼睛。

明明蒋琰就在不远处，可她不知道为什么总是在找姜言。

虞若安做着这样乱七八糟的梦，最后是被一阵疼痛拉回了现实。

正如姜言之前所说的那样，在麻醉药效过去后，疼痛感蜂拥而至。

腹部一阵一阵撕裂的疼痛感袭来。她从小虽然没有含着金汤匙出生，家里头父母也经常吵吵闹闹，但至少也算被宠爱着长大，再加上个性使然，她从小就很少磕磕碰碰。

她"咝"了一声，手紧紧地攥紧身下的床单，大汗淋漓。

"痛？"

听见她的动静，姜言立马就赶了过来，将她的两只手握在自己的手中，生怕她不经意间就弄裂了伤口。

虞若安虚弱地睁开眼睛，一半意识沉浸在梦境的委屈中，一半意识沉浸在小腹钝痛这样更大的委屈中，眼睛泛着水光："还行。"

异常虚伪的两个字，让她忍不住唾弃自己。

可她一旦说出"很痛"的话，仿佛就没了再坚强下去的理由。

"如果很痛的话，我可以让护士给你加镇痛棒。"

她的回答明显就是谎话，可姜言不知道该怎样去安慰她。

虞若安虚弱地摇了摇头。

她现在觉得自己整个人的骨头都像被拆散了重装，带着一股浓重的无力感，唯独腹部那一块像被巨人的拳头狠狠地砸了进去，五脏六腑全部拧巴在了一起。

她每说一个字，都浪费了极大的力气。

"小时候，我刚刚被我哥带回公会，他每次让我练功我都偷懒，然后他就会揍我。"姜言干巴巴地开口，"他下手不分轻重，每次都把我揍得很痛，然后我痛得睡不着的时候，就会在房间里小声骂他。"

她被他吸引了注意力，隐约知道他为什么要讲这样一个故事。

"每次我骂他的时候，时间好像会过得很快。"

"你是让我现在骂你吗？"

"嗯，骂吧。"黑暗中，他挠了挠自己的头发，"我不顾形象将这种事情都告诉了你，所以你要赶快好起来。"

不顾形象？虞若安很想告诉他，在她眼中，他早就已经没有什么形象了。

她见过他趴在沙发上像一条咸鱼打游戏的样子，也见过他邋邋遢遢穿着拖鞋顶着鸟窝头的模样，还见过他穿着老头衫和大裤衩的样子。

每一面都是她身为创造者都没有见过的样子，他早就已经形象尽毁了。

当然，最毁他在她心中形象的，还是他的性格。他不顾她给他的设定肆意生长,怎么看怎么招人心烦。

所以是谁给了姜言自信,让他认为自己还有形象这种东西?

想到这里,她又忍不住觉得好笑,这一笑就抽动了伤口,让她重新痛得龇牙咧嘴起来。

于是她脸色狰狞着,在姜言难得的温柔下,张开了口:"姜言是一个浑蛋。"

"嗯。"

"你动不动就威胁我,还恐吓我。"

"嗯。"

"我明明救了你,你还冷着一张脸,好像我欠你八百万。"

"对不起。"

"我救了你哥哥,你还不对我说谢谢。"

"谢谢。"

她每骂一句,他就会应一声,不知不觉中她好像忘记了腹部的疼痛,绞尽脑汁地搜刮着他不好的地方。

骂到最后她也累了,筋疲力尽地闭上了眼睛:"我有点困,几点了?"

"三点二十了。"他的声音依旧轻柔,"睡吧。"

她"嗯"了一声,重新陷入了梦乡。

窗外一片静谧的墨色,男人在她床边静坐了良久,好半晌才站起身帮她掖好了被角,动作轻柔却又郑重。

第九章

我的恋爱对象只能是你

在接下来的养伤时间内,虞若安觉得姜言可能疯了。

每天他都板着一张脸,惜字如金到令人发指的地步。可当她疼痛难忍的时候,他又坐在她床边显得格外温柔。

虽然随着时间流逝,她的伤口基本不怎么痛了,但为了多看两眼温柔的姜言,她还是时不时故作娇弱地嘤嘤两声。

那份矫揉造作就连余沉都看不下去了,偏偏每次姜言还是一如既往地上当。

最后还是虞若安自己良心上过意不去,老实坦白:"其实我现在伤口没什么感觉了。"

正在给她倒汤的姜言偏头看了她一眼:"不痛了?"

她诚实地摇了摇头。

"不痛了就好。"他点点头,"你先把汤喝完,我有话要问你。"

因为处在怀疑姜言是不是终于要打击报复自己的惶恐中,她一碗汤喝了半个小时。

这半个小时,姜言坐在她的床沿看书,没有进行任何的催促。

他越是一副岁月静好的模样,她就越是惶恐。

她忐忑地放下空碗,犹豫地看向正在翻书的男人,总觉得接下来少不了一顿批评教育。

姜言就像在书的封面上也装了眼睛一样,她刚刚将目光投向他,就被逮了个正着。

他慢悠悠地将书合上,放在身侧:"说说吧。"

"说什么?"

"这次腹部中刀的感想。"

所以这种事情还需要写篇八百字小作文,发表受伤感言?

虞若安丈二摸不着头脑,身为一个还算小有名气的编剧,此刻吭哧吭哧半天,竟然一个字都没有憋出来。

所以,她该说些什么?谈一谈疼痛感言,还是美救英雄不求回报的高端品格?

"现在你讲不出什么的话,就先照着这个念。"他从她旁边的抽屉里面摸出一张纸,塞进她的手里。

不知道他到底在搞什么名堂,她看向手中纸张上手写的字迹,念出声来:"姜言发现了姜西铭可能生还的线索,顾不得这里面有什么陷阱……"

她念了一句话,就觉得万分熟悉——这是《九阶魔方》第二部中第八集的剧本。

纸张上面的字迹遒劲疏朗,一看就出自姜言之手。而他竟然将第八集的剧本全部默写出来了。

她还沉浸在对他记忆力的惊叹中,他就不满地开口:"继续,念。"

"阮落落悄悄地跟在他的身后,而满心急切的他竟然也没有发现。"

"继续。"

"他们一路攻至敌人的大本营。他打红了眼,不管不顾,即便自己受伤也要找到姜西铭所在之处,而敌人看准了他的失常,围过来的人越来越多。"

"还有,念。"

这样大声朗读自己的剧本莫名有一种羞耻感,虞若安悄悄看了姜言一眼,却看到对方不为所动的眼神。

她嚄了嚄嘴,念出最后一句:"阮落落见他有危险,下意识便冲了上去,挡在了他的身前。"

"在来到剧本世界之前,你跟我怎么保证的?"

"我说……"她的声音小了下去,"一旦来到剧本世界,我就躲在你的身后,绝对不会擅自行动。"

"可你是怎么做的?"

"我也没有办法控制自己的身体。"她为自己辩解道,"我原本是想缩在你身后的,可是莫名其妙地就有一股引力牵扯着我迈步,来到你的身前。就像你之前所描述的那样,即便有时候你不想对阮落落说那些情话,可你还是没有办法抗拒。"

虞若安顿了顿,继续说道:"不过我并不后悔这次的举动,体验一下你之前体验的,我觉得挺好的。"

"可我觉得不好。"

"啊?"

"你创作了那么多的人物,难道要将所有人物的感受全部体验一遍吗?"

"那倒也不是。"

"我不管你想不想体验,可只能眼睁睁看着你倒在我面前的经历,我不想再来一遍。"

虞若安的心跳蓦然加快,愣了愣:"什么意思?"

姜言深深地看了她一眼:"字面的意思。"

当虞若安倒在他面前的时候,当虞若安被推进手术室的时候,当虞若安每次疼得满脸煞白的时候,他就无比清晰地意识到——之前所有的借口都是在自欺欺人,他不过是喜欢上了她。

"字面的意思又是什么意思?"虞若安觉得自己就像一个笨蛋,阅读理解都做不来了。

可她的这个提问没有得到进一步的解答,姜言就以自己口渴为由走了。

他前脚刚刚离开,余沉后脚就走了进来。

少年蹦蹦跳跳地冲了进来,满脸阳光:"阮阮姐,你刚刚在和姜言聊什么?"

聊什么?她也没明白他们聊什么。

于是她认真沉思了半晌,给出一个模棱两可的答案:"在聊检讨的事情。"

"哦。"余沉似乎不疑有他,视线落在她手中的那张纸上,"这就是你的检讨书?"

"啊?"

虞若安顺着他的视线,看见了自己手中的剧本。

这个可不能让余沉看见,于是她迅速将其折好:"是的。"

"给我看看。"他笑嘻嘻地伸手就想拿,"到时候程叔让我写检讨的时候,我就知道该怎么写了。"

"不行!"她赶忙将折好的纸张压在自己的枕头下面,满口胡言,"这种东西需要你自己用心去写,不然的话叫什么检讨?"

余沉噘了噘嘴:"小气。"

"小气就小气。"虞若安挣扎着躺下来,忙着思索刚刚和姜言之间的对话,"我要睡觉了,你先自己出去玩吧。"

她挥挥手,打了一个无比虚假的呵欠,然后闭上了眼睛。

她没有看见,在她闭眼的那一刻,余沉眼中一闪而过的幽光。

不知过了多久,当她还没有思考出个所以然的时候,她耳旁又传来一阵响动，不仅如此，还有人碰了她的枕头。

"余沉，别闹，你阮阮姐也是要面子的。你如果真的想借鉴一下检讨书的话，我可以……"话说到一半，她睁开眼睛，却发现那个碰她枕头捣蛋的人并不是余沉，而是姜言。

他倾着身子，她一抬眼便可以对上他的目光，那双深沉的眸中多了她的身影，也只有她的身影。

周遭的温度仿佛在迅速上升，虞若安不自在地偏过头去："你在干什么？"

姜言缓过神来，立马站直了身子，垂在身侧的食指和拇指相互摩擦了两下，那是他紧张时候的表现："枕头垫太高睡觉的话对颈椎不太好。你平时经常脖子酸痛，所以我就想把你对折的枕头铺平。"

"哦。"她点了点头，发现发这个单音似乎不怎么礼貌，又从嘴巴里面多挤了两个字出来，"谢谢。"

"不用谢。"

一场异常生硬的对话刚刚结束，姜言又开启了新一轮的尬聊模式："你渴吗？我帮你倒点水。"

"不用了，谢谢。"

"哦，"他应了一声，而后再次补充一句，"不用谢。"

虞若安简直要被这种尴尬的气氛折腾疯了。

自从认识姜言以来，他们两个人从来没有这样"相敬如宾"过。

彼此沉默了半晌，姜言终于回想起来刚刚虞若安到底说了什么："你枕头下面放了什么？"

"你默写的剧本。"终于有了正常的对话，她稍稍舒了一口气，"我为了不让余沉看到，便说是我写的检讨书，可谁知道他看起来更感兴趣了。"

姜言前往现实世界是一场意外，暂且不提，可如果让剧本世界中的人物知道他们不过是别人笔下创造出来的角色，就跟现实世界的人知道有办法来往于虚拟与现实生活一样，都会引起非常可怕的后果。

无论是哪一个世界的人们，可能都会因此而产生一场大混乱。

显然姜言也是同样的想法："嗯，那小子的心性现在还没有定下来，我们不能露出端倪。"

虞若安配合地点了点头。

随后，又是长久而尴尬的沉默。

这样的尴尬持续了好几天。

有好几次程叔来探望虞若安的时候，他们两个人都彼此尽职尽责地扮演一座雕像。

程叔摸着自己的胡子侦查了两天之后，觉得终于懂了。

于是隔天来的时候，程叔拽着余沉一块过来了："阮阮啊，每天住在医院里面，是不是太无聊了？"

是有一点无聊，可她不敢说。

她用余光瞥了身旁的姜言一眼，恰好姜言也在看她。

视线交汇不过一秒，两个人异常同步地扭过了脸。

这一幕落在程叔的眼里，便证实了他心中的猜想，这两个小年轻人一定是又吵架了。

"不用想也知道肯定很无聊。"程叔乐呵呵地当着自己心中的和事佬，"我带了纸牌过来，不如我们玩斗地主？"

玩斗地主总比干躺在病床上玩手指有意思，于是虞若安毫不犹豫地点了点头。

程叔脸上露出了笑容。

"咦？"余沉紧紧地盯着虞若安，"我记得阮阮姐不会玩纸牌才对，之前我们在公会里玩的时候，她都直接说无聊，然后就回房间睡觉了。"

虞若安的表情僵了僵。

她从来没有写过关于阮落落打牌方面的事情，所以根本不知道阮落落会不会玩牌。

"再无聊也比在医院躺着强。"程叔倒是没有起疑，继续热情地招呼，"斗地主三个人玩也没关系。这样好了，姜言在阮阮后面指导她玩，这种东西玩两局就上手了。"

姜言没有反对，扶着她坐在床沿边，已经自动自觉地将自己代入了教练模式。

第一局，在姜言的指导下，虞若安作为农民，没有坚守住阵地；

第二局，在姜言的指导下，虞若安作为地主，没能保卫自己的一方土地；

第三局，在姜言的指导下，她依然输得惨烈。

连输了六局之后，虞若安眼睁睁地看着他的手指再次指向了她的牌时终于意识到他不管玩什么游戏都是一样的菜，这个世界果然十分公平。

她不愿意再坐以待毙下去了："这个牌这样出好像不太对……"感受到身旁余沉投射的探究目光，她咽了口口水，补充三个字，"我觉得。"

余沉的目光又"嗖"地收了回去。

几局斗地主竟然玩出了宫心计的感觉，身心俱疲的虞若安自暴自弃地想：我已经连玩七局了，就算是新手起步，凭什么连个斗地主还没学会？

虞若安带着这股自暴自弃的念头，姜言指哪张牌她就不出哪张牌，终于迎来了今天的首局胜利！

看着空空如也的两只手，她简直感动得想哭。

"阮阮学得真快。"程叔看着两人之间终于有了互动，露出一个欣慰的笑容。

姜言赞同地点了点头："嗯，我教得好。"

虞若安："……"

他哪来的脸?

对于他始终没有清晰地认识到自己打游戏很菜这件事情,虞若安决定哪天与他促膝长谈一番。

不过此刻,他显然对自己玩游戏这件事情没有正确的认知。

在她玩了十局游戏流露出累了的意思后,姜言表面淡定实则兴奋地接手了她的牌,从此一局未赢。

她看不过去,忍不住劝阻他:"别玩了。"

"我不!"

"余沉都打呵欠了。"

"他打呵欠影响了我发挥。"

虞若安:"……"

至此,十几局的斗地主让虞若安和姜言之间的尴尬气氛正式消失,不过为此带来了很多新的麻烦。

听说"阮落落"现在会打牌之后,公会里来探望她的人就多了起来。

每每玩了几局之后,大家说得最多的话就是:"阮阮,你现在真的变了好多。"

她生怕自己暴露了身份,只能挠着脑袋干笑,想尽办法敷衍过去,就差让姜言写块"拒绝斗地主"的牌子贴在病房门口了。

一晃眼,在各种各样的摧残下,虞若安拆线的日子终于到来了。

当医师拿着小剪刀将缝好的针线剪断,再将短线一一从里面用镊子抽出来的时候,她觉得自己的心理作用又起来了。

好像那些伤口已经在逐渐愈合,开始泛着难耐的痒意,她的手开始蠢蠢欲动。

有了上次的前车之鉴,当虞若安刚刚想伸手在伤口周围蹭两下的时候,姜言就眼疾手快地将她的手攥住了。

虞若安眼巴巴地看着医生将她的伤口用纱布层层缠起,可怜兮兮地仰头看着姜言:"我挠一下下就好。"

"你想都别想。"

虞若安噘了噘嘴，觉得自己更加委屈起来。

拆线这天也是她出院的时候，公会里基本上没有任务要做的人都来了，此刻他们围在她的病床边，哄笑成一团。

"阮阮，怎么受一次伤性格变了这么多？当初那个一拳揍翻我的小姑娘好像不见了。"

"你一个糙汉子懂什么？人家小情侣之间的情趣，不撒娇的话难道来一场肉搏战？"

"也不是不可以啊。公会的规矩，谁拳头硬谁说话；男生要让女生一只手，我觉得现在的阮阮不一定会输给姜言。"

"那肯定，你如果有老婆了，你舍得揍？"

……

没聊两句，大家又嘻嘻哈哈地笑开了。

虞若安只觉得自己的脸颊不停地往上升温，恨不得现在就跳窗逃离这里。

她悄悄瞥了一眼旁边的姜言，他已经四平八稳地坐了下来，一只手托腮望向窗外，好像根本没有听见他们的打趣声。

可她自以为悄无声息的观察却被大家看了个清清楚楚，有人暧昧地喊了姜言一声："你媳妇看你呢！"

姜言回过头来，正好看见了她慌慌张张地扭过头去。

"啧，不要脸。"唯一不起哄的人大概只有余沉了，他满脸都写着不高兴，"当初明明说过坚决不会在公会里面谈恋爱的。"

"谈不谈恋爱不是我说了算的，"姜言挑了挑眉，"这件事归你阮阮姐说了算。"

莫名其妙再度被点名的虞若安，只想用被子把脑袋蒙起来。

"大家问你呢。"姜言却不准备放过她，扯了扯她的被角。

"问……问我什么？"

"我会在公会里面谈恋爱吗？"

这种事情，鬼知道哦！不对，她还真的必须得知道。

在满心纠结之下，姜言的那句"我会在公会里面谈恋爱吗"在她脑袋里面疯狂循环了好几天。

在基本养好伤的那一天，她敲响了姜言的房门。

当她看见那张熟悉的面孔时，张口就来："你想谈恋爱吗？"

姜言："……"

虞若安："……"

两个人都愣住了，姜言刚刚想要开口，就被她猛地抬手，"啪"的一声捂住嘴巴。

"我……我刚刚说错了！"手边没了被子，她想干脆刨一个坑将自己埋起来算了，"我是想问你，回去吗？剧本世界的时间与现实世界的时间一直都是同步进行的，这么长时间没有回去，我害怕会……"

姜言将嘴巴上面的那只手拽下来，忍不住笑出声来："我也没说什么，你怎么这么紧张？"

所以她这么紧张，怪谁？

从剧本世界出来的第一秒，虞若安就以写剧本需要环境清静为由，将姜言推出了自己的房门。

被赶出房间的姜言无辜地拍着门："我们不用讨论下一集的剧情吗？"

"我是编剧，我想写什么就写什么！"

难得她如此硬气，姜言摸了摸自己的鼻子，满眼的笑意。

反正这么一扇小木门也挡不住他，他想什么时候进去就什么时候进去。

这样一想，他隐隐有点开心，一开心就忍不住哼着莫名其妙的歌。

虞若安竖着耳朵在房间内听了半天，没有听到他拍门，而是听到了诡异又熟悉的歌声,她忍不住开口询问:"你又在唱《我在马路边捡到一只猫》?"

"不,"他重新哼唱了一遍,语调轻快,"是捡到猫的进阶版——《我在马路边捡到虞若安》。"

虞若安:"……"

你能捡到才怪!

她懒得理他,气哼哼地回到电脑桌前,以平生最快的速度打开了电脑和文档,十指翻飞,迅速地敲下了一行字:姜言变成了一只狗。

她瞪大了眼睛,盯着这八个字好半晌,才颓丧地想起就算她是创作者,剧情也必须符合那个世界的逻辑这件事情。

这个认知让她变得沮丧。

所以,她要怎么让姜言变成一只狗呢?这是一个严肃的问题。

虞若安撑着脑袋百思不得其解,思维却忍不住发散到了刚刚的场景。

她站在姜言的房间门口,敲响了他的房门,然后问他:"你想谈恋爱吗?"

她为什么会莫名其妙问这个问题?她一定是疯了!

她在心底里尖叫了一声,猛地蹦上了自己的床,将自己包裹在被子中间不停地翻转打滚。这种感觉她不陌生,可之前对着蒋琰才会出现的感情,为什么现在对着姜言也会有?

虞若安问了自己八百遍同样的问题,仍然没有找到答案。

这种感觉并不是今天第一次出现,之前在医院的那天下午,姜言声称不希望她再倒在自己面前的时候;或者是姜言让她骂他的晚上;又或者更早,在她哭得上气不接下气,他端了满满一盘蛋糕放在她面前的时候。

一切似乎有迹可循,却又没有任何预告的讯息。

当她将脸深深地埋在枕头里面,快要把自己闷死在枕头中时,又听到了一阵敲门声。

"你又敲门干什么?"她满脸通红地抬起头,不知道是闷的,还是其他什么别的原因。

姜言表示很无辜:"我没敲门,有客人来了。"

她竖着耳朵去听,果然又听到了一阵敲门声。连续三声,不疾不徐,的确不是姜言的风格。

心情很好的姜言从沙发上站起来,长腿迈开,站定在猫眼面前弯下腰,看见了门外一张不是那么讨他喜欢的脸。

于是他迅速地直起身子,一本正经地朝房间内的虞若安说道:"好像是敲错门的人。"

然而有过无数次被坑经验的虞若安并不相信他说的话。

她从春卷似的被子中间吭哧吭哧地钻出来,光着脚就蹦出来开门了。

"又不穿拖鞋。"姜言瞥了一眼她的脚,将自己的拖鞋脱下踢到她的脚旁,"先穿上。"

虞若安有些犹豫,但耐不住冬天的地板真的有些凉,等她反应过来的时候,已经下意识地穿上了姜言的拖鞋。

姜言看着她脚上明显大了好多的拖鞋,愉悦地眯了眯眼,坦诚地说了真话:"门外的人是顾以南,你给他开门吧。"

他撂下这一句话,便进屋给她拿合脚的拖鞋去了。

当门打开时,顾以南就看到了两个人交换拖鞋这样奇怪又辣眼睛的一幕。

沉默了片刻,顾以南却没有说些什么,而是伸手指了指姜言:"你跟我出来一下。"

他脸上的表情,带着说不出的严肃。

虞若安从来没见过顾以南这副表情。

从见到他的第一面起,他的嘴角就一向勾着笑容。与姜言面上礼貌却又疏离的笑容不同，他的笑带着浓浓的侵略性，仿佛看一眼便会溺毙在那醉人的笑意中。

顾以南知道自己长得好看，也善于利用这一优势，所以他无论做什么都是笑着的，用笑容来遮掩一切。

即便是高考结束的那个夜晚，他站在她家楼下告白，他在短暂的紧张后，也重新勾起了嘴角。

不知道顾以南为什么突然露出这么骇人的表情，虞若安下意识就攥住了姜言的衣角。

她不希望姜言去。

她总有一种可怕的预感，这两个人似乎会一言不合就干一场架。

"没事的。"姜言望着自己被攥紧的衣角，满意地拍了拍她的脑袋，就像在安抚一只不安的宠物那样。

虞若安没有理他，而是眼巴巴地看着顾以南："有什么事，不能让我听一听吗？"

全程表情骇人的顾以南突然笑了一声，只不过笑意未达眼底："你之后会听到的，但不是现在。"

姜言眯了眯眼，似乎知道他到底要讲什么了。

他再次安抚性地揉了揉她的脑袋，这次却将自己的衣角抽了出来："放心，我不会动手。"

寂夜朗月，冷白色的路灯投射在地面，将两人的身影拉得很长。

顾以南和姜言一前一后地走着，一直走到小区内的娱乐广场。平时这里最是热闹，老人用着室外健身器材，小朋友在旁边不厌其烦地一遍又一遍玩着滑滑梯或者秋千。而现在，这里一个人也没有，连路灯也显得孤寂。

顾以南站定后，仰起头轻轻呵了一口气，奶白色的雾气在半空中弥散开来。

不知不觉，已是寒冬。

姜言站在他的身后，不发一言。

"你应该已经猜到我喊你出来是为什么了吧？"顾以南转过身，直直地望向姜言，不想错过他脸上一丝一毫的表情变化。

"嗯，"姜言低低地应了一声，"大概猜到了。"

"现在第一个问题，你喜欢安安吗？"

姜言回答得毫不犹豫："喜欢。"

"我猜到了。那么问你第二个问题，你觉得安安喜欢你吗？"

"当……"

"当然喜欢"这句话堵在了姜言喉咙里面。

事实上，这个问题姜言自己也不确定，两个人之间似乎满满都是暧昧，却没有人挑明。

他隐约觉得自己察觉到了虞若安的回应，却不知道自己有没有理解错误。

姜言开始不耐烦起来："如果这就是你喊我出来的原因，那我走了。"

当他转身的时候，顾以南不紧不慢地问出了第三个问题："第三个问题，你的真名叫什么？"

自从虞若安再次失联后，顾以南突然回想起上次虞若安失联的经历。

她说她是去郊外寻找灵感，可他心中始终不太相信。

于是他偷偷调查了她的出行记录，发现她从来没有购买过车票，而她自己也不会开车。他不死心，又仗着两人的朋友圈高度重合，问了所有她的好友，那段时间内都没有她的消息。

她就好像从人间蒸发了一般。

顾以南心中存了疑，还有虞若安时不时喊错的姓名，再加上姜言有时候让他觉得十分眼熟的习惯，他不是傻瓜，只是心中的猜想让他觉得自己是一个傻瓜。

这次虞若安再次失联时，他鬼使神差地没有报警，而是每天工作之余来她家门口敲几下门，无人开门后再调取小区的监控录像，确认她今天没有出过门。

姜言嗤笑道："我说我叫褚一清，你相信吗？"

"不相信，所以我要问第四个问题。"顾以南深吸了一口气，像在平息自己的怒气，"安安这两次受伤，都跟你有关系吗？"

在虞若安第一次失联回来后，他就发现她的脖颈上多了一条疤痕。

只不过她平时都小心翼翼地遮掩，所以她没说，他便没有追问。

可是没有追问，不代表没有注意。

这次是她第二次失联，当她刚刚弯腰与姜言换拖鞋的时候，他又一眼看见了她腰腹处露出来的一小截绷带。

每次失踪，她都受一次伤。

顾以南喊姜言出来谈话刻意避着虞若安，不让她知晓，可就在那一刻，他竟忘却了所有，只想将姜言拽出来狠狠地揍上一顿。

而顾以南的第四个问题，触及了姜言心底最敏感的地方，他蹙紧眉头："有。"

话音刚落，顾以南的拳头便狠狠地砸了过来。

手骨砸上下颌，发出皮肉相撞的闷响。姜言舔了舔自己的后槽牙，有血腥气翻涌上来。

这一拳，蛮狠。

"不反击？"顾以南逼问一声。

"你打不过我。"姜言摇了摇头，"况且，我答应过她不揍你。"

顾以南气笑了："你说得再冠冕堂皇，不也是心中有愧吗？"他一边说着，又是一拳砸了下来。

高中，顾以南不爱遵守校规，动不动迟到早退，再加上长得好看，为人行事嚣张，自然有人找他麻烦。这一来二去，他渐渐学会了打架。

只是这样的打架在姜言眼里，便成了小打小闹，他任由顾以南发泄般在自己身上挥舞着拳头，始终不躲不避。

顾以南说得没错,他说得再冠冕堂皇,也不过是心中有愧罢了。

他太过自负,却让虞若安一次又一次地身处险境。

揍到后来,顾以南已经没有了抬手的力气。他颓丧地从姜言身上下来,翻身仰躺在地面上,看起来比被揍的人还要累:"所以,这么荒谬的事情真的存在吗?"

姜言抬手擦了擦嘴角旁的血迹,浑身都在泛疼:"嗯。"

"褚一清这个名字是编出来的吗?"

"嗯,"姜言顿了顿,彻彻底底地承认自己的身份,"喊我姜言。"

两个人躺在小区内的塑胶草皮上,彼此间隔着嫌弃的五厘米。

不知道过了多久,顾以南屈腿踢了踢姜言的小腿:"一想到我曾经扮演过你,就好生气。"

姜言"啧"了一声:"你以为我愿意看你演我?看得我浑身不自在。"

被这两句话一激,气得顾以南又想伸手去捶姜言,不过拳头刚刚举起,就被姜言挡住了。顾以南试着往前或收回,却发现自己始终动弹不得。

"我刚刚不还手是因为虞若安,你以为我现在凭什么要让你?"说话间,姜言牵扯到了破裂的嘴角。

他抬手摸了摸自己的伤口,"啐"了一声——顾以南这小子,打架不行,下手倒挺黑。

顾以南的心情也好不到哪里去,有一种自己守护多年的小白菜被其他猪圈里的猪拱了的感觉:"你以为不是安安,我会忍到现在才揍你?"

话不投机,两个人互瞪一眼,干架的欲望在彼此眼底汹涌澎湃。

顾以南:"你被以蒋琰为模板创造出来,怎么性格和他之间相差这么多?"

"说明我还是我。"

"麻烦你照照镜子,将你的五官与蒋琰做个对比之后再说这句话。"

"我比他好看。"

顾以南:"……"

话题再次终止,顾以南以一种再废话就要气死的姿态平躺在地面上。而姜言也不吭声,生怕自己再和对方说上两句,就会破坏自己出门之前对虞若安的承诺。

姜言一个翻身就想走。

"喂,你和安安在一起了吗?"

姜言用沉默回答,还没有。

"那现在就是公平竞争了。"声音再度传来,姜言偏头望了一眼,看见顾以南不知道什么时候坐了起来,还从口袋里摸出了一根烟。零星的火点在黑夜中明明灭灭,缭绕的白色烟雾将顾以南裹挟在了深夜中。他将烟卷抿在自己的嘴唇中,声音有些含糊:"你不能保护好她,而我可以。"

"不会。"姜言眯着眼睛,重复了一遍,语气笃定,"我不会再让这样的事情发生。"

姜言似乎在跟顾以南保证,又像对自己立誓。

顾以南吐了一口烟雾,看着他离去的背影,没再出声。

等顾以南晃晃悠悠地走出小区,准备将这一段监控录像调取并删除的时候,却被告知今晚的监控设备不知为何出了故障,所有的监控视频都遭到了毁坏。

顾以南蹙了蹙眉,在心底里暗骂姜言多管闲事。

而多管闲事的姜言在家楼下一连打了好几个喷嚏,每一个喷嚏之后都伴随着伤口的一阵抽痛。可他却像没有感知到疼痛一般,面露犹豫地在虞若安家的楼下徘徊着。

从玻璃门的倒影中,他隐约可见自己现在的狼狈模样,眼角泛着瘀青,嘴角旁也裂了一个口子,模样看起来有些骇人。

姜言突然后悔刚刚没有将自己的脸部保护好,至少现在不用大晚上吹着冷风,犹豫要不要上楼了。

他害怕她看到的时候会担心。

他站了几分钟,还没有做出决定的时候,面前一楼的玻璃门竟然开了,虞若安从里面快步走了出来。

当两人见到时,都愣了愣。

不过在短暂的怔怂之后,姜言下意识地将脸偏至一旁,而虞若安则是轻轻地舒了一口气:"顾以南呢?"

她开口就是问另外一个男人,姜言心底里有一些不爽:"走了。"像是想起了什么,他又开口,"我没揍他。"

"你们如果再不回来的话,我可能就要报警了。"

虞若安嘴里抱怨着,往里面走的时候却发现姜言没有跟上来:"怎么了?"

犹豫了两秒,他抬腿往前走了两步。

待姜言整个人曝光于光亮下,虞若安一眼便看见了他脸上的青紫,顿时倒抽了一口气:"就这样,你还跟我说没打架?"

她从来没有用过这种质问责怪的语气对他说过话,两个人也不是没有争吵过。当导演第一次否定她对第二部剧情构思的时候,他们就有过短暂的争吵,可那时的她没有像这样瞪大一双眼睛,直勾勾地看着他。

没由来地,他竟然觉得一阵心虚,但还是为自己解释道:"我真的没有打架。"

"那你脸上的伤是怎么来的?你别告诉我,是自己上演了一场平地摔。"

说到后来,她竟然完完全全板起了一张脸,整张脸上写着严肃与责怪,可在这两种情绪下,还夹杂着浓浓的心疼。

姜言心底蓦然一动,任由她拽着自己的衣袖将自己带回家中。

他刚准备去卫生间洗洗伤口的时候,就被虞若安喝止了:"别动!"

虞若安的胆子一向比较小，说好听一点是谨慎温和，不容易与别人发生冲突，说不好听一点，便是怂。

在她这一生中，很少用这样的态度对别人说话——就像一头盛怒中的小狮子，时不时愤怒地拿着肉嘟嘟的小爪子拍着地面，以此来表示自己的不满。

姜言乖乖地顺着她的指示坐在了沙发上，没一会儿她便捧着一个医药箱出来了。

她用药棉蘸着药水轻轻地涂抹在他的伤口上，嘴巴里还在不停地碎碎念："就算你承诺过不动手，也没有人让你不要躲啊。发现对方攻击的时候你就不会躲一躲吗？傻不拉几地任由别人揍？"

两个人的距离很近，近到他可以细数她垂下来的眼睫毛；近到他能感受到她轻微的呼吸拍打在他的皮肤上；近到他能看清她细腻的皮肤，还有因为身子前倾而微微张开的领口。

姜言的喉咙蓦然有些干涩，不自在地往后挪了挪自己的屁股。

"别动！"

姜言："……"

不被允许移动，姜言便自己想办法岔开话题。

他清了清嗓子，开口："顾以南猜到了我的身份。"

她手上的动作突然一僵，药棉使力按在了他脸上的瘀青处，一丝疼痛反而让姜言清醒了一些。

"抱歉抱歉，我弄痛你了吗？"虞若安手忙脚乱地将药棉从伤口上拿开，语气里带着一些纠结，"他知道你是剧本里面的角色了？"

"嗯。"

"他是什么反应？"

"不想相信，却又不得不相信的感觉。"

虞若安整张脸皱在了一起，觉得现在的情绪还是有些复杂。理智告诉她，这种事情最好知道的人越少越好，可是当她知道自己可以少在一个人面前隐瞒的时候，心底又稍微觉得有一些轻松。

见她满脸纠结的小模样，姜言又有点不爽了。

他倾身而至，重新拉近了两人之间的距离："说起来，之前的问题，你可以允许我回答了吗？"

虞若安正沉浸在自己的思绪中，被他这样突然一问，没有反应过来："什么问题？"

"你问我——"他故意拉长了音调，"你想谈恋爱吗？"

好不容易忘却的记忆再度被提醒，她忍不住面红耳赤。

"我的回答是——想。"

虞若安脸上的红色再度加深。

"不过，我谈恋爱的对象只能是你。"

公平竞争？抱歉，这种事情从来就没有公平竞争一说。

第十章

自古套路得人心

虞若安完全没想到陡然之间会被告白,整个人手足无措起来。

她磕磕巴巴地开口:"你怎……怎么突然就告白了?"

他恶劣地将两人之间的距离再度拉近,亲昵地用高挺的鼻子蹭了蹭她的鼻梁:"我已经铺垫好几次了,你不会没有察觉吧?"

虞若安的确有所察觉,于是她更加慌张了。

她着急忙慌地将身子往后退,姜言也得寸进尺地随着她的后仰将身子前倾:"我的身世有多清白你再清楚不过,从来没有谈过恋爱,出生以来唯一心动的女生就是你。"

她退无可退,手下一个脱力,整个人仰躺在了沙发上。男人视线自下而上,两人的姿势极为暧昧。她脑中"嗡"的一声响,终于一把推开了姜言。

"阮落落不算吗?"

"阮落落?"他顺着她的力道往后退了退,看着她猛地从沙发上蹿起,急走两步的模样,装作被撞疼了伤口一般"咝"了一声。

看见他眉峰处微微蹙紧的痕迹，虞若安又开始担心："我刚刚是不是推到你伤口上了？"

她刚刚逃得急，现在凑过来得急，姜言眼疾手快地一把捏住她的手晃了晃："阮落落不算，你扮演的阮落落才算。"

自古套路得人心。

她又气又羞，想要抽回自己的手，却怎么也抽不回来。

"我曾经给你安排的女主就是阮落落！"

姜言的眼神微微一黯："可我从一开始就强调了，我不喜欢她。"

的确，这件事情虞若安从一开始就知道。

只不过她不知道自己现在应该说些什么，她不是没有被别人告白过。

可是当她面对其他人的时候，似乎没有这样慌乱。

她手足无措的神情落在姜言的眼中，就变成了不知道该怎么拒绝，他舔了舔自己的上颚："所以你现在是在拒绝我？"

虞若安低头望了他一眼，愣住了。

他的黑眸深不见底，曾经她在里面见过最多的东西是骄傲、自信以及坚决，仿佛什么事情都可以迎刃而解，仿佛什么都不害怕，可是现在这双眼眸中却满盛着小心翼翼与不确定。

现实中的姜言，做事一向全凭自己的心意，直截了当，想做什么直说，喜欢什么也直说。

可在她的面前，他似乎用了不少的套路，为什么？

因为喜欢她……

这样的理由出现在虞若安心中的时候，她的心口不自觉地瑟缩了一下。

"可我不确定……"与姜言相处的这段时间，她也学会了什么叫勇敢，有些事情如果不当面解释清楚的话，势必会产生不必要的误会，"你与他的相貌实在太像了，我害怕……"

她害怕万一她对姜言的喜欢，其实不过是对蒋琰的不死心该怎么办?

这样到了最后,不过是伤人伤己。

剩下的话她没有说完,不过姜言懂了。

他轻轻舒了一口气:"如果仅仅是这样的话,我就不担心了。"

"啊?"虞若安有些傻眼。

"我不是他,这点你从开始就已经分得很清楚了,不然你为什么最初没有移情于我?"即便自己的五官与蒋琰十分相像,可姜言最不担心的就是虞若安会将自己认错,"如果你还是不能肯定的话,先睡一觉,明天上午我会让你辨明答案。"

虞若安完全不知道姜言葫芦里卖的什么药,迷迷糊糊地被他催促上床睡觉了。

梦境里面,姜言坐在沙发上,满眼真挚:"你缺一个男朋友吗?"

第二天,虞若安醒了个大早,而姜言显然比她醒得还要早,眼底甚至泛着淡淡的青色。

她打了一个呵欠,他递给她一张表:"你先填这个,我去做早饭。"

这种形式似曾相识,虞若安瞬间回忆起两人刚开始假扮情侣的时候,她也经常出这样的考题让姜言做。

只不过当初的《男友须知考核》变成了现今《与姜言恋爱的心理测试》这样羞耻度爆表的名字。

不知道姜言是怎么打下这一行字的。

她始终觉得,身为一个作者,她根本不了解自己笔下的男主。

虞若安眼皮跳了跳,倒也老老实实地拿笔做起题来。

第一题,姜言的创造者是谁?

她老老实实地写下了一个"我"字。

第二题,姜言喜不喜欢打游戏?

非常明显,她又提笔写下"喜欢"。

第三题，姜言与蒋琰两个人谁比较好看？

这个问题，她无意识地噘了噘嘴，钢笔停留在纸页的上一寸，最终提笔写下了"姜言"两个字。

第四题，说出姜言与蒋琰之间的不同。

两人除了相似的五官外，没有任何的相同之处。

一题接一题地写完，当她成功放下笔的那一刻，姜言也从厨房端了早餐出来。

他看见桌上放着的那张《与姜言恋爱的心理测试》，将蒸包放好，把那张纸拿了起来："写完了？"

"嗯。"

姜言细致地将虞若安的每一个字看完，笑出了声。

或许是因为刚起床，他额前的碎发有些凌乱，脸颊边隐隐露出一个小酒窝，连朝阳都没他耀眼。

他说："你很了解我啊，连我有什么颜色的内裤都知道。"

虞若安有一瞬间很想遁地而逃。

她能有什么办法，家里就一个阳台，偶尔他还不讲究地直接穿一条大裤衩到处乱跑！

在认识姜言之后，她脸红的次数呈直线上升。

姜言似乎没看出来她的脸红，继续调侃："我喜欢在哪里晨跑你为什么会知道？难道你跟踪我？"

"才没有！是因为我有几次出门找灵感，正好瞥见你在跑步。"

"原来是这样。"他意味深长地点了点头，"那你将前三题的答案连起来念一遍？"

前三题的答案连起来便是——我喜欢姜言。

"这么老的梗，你也拿出来用！"虞若安恼羞成怒地拒绝。

"的确是很老的梗了，"姜言笑得更加灿烂，"可你还是写了，为什么？"

虞若安的职业就是编剧，对于这种套路本来就比较敏感，当她扫过那几道题目的时候，便应该知道了姜言到底想要干什么，可她还是老老实实地写了下来。

见她不答话，他便继续开口："在我和蒋琰之间，你已经有了选择。"

"现在，你可以重新回答我的问题了吗？"

"请问你缺一个男朋友吗？"

此刻的姜言与她梦里的姜言重叠在了一起。

虞若安紧张地咬了咬下嘴唇，给出了与自己梦境一模一样的答案："缺。"

姜言和虞若安在一起了。

两人在一起后的生活似乎跟之前没什么差别，但又有些许不同。

之前的咸鱼姜言不仅学会了下厨，还学会了挣钱养家。不过他现在去大学里面蹭的是经济学的课，因为在他如愿编出适合自己的作弊器后，一个小时内就被人举报封号了。

从被封号的那天起，姜言便愤愤地表示再也不碰编程了，于是转身投向了经济学的怀抱。

他似乎学经济比学编程更要有天赋，投资了几只股票，赚了不少钱。

今天他给虞若安买衣服，嘲讽她品位差；

明天他给虞若安买护肤品，声称其他女生有的，他女朋友不能没有。

虞若安就这样一边生气，一边感动。终于有一天，姜言神神秘秘地塞了一个纸袋子给她，她心中这份诡异的平衡被彻底打破。

"姜言，你给我出去！"她愤怒地将纸袋子塞回他的手中，气得一跃而起。

姜言看着手中被塞回的纸袋，对她的愤怒有些莫名其妙："我看广告上面说,这个对女性特别好。"

"那你自己用!"

"我用不上啊!"

他眨眨眼睛,满眼无辜地将东西从纸袋里面拿了出来,在自己胸前比画了两下。他今天给虞若安买的东西是护胸内衣,据说不仅丰胸,而且能促进其血液循环,保证身体健康。

在她快要成功气疯之前,姜言终于后知后觉察觉到了她的怒气,老老实实地将胸衣重新塞回了纸袋。

经过这段时间的男朋友特训,他在某些方面的危机意识总是特别好,于是他佯装自然地转换话题:"你的剧本写到哪一步了?"

刚刚还在盛怒中的虞若安突然暗道一声不好,她还没有来得及调整好自己的情绪,就看见姜言已经看向她的电脑屏幕。

此刻,她的电脑屏幕上显示着姜言与阮落落在接吻。

任务的失败,反而让小情侣的感情升温了。在阮落落不断的自责中,姜言干脆以吻封缄。

一行又一行的字滑过,屏幕幽暗的光映在姜言的眼里。

正所谓三十年河东三十年河西,刚刚还满脸怒容的虞若安已经成功收敛了全部的怒气。

她紧张地咽了口口水,在心里倒数三个数。

三,二,一。

在她心底的那声"一"刚刚结束尾音后,姜言暴躁的声音瞬间传来——

"我才是你的男朋友,你居然让我亲别的女人!"

"我没有让你去亲别的女人。"两人之间的角色一下就颠倒了过来,她急急地开口解释,"现在剧本世界中,那个姜言根本就不是你。你看,你现在不就站在我的面……"

她的话还没有说完,姜言就倾身而至,在她的薄唇上轻轻碰了一下。

"以吻封缄。"他的耳朵也有些红,"这样的事情,我只对你做。"

虞若安还在出神中,讷讷地点了点头:"哦。"

她似乎不知道该说些什么,五秒钟后又"哦"了一声。

"这是我的初吻。"他抿紧了嘴唇,还能回忆起刚刚那浅浅一碰间的触感。这是他们之间的第一个吻,跟他所幻想的场景也有所出入。"我知道女生也许会幻想着一个浪漫的初吻,那里或许是终年莹白的雪山,那里或许是满天星河下的郊外;又或许是青山绿水里的一处木屋……"

在他絮絮叨叨的描述中,虞若安终于从神游天外的模式中清醒过来,心情有些复杂。

见他沉浸在初吻幻想的场景中停不下来,她在心里鼓足了勇气,踮起脚一口亲上了他。

虽然她没能正确地估计两人之间的身高差,但这个举动成功地让姜言噤了声。

"以吻封缄,"她的脸颊红得像一个苹果,"这种事,我也只对你做。"

她脸红、耳朵红,就连脖子也红了一片。姜言的眼神寸寸向下,最终停留在那一片水润的红唇上,眼神变得幽深起来。

这一次的吻不同于之前的蜻蜓点水,他一只手扶住了她的后脑勺,攻城略地。

当他想要进一步加深这个吻的时候,虞若安的手机响了。

姜言察觉到怀中的身影僵了僵,虽然很想假装没有听到,却还是耐不住她轻轻地呢喃:"这个好像是工作的铃声。"

她将公事和私事分得很开,私交用一个来电铃声,而有关于工作方面的来电用另外一个。

他迫于无奈,松开了她。

她身手矫健地跳出了姜言的怀抱,揉了揉自己的脸颊,才接起了电话:"喂,导演,您有什么事情吗?"

"小虞,我想问一下,你的剧本写得怎么样了?"

"已经写完一半了。"

"是这样的,我们月底就开机,如果剧本还没有完成的话,你就进组来写吧。"

编剧跟组写剧本是很常见的事情,这样可以随时进行修改,进度也会快上不少,虞若安自然没有拒绝的理由。

不过这次不同的是,在虞若安刚刚挂断电话后,姜言那边的手机就响了起来。

看见他越来越黑的脸色,她狐疑地凑过去看——

顾以南:刚刚导演应该给安安打电话,让她进组写剧本了吧?

顾以南:既然你不打算公平竞争,应该也不会怪我耍手段吧?

顾以南:微笑脸。

是的,姜言和顾以南两个人竟然还加了微信,这是最骚的。

在顾以南的刻意挑拨下,姜言整个人就像一只暴跳如雷的小狮子,正不满地用尾巴拍打着地面,看起来像随时要一跃而起,冲到顾以南面前将他揍一顿。

上次姜言露出这种盛怒的表情,还是他和顾以南因为谁才是虞若安心中最完美的姜言产生争执的时候。

虞若安一回忆起那天的战况,就头疼地扶住了额头。

那天的战场是这样的——

"你不过仗着你是安安笔下的主角而已,有什么可得意的?"

"你有本事也成为她的主角再说。"

"抱歉,我还真的扮演过,你还真以为你是安安心中完美的姜言?"

"完美的姜言"这五个字刺痛了姜言那颗柔软的内心,于是他嗷嗷叫道:"你那只是演的!"

"可我比你更符合安安心中对于姜言这个角色的设想。"

这件事情姜言不止一次从虞若安的口中听到,因此他更加愤怒,这种愤怒中还夹杂着不自信,而这股不自信成了他更加暴躁的缘由之一。

"不符合拉倒!我符合她心中对于男朋友的想象就可以了。"

两个人互瞪了五秒钟,然后齐齐扭头,看向旁边的虞若安。

姜言:"我真的不符合你对姜言定下的人设吗?"

顾以南:"你心中对于男朋友的想象真的是他?"

在旁边一直想要劝架却无从下手的虞若安:"……"

唯一可以庆幸的是,两个人虽然互吠了一阵子,但到底没有打起来,真的是可喜可贺,可喜可贺啊。

不过顾以南在得知两个人真的谈恋爱之后,不仅没有从她的身边消失,反而招惹姜言的次数愈加频繁起来。

姜言两次都气得想将顾以南拉黑,不过在顾以南声称他握有虞若安很多高中时期的照片后,姜言又妥协地将他从黑名单里拉回来。

来回反复几次之后,虞若安也就不再管他们两个之间的恩怨情仇,任由他们去折腾了。

可这次顾以南的招数明显没有让姜言预测到。

看着姜言黑下来的脸色,虞若安小心翼翼地看着他,满脑子都在纠结要不要去剧组写剧本。

她不去剧组写剧本,好像可以让他不再生气;可是不去剧组的话,好像会耽误自己的工作,而她从来不是一个喜欢耽误工作的人。

她紧紧地咬着下唇,还没有拿定主意,姜言却抬脚走向了客厅。

看着他离去的背影,虞若安叫苦不迭。

她想了想,也走向客厅,看着他四平八稳地坐在沙发上,沉默地盯着手机在看些什么。

虞若安已经好久没有看到他这个样子了。之前只有他刚刚从剧本世界出来,因为心高气傲,不是很能接受自己是别人笔下设定好的一个角色,所以他除了威胁恐吓之外,是拒绝和自己说话的,于是每天就是这样窝在沙发上打游戏。

这一瞬间,她立刻就做了决定:"要不然,我还是不去了吧?"

她平时多辛苦一点,然后和导演多多沟通,在家里也不是不能写剧本。

"不行。"姜言头也不抬,"书上说喜欢不是去消磨彼此之间的感情,妨碍另一半的事业,这样的恋情走不长远。真正的相爱是让自己和对方一起变得更优秀。"

虞若安完全没想到他会说出这样一番话,愣了愣:"你看的什么书?"

"《撒旦总裁爱上我》《我是总裁的小宝贝》什么的,我记不太清了。"他抬起头,有些疑惑,"怎么了?"

她的眼皮跳了跳:"没怎么。"其实三观都要碎了。

"嗯,我感觉这些书对恋爱的把握还是比较精准的。"

虞若安:"……"

虞若安暗下决心,以后要给姜言多推荐一些其他的书籍看。

这样想着,她就在姜言的身旁坐了下来,他手机屏幕上的字清清楚楚地传到她的眼里。

他正在查天气预报。

"你查天气预告干什么?"

"你不是月底就要走吗?"他偏头看了她一眼,然后重新扭过头记住那几天的天气情况,"你向来冷暖的感知比较差,天气凉不知道加衣服,天气暖不知道脱外套,我得帮你好好收拾一下行李。"

在刚刚的一段时间内,他已经迅速地查到了《九阶魔方》第二季剧本的开机地点以及那边城市的天气情况。

虞若安心尖蓦然一暖,僵在他的身边,不知道该说些什么。

半晌,她将自己的脑袋架在了他的肩膀上:"我一定会尽快回来的。"

姜言看了一眼肩膀上突然多出来的毛茸茸的脑袋，虽然不知道为什么自己的女朋友一瞬间就变得柔情似水，但他觉得这种感觉很不错。

于是，他伸出手揉了揉她的头。

他总觉得自己好像有什么事情忘记说了，但柔软的发丝穿过他的掌心，让他瞬间就忘记了其他事情，最后又专心致志地揉了揉她的脑袋。

月底很快就来了，在这期间，姜言简直成了完美男友的典范。

他每天不看一些奇奇怪怪的书籍，也不送她一些奇奇怪怪的东西，只不过当他在日历上认认真真地圈好她要走的时间后，她眼眶一红，觉得自己这趟为期大约两个月的出差硬是多了一种分别几年的依依不舍。这种依依不舍一直持续到她拖着行李箱出门的那天。

那天早上，阴天多云，天气寒冷。

她吃完姜言给她做的早点，哆哆嗦嗦地围好围巾，拖着小行李箱准备出门。还没有等她打开门，身上就蓦然一轻，男人将她的行李箱接了过去，并且将她身上的包背在了自己的身上。

一切都像他要送她去车站的模样，唯一不对的地方在于他的另一只手上也拿了一个行李箱。

虞若安非常确定，自己只有一个黄色的行李箱，所以那个黑色的行李箱是怎么回事？

看着她满脸疑惑的模样，姜言更加疑惑："我难道没有跟你说吗？"

"说什么？"

"我跟你一起去剧组的事情。"

"你真的没有说。"

"哦，那估计是我忘记了。那天在查天气之前，我还查到他们剧组正在招募后期，于是我前两天投了简历过去，结果就过了。"

虞若安心中的另外一个疑惑也得到了解答。

怪不得最近一段时间他又开始不断地在电脑上捣鼓什么。她还以为他找到了新的兴趣爱好，结果是在研究后期剪辑。

行吧，这下真的是拖家带口前去工作了。

虞若安虽然心里暗自腹诽着，但完全不能控制住自己上扬的嘴角。

她向来不是一个主动的人，即便暗恋了蒋琰那么多年，也从来没有告白过。她能做出的最勇敢的举动，便是将自己暗恋的对象写进自己的故事中。

其实她曾怀疑过姜言到底喜欢自己什么地方，她更惶恐过两人之间的关系看起来前途一片迷茫。

她是现实世界中的人，他是剧本世界中的人，就算能打破次元壁在一起，可她如果一直不能很好地主动表达自己的意愿，两个人的这段感情或许迟早会破裂。

就像姜言自己所说的那样：任何感情都经不起消磨。

姜言戳了戳她上扬的嘴角，也弯起了眉眼："就算你不说也没有关系，你的神情能告诉我，你想的全部。"

虞若安终于笑出了声："嗯。"

无论她走得快与慢都没有关系了，因为早有一个人从另一头跑来了她的身边，然后伴着她一起朝前走去。

姜言扬了扬自己的下巴，推着两只行李箱，一脸骄傲地说："我们现在出发，不能耽误工作。"

她下意识地想要帮他接过一些行李，却被他躲过："你别老是乱动。"他眯起眼睛，看起来有点凶，"前两天打字打到一半，嗷嗷叫着手疼的人是谁？"

"是我。"

他走到电梯门口，摁下按键之后快速地伸出手握住她的手腕："你的手腕这么细，平时负荷还这么重，你要多吃多运动。"

像是为了证明自己所言非虚,他用大拇指与食指贴在她的手腕上虚虚扣起,语气不满:"看到没有,你的手腕比我两根手指圈起来还细!"

他一边说着,一边又像一只大狗般蹭了过来,伸手揽住了她的肩膀,再次评价:"太瘦了。"

"叮"的一声,电梯门恰好开启,虞若安生怕他下一步就将自己抱起来,赶忙一步蹿进电梯里面,一副乖乖站好的样子。

姜言还在不满:"你以后多吃一点。"

"好。"

"你太瘦了!"

"其实前两天我遇见了熟人,对方说我胖了。"

"你别听他们的。"姜言不满地哼了一声,"这次我们去的地方似乎有不少特色小吃,到时候我带你去。"

"好啊,我们可以一起去寻找各式各样的美食,就当作……"她顿了顿,似乎有些不好意思,声音逐渐低了下去,"就当作这次是我们俩的恋爱旅行。"

两人持续了一路这样毫无营养的对话,效果非常明显。

整个路途中,姜言都是一副心情很好的模样,并且在到达目的地之前,他愈加呈现出一副超级嗨皮的情绪,甚至不停地哼着小曲。

虞若安认真地反思了好久,是不是两人谈恋爱之后,她对姜言的态度太过冷淡,以至于她说了一句算不上情话的话,他都可以高兴这么久。

如果不是一只手没办法推两个行李箱,恐怕他一定会腾出一只手来牵住她。

在到达剧组之后,顾以南立刻看到了虞若安身后跟了一个无比碍眼的身影。

顾以南抽了抽嘴角,问虞若安:"他怎么也跟过来了?"

"你离我女朋友远一点。"姜言不满地看着他凑过来,"我现在是这个剧组的后期之一。"

顾以南:"……"

千算万算,他竟然算漏了这一点。

三个人很快就引来了剧组内其他人员的注意,导演也乐呵呵地走了过来:"小虞和她男朋友都过来了啊?"

虞若安点了点头,对于这个帮了她不少,并且包容了她很多任性行为的导演,她一向很敬重。

几人寒暄了一阵子,导演准备让实习生带他们到酒店去办理一下入住手续。

"不用麻烦了。"顾以南一只手插着口袋,明明寒冬腊月,他的羽绒服里面仅穿了一件衬衣,"反正今天我没有什么事情,我带他们过去就好。"

导演应了一声后,便继续忙活了。

其实顾以南也有私心,这样安排房间的时候,他可以将虞若安的房间安排得离自己近一些。

至于姜言,他就安排在走廊的尽头吧。

顾以南抱着这样的想法,吊儿郎当地在前面带路,可他没想到的是,虞若安和姜言两个人也没想到的是,酒店竟然只留了一间房。

酒店前台小姐为难地看着他们:"抱歉,不过你们既然是情侣的话,要不然就先住一间房?等我们有空房的时候,再帮您腾出来。"

"不可以!"没等两名当事人开口,顾以南就抢先回答道。

前台小姐的眼神更加为难了。

姜言和虞若安两个人各自眼神飘忽,显然有些不知所措。

虽然两个人谈恋爱已经谈了一阵子,但他们从来没有想过同居,不,是同床的问题。

哪怕姜言一直住在虞若安的家里,可他们始终住在各自的房间里面,从来没有过逾矩的行为。

离逾矩行为最近的距离大概是虞若安受伤的时候，姜言为了时刻关注着她的康复情况，基本像住在了医院一般。至于其他的时候，两个人基本是睡觉时间一到，就各回各的房间，像幼儿园小朋友一样守规矩。

顾以南瞥了一眼身后害羞的两个人，将手从口袋中抽出来，把一张房卡重重地拍在前台："我的房间是双人床，让他跟我睡！"

他脸色铁青地指向姜言，用肢体语言与生动的表情表明了他此举的无可奈何。

在听到顾以南的方案后，姜言显然也百般不愿意。不过他轻轻地看了虞若安一眼，不知道想了些什么，沉默了半晌后竟然同意了。

前台舒了一口气。

虞若安看了看姜言，又望了望顾以南，她的眼神充满了狐疑。

她实在担心这两个人如果住在一个房间的话，半夜会不会一言不合就开始打架。

其实她的担忧并不无道理，毕竟两个男人的手已经各自在蠢蠢欲动了。

"要不，姜言还是和我住一起吧，反正标准间都有两个床位。"她犹豫了一会儿，看着前台正准备重新登记信息的时候，终于出声阻止了。

"不行。"

"不行。"

面对她的方案，两个人竟然同时选择了拒绝。

顾以南说"不行"还比较好理解，而姜言的那声"不行"就有些匪夷所思了。

虞若安抽了抽嘴角，难以置信自己主动提出同房的提议，竟然被男朋友一口回绝。她疑惑地看向姜言，他却不着痕迹地偏过脸。

前台小姐姐看向虞若安的目光里面瞬间充满了同情。

虞若安："……"

虞若安带着一种舒了一口气又有点羞愤的复杂感情,拎走了自己的行李箱,并且在姜言想要帮她拿行李的时候,被她躲开,再附赠了一个白眼。

白眼杀伤力不大,就像没有啃到小鱼干的猫咪愤怒地喵呜了两声,即便抬起爪子在你身上拍了两下,却也没有将尖利的指甲伸出来。

姜言无辜地摸了摸自己的鼻子,亦步亦趋默默地跟在虞若安的身后。

"你跟过来干什么?"她掏出房卡打开自己的房门,当男人跟在自己身后想要进来的时候,一把眼疾手快地堵住了门。

"我进去帮你收拾一下。"

"不需要,我自己会收拾行李。"

对方赌气的意味异常明显,他无奈地叹了一口气,伸出手揉了揉她的脑袋:"不是我不想跟你住,而是不能。"

"不能?"她心中的怒火并没有因此散去半分,反而觉得姜言是在找各种借口。

虞若安凭借着编剧优秀的想象力,此刻已经在脑海中展开了一系列的联想。

男朋友拒绝和你睡一个房间是什么概念?这代表着你对他没有半点吸引力。为什么会没有吸引力?因为他对你的感情已经淡了。

虞若安全然忘记了刚刚在路上的感动,只觉得自己现在濒临失恋,浑身上下都写满了惨兮兮。

姜言对上她仿佛被抛弃的眼神,手撑着膝盖弯下腰:"我在认识你之前,一直都觉得自己的自制力不错,可我现在对这方面没有半分的自信。"

看吧,就是淡……

顿了顿,她难以置信地抬起眼眸。

"你光是看着我,我就忍不住想将全世界捧在你的面前,所以我不敢想象更大的杀伤力。"他顿了顿，神情颇有些不自在，"在我对自己的自制力重新有自信之前，我们还是分开睡比较好。"

虞若安明白过来他究竟在讲些什么东西，原本气得煞白的脸蛋重新变得异常红润起来。

她小声骂了句"流氓"，而后猛地将他推开，迅速关上房门。

房门在姜言的面前被"嘭"地合上，姜言无辜而茫然地眨了眨眼睛。他不解释的话，她看起来在生气，可解释后她看起来好像还是在生气，所以自己该怎么办？

他在百思不得其解下，盯着门看了一会儿，而后迈着长腿慢悠悠地离开了。

在他走后，一直趴在门眼处观察的虞若安才按住自己的心口，长舒了一口气。

或许是恋爱这件事本身就散发着酸臭的气息，虞若安和姜言两个人谈恋爱的事情在剧组内不胫而走。

原本就是之前已经认识的熟人，打起趣来更是无所顾忌。

化妆师小姐姐："当初说好要一起做个单身狗，你却偷偷先有了男朋友。"

制片人："当初导演说你有男朋友的时候，我们都还不相信，原来是真的。效率不错。"

场务："我一直都很看好你和顾男神，结果你现在有男朋友了。抱歉，我们的友情已经结束了，除非你把你男朋友的兄弟介绍给我，不然休想我原谅你。"

由于场务的眼神实在太过认真，虞若安不禁开始思索将姜西铭带过来给她见一面的场景。估计她会被吓死吧？毕竟她的胆子看起来也不算大。

不过打趣归打趣，她依然有一个问题想问："你们是怎么知道我谈恋爱的？"

这才进组一天半，全剧组的人，就连送盒饭的都似乎知道了这件事情，这八卦传播的速度着实有点快。

"在问这个问题之前，麻烦你先让你男人收敛一点看你的眼神。"场务拍了拍她的肩膀，"你男朋友真的很帅，这两天隔壁剧组竟然还想从我们这儿挖人，让他当一个临时演员。我偷偷去瞅了一眼，发现戏份其实还不错，出场很帅，也有几句台词，可你知道你男朋友拒绝的理由是什么吗？"

"是什么？"

"抱歉，我不能接受抱别的女人，哪怕是演戏也不行。"场务模仿着姜言当时的语气，羡慕地看向她，"这种霸道总裁风，我已经很久没有看过了。"

虞若安："……"

那估计是姜言霸道总裁文看多了。

虞若安虽然心中这样吐槽着，但还是情不自禁地用余光在片场里面搜寻起姜言的身影。

两人目光相接，他冲她弯了眉眼，世界便在此刻失了颜色。

虞若安纠结了两秒，决定原谅两天前的姜言，毕竟他现在就像一只大型犬，非常可爱。

第十一章

史上最失控男主

剧组的节奏相当紧凑,虞若安每天都在不停地赶进度,生怕自己成为拖累整个剧组后腿的人。

可即便这样,不停地修改模式也让虞若安的精神高度紧绷,既需要让整个剧本符合修改意见,又需要保证这样的剧情可以被剧本世界的人所接受,这样才不会让已经复活的姜西铭出现什么差池。

她来来回回修改了几遍,整个人已经憔悴了不少。

当姜言敲响她房门的时候,她又在脑袋上顶了一个小鬏鬏,黑眼圈很重。

姜言心疼地将夜宵往桌子上一放,捂住她的眼睛:"不写了。"

"那怎么能行,修改版明天就要给导演看了。"

她扒了两下捂着自己眼睛的大手,没有扒开,反而让男人变本加厉,带上了些微的力道,并将她扣进自己的怀里:"可你需要休息。"

她的后背抵上他的胸膛，暖意渐渐传至四肢百骸。她放任自己靠在他的怀里："我跟你商量一件事，你会答应我吗？"

姜言捂住她眼睛的手松开："什么？"

"我想再去一次剧本世界。"

来来回回地改动让她有着强烈的不安，生怕有哪一个环节出现了问题。

刚刚还垂着眉眼的姜言顿时板起了脸："你想都别想。"他生怕这几两个字不够给力，又补充道，"你之前的每集剧本我都确定过，没问题，你继续往后面写就行了。"

"我想亲眼见证一下。"她顿了顿，伸出一根手指往他眼前晃了晃，"我就去一次！看看就回来！"

"你上次就是这样说的，结果呢？挨了一刀。"

虞若安："……"

虞若安钻出了他的怀抱，讨好地笑道："上次是一个意外，你看看我这一集的剧本，都没有什么打斗画面，我现在进去一定没有问题的。"

姜言不为所动："你现在进去或许没有什么危险，但谁知道你进去之后呢？毕竟除去剧本内容之外，世界还在照旧进行。"

她磨了十五分钟,他始终不同意,就连电脑也变成了待机模式。

她看着电脑屏幕上的光暗了下去，灵机一动，踩到姜言的脚上，踮起脚一口亲上了他的下巴。

姜言愣了愣，搂住她的腰身怕她摔倒，下意识地低头想要亲回去，却被她一把捂住了嘴巴。

她狡黠一笑："你得先答应我，带我去剧本世界。"

没等他回答，她又竖起一根手指保证："我就去一次，一次就好。"

她捏准了他吃软不吃硬，他无奈地"嗯"了一声。

她得偿所愿，开心地从他脚上蹦了下来，眼睛眨巴眨巴，示意他可以随时开始。

一分钟过去了，虞若安的眼睛有点酸。

两分钟过去了，虞若安的脖子有点僵。

三分钟……

她终于忍不住开口："我已经准备好了，你可以把魔方掏出来了。"

"现在？"他勾了勾唇，"你要想好。"

"什么意思？"

虞若安一看到姜言露出这个表情，心中就警铃大作。

"因为我只同意再带你去一次剧本世界，所以你这次用完之后就没有机会了。"他耸了耸肩，"我个人是劝你将这个机会留到最后一集，这样的话，你至少可以确定结局是否跟你预想的一样。"

"阴险。"

"什么？"

虞若安的声音加大了几倍："狡诈。"

以前的姜言碰到这种情况还可以威胁她两声，可现在就只能摸摸自己的鼻子，哄着她。

"虞若安，"虽然姜言觉得自己是在哄自家女朋友，可当他连名带姓地喊出虞若安时，虞若安还是乖乖地噤了声，"我的确想要救我哥，但不是用你的性命来冒险。更何况，他现在已经回来了，我选择了信任你，你也对自己多点信任好不好？"

她迟疑了片刻，最终点了点头。

不过还没等姜言夸奖，她就忍不住开口："你直呼我大名的时候，我有点害怕。"

"咦？"

"以前我被你威胁的次数太多了，有心理阴影。"

"那我换一个称呼？"

"好啊。"

对于自家男朋友给自己起新称呼这件事,虞若安也挺期待的,直到——

"小甜心?宝贝儿?小心肝?"

姜言一连喊出死亡称呼三连的时候,她才想起来,他最近看的小说都是大总裁类型。

姜言似乎爱上了给她取称呼这件事情,时不时就给她换一个新备注,然后神秘兮兮地将她拉到一旁:"我有一个好东西要给你看。"

一开始,虞若安深信不疑,看着他从口袋中掏出手机,点出她的头像,然后再将屏幕杵到她的面前。

每次映入眼帘的都是他最新给她改的昵称。

她见识多了,也就对那些恶心的称呼麻木了,甚至还能为他出谋划策:"玛丽苏小甜甜怎么样?"

"你喜欢这种?"姜言似乎对她的品位有了某种误会,"你喜欢的话,我就给你改。"

虞若安:"……"

除了她之外,剧组里的所有人都在哈哈哈哈。

幸好姜言还有最后的一点良知,在给她改昵称之前挑了挑眉:"把你的手机给我。"

这两天虞若安已经被磨得一点脾气都没有了,有气无力地将自己的手机交给姜言。

姜言滑开屏幕,主动自觉地戳进了自己的聊天框中。

"史上最失控男主?"他看着虞若安给自己的备注,愣了愣。

她捧着热水杯喝水,闻言差点儿没喷出去,一口水呛在嗓子眼里,疯狂咳嗽。

姜言倒是没想到她反应这么大,赶忙顺了顺她的后背。

当初虞若安和姜言加微信好友的时候，那人刚刚来到现实世界。那个时候，在虞若安眼中，姜言就是熊孩子的代表，她所有角色中最不听话的那个男主。

于是，在姜言惯例威胁她的某一天下午，她恶从胆边起，将姜言的备注偷偷改成了"史上最失控男主"。

"你喝水也能呛到自己？"

他"啧"了一声，将手机还给她，打开自己的手机，拇指快速地敲下几个字母，然后将自己的手机重新递到她的面前。

在他的手机屏幕上，他给虞若安的备注改成了——史上最甜编剧。

姜言扬了扬下巴，语气带着莫名的骄傲："情侣备注。"

虞若安捧着手机巴巴地看了两眼，又被呛到了。这次是被自己的口水呛到的。

"行，你成功打败了自己。"他无奈地坐在她身旁给她顺气，一边顺气还一边警告道，"不许偷偷把昵称换掉。"

情侣昵称就这样莫名其妙地定了下来。

不管怎么样，这样的情侣昵称总比什么"小甜甜"好。

不过光是情侣昵称这种事情就遭到了全剧组的嘲笑。

在这种毒害下，她写剧本的速度竟然飙涨，只为了能在离开剧组前，留住自己最后的一点面子。

进度不错，导演每天看见她也都很和颜悦色，甚至在某一天的下午对她说："年轻人也需要注意身体，不要总是扑在电脑面前。和男朋友出去逛逛街什么的都是不错的选择。"

她莫名其妙地瞪大了眼睛，怎么也没想通导演身为资深工作狂，为什么会突然说出这样一番话。

"今天，我给你放假。"导演拍了拍她的肩膀，"有时候放松放松心情，有助于更好地工作。"

与此同时，不远处的姜言冲她晃了晃手机。

等导演走后,她不明所以地打开了手机。

史上最失控男主:出去玩?

史上最甜编剧:你跟导演说的?

史上最失控男主:是啊。

看到这条消息,虞若安忍不住抬起头看向不远处的姜言。他一只手拿着手机,有一些外景灯光洒在他的身上,将他眼底浅浅的骄傲映衬得闪闪发亮。

史上最甜编剧:我比较想知道,你是怎么说服那个工作狂导演的?

史上最失控男主:我跟他说,你每天深夜都在号啕大哭,并且揪住我的衣领死不放手。如果他再这样让你加班下去,那么他很可能会一次性损失一名编剧和一名剪辑师。

史上最甜编剧:……

她不要面子的吗?

史上最失控男主:我约你出去谈场恋爱,去不去?

史上最甜编剧:不去会怎么样?

微信消息到这里戛然而止,五秒后,姜言站定在她面前:"不去也不行,我都安排好了。"

"安排了什么?"

"让你做一天我笔下的女主角。"

之前他是她笔下的男主,人生里的所有剧情走向皆由她控制,而今天他为她虞若安筹划了一套独属于她的剧本。

两人角色,就此调换。

身为编剧,虞若安写了许许多多的故事,却从来没有想过有一天,会有人专门为她写一集剧本。

顾以南刚刚拍过一条戏,正在休息时,就看见虞若安穿着一身薄呢大衣,踩着小短靴欢快地奔向了外面。

他还不知道导演给她放假的事情，只是被她嘴角边的笑容所感染。

旁边的助理注意到他的视线，羡慕地开口："真好啊，可以和男朋友一起额外放半天假。"

"和男朋友？"

话音刚落，顾以南就看到姜言晃晃悠悠地跟在虞若安的身后。

姜言也穿着同色的大衣，甚至不知道什么时候换上了与她同款的鞋。

"虽然冬天了，但我好像闻到了春天的味道。"

听着助理没有丝毫眼力见的话，顾以南一口气饮尽了纸杯中的水，不自觉地将纸杯捏成了一团。

两人一前一后走出影视基地，虞若安显得有些兴致勃勃。

这大半个月以来，她基本上就是剧组和宾馆两点一线，每天的事情只有剧本、剧本和剧本，已经很久没有享受过这么惬意的时光了。

今天是工作日，街上的行人比往常少了一半。

虞若安捧着刚刚姜言塞进手中的奶茶，往嘴里吸了一大口，黑珍珠在唇齿间滚动了一圈又被她吞进肚子。

她心满意足地眯起眼睛，转过头看着身边的姜言。

姜言转过头也看着虞若安。

虞若安歪了歪头。

姜言挑了挑眉。

虞若安："……"

姜言："……"

最终，还是虞若安率先不能忍受这种诡异的互动，将手中的奶茶递了出去："你想喝这个口味的？"

姜言弯下腰大大方方地喝了一口奶茶，咽下去之后才挑眉笑道："间接接吻。"

明明两个人已经接过吻了，可在大庭广众之下，她还是被这句话闹得红了脸。

她左右望了望，总觉得大家在往这边看，下意识地往旁边站了两步。

她这个举动引起了姜言的不满，长臂一捞将她捞回自己的怀中："我见不得人？"

"没……没有。"

他从嗓间哼出一个单音，放下手，并慢慢地滑至她的手旁，将她的手紧紧地握在自己的掌心，然后一并塞进了自己的口袋中。

她错愕地仰起头，轻轻扯了扯，没把手扯出来。

"别闹。"他轻轻哼了一声，"这么冷的天，你只穿了一件薄呢大衣还没有戴手套，想冻死谁？"

她体质偏寒，到了冬天手脚都冰凉，手中虽残余着刚刚捧热奶茶的温度，却依旧泛着寒气。

说实话，她也不知道自己是怎么想的，在听到姜言要喊自己出来约会后，就下意识地跑回了宾馆，翻箱倒柜地找出一件大衣，还给自己化了淡妆，就连耳后和手腕都细细喷了一层香水。

那瓶香水是好友送她的，自从进入她家之后，还没有被拆过封，今天是它第一次被拿出来使用。

"能冻的不是只有我一个吗？"虞若安不满地噘了噘嘴，"这种时候身为男朋友，麻烦你只需要夸奖好看就可以了。"

话音刚落，姜言就将她的手从自己的口袋中扯了出来。

皮肤骤然从温暖的地方抽离，当它触碰到寒冷的空气时，浮起一层细细的鸡皮疙瘩。

她不明所以地抬起头，身上却暮然多了一件大衣。

男人穿着高领毛衣，居高临下地看着她，嗤笑道："你明明是想要冻死我。"

虞若安手忙脚乱地想要将衣服还给他，却被他按住了两边的手臂动弹不得:"别动,这样就好。"

他一边说着,一边重新牵住了她的手,然后往她身上的口袋揣去。

因为姿势,虞若安的半边肩膀抵在了男人的臂弯处,鼻尖闻到了一股沐浴露的清香。原来他回去也冲了个澡。

两人同居时,对方什么邋遢的模样都见过了。他见过她四五天不洗头的模样,他见过她不洗脸顶着一个鬏鬏趴在电脑面前的模样;而她也看过对方一整天瘫在沙发上,除了吃饭上厕所,没有东西能让他移动的咸鱼模式;她看过对方穿着一条大裤衩,匆匆从被窝冲向厕所的三急状态。

他们曾将自己最邋遢的模样摆在了对方的面前,却仍旧想要展现出最好的一面,还有以后更好的一面给对方看。

虞若安还是第一次在大街上与男朋友牵手轧马路。

她微微呼出一口气,便是一团白色的雾气氤氲在空中。她紧了紧口袋中男人的手,提议道:"要不然我们去商场吧?"

"不行。"姜言摇了摇头,冲她咧开嘴,"今天我是编剧,你得听我的。"

见他坚持,她抿了抿唇,任由对方拉着她拐进了一个小胡同中。本来街上的行人就算不上太多,小胡同中更是清寂。

往胡同里面踏入得更深一些,虞若安看到了一扇稍稍有些年代感的木门,漆红色正,几处零星的破损更带着一股说不出来的韵味。

"这里是?"

姜言带着她踏过木门:"这是我给你安排的第一话剧本。"

虞若安走进木门,呈现在她面前的是一个舞台,台面高及腰腹,周围因为厚重的幕布而不透光,仅有一束光直直地照射在舞台中央。

他垂眸看了一眼腕间的手表,带着她在中央前已经预留好的座位上坐下,轻声道:"三点半,时间正好。"

她讶异地坐在座位上,倒是没有想过姜言会选择带她来看一场话剧。

不过她更加没有想到的是——

"既然翻滚的战士是你,那许锡明你总认识吧?"

"你……你究竟是谁?"

"我是许言,你笔下的男主角,也是来找你讨债的人。"

……

如此令人耳熟的台词响起时,虞若安难以置信地扭头看向了身边的男人。

虽然名字做了一些改变,但很明显,这是一部将虞若安和姜言亲身经历改编而成的话剧。

姜言听着身旁的动静,不用想也知道她脸上震惊的表情。他在黑暗中微不可察地勾起一抹嘴角:"认真看。"

话剧中的程若安与许言因为孽缘在一起相处,从他假扮她的男朋友到一点点动心,再到提出交往的要求,他们两个一起携手救活了许言的兄长,在剧本世界与现实世界中来回地行走。

这是他们的真实故事,却夹杂了很多姜言的心理转变,这是虞若安所不知道的部分。

她不知道当她彻夜构思要怎么复活姜西铭,最终累趴在电脑面前的时候,他满脸别扭地给她披了一条毛毯,却又在清晨时分蹑手蹑脚地将毛毯叠好,不让她发现;

她不知道他背着醉酒的她回家,明明之前都是一副嘲讽嘴脸,可当他看见她眼角的泪花时,却温柔了眉眼;

她不知道当她第一次受伤的时候,他睡在她隔壁的病床上,竖着耳朵数她的呼吸声,一旦她有翻身的动静,他便迅速地扭过头,看她究竟哪里不舒服;

……

她不知道的事情有很多，而这部话剧将其一点点揉碎陈列在了她的眼前。

　　不知不觉间，虞若安红了眼眶。

　　话剧逐渐演到了高潮的部分，许锡明成功复活，而许言也再没有了前往现实世界的理由。

　　在许锡明于剧本世界重新睁开眼睛的一刹那，许言被强制回到了剧本世界中，任由他再怎么转动魔方，却始终没有见到自己心心念念的身影。

　　看到这里，虞若安终于忍不住，两颗温热的眼泪直直地砸了下来。

　　姜言一直牵着她的手，手背上突然多了一抹温热，让他禁不住慌乱起来。

　　他策划了这么多，明明是想让她开心，怎么反而将她惹哭了。

　　他手足无措地伸出手指抹过她的眼角，低声解释道："后面会反……"

　　他的话还没有说完，一只手就"啪"地捂上了他的嘴唇，用上了十成十的力道。

　　他们离舞台比较近，舞台上的灯光洒在了虞若安的脸上。

　　姜言偏过脸，借由那微弱的灯光看清了她此刻脸上的神色——满眼通红，眼角旁还有一滴眼泪要落未落。但这并不妨碍她的脸上满是愤怒，声音轻细还带着一抹警告："不许剧透！"

　　姜言："……"

　　他老老实实地坐正了自己的身子。

　　姜言已经很久没有见到虞若安这样哭过了，上次见到她这般模样的时候，还是她下定决心与蒋琰、与过去的自己道别。

　　同理可推论，她这么畅快淋漓地哭了一场之后，很有可能跟他分手？

一想到这种可能性，姜言就觉得自己坐立难安。

而此时的舞台上，正演到程若安与许言各自站在舞台的一端，一明一暗的光影将他们分割成了两个世界，就如同剧本所说的那样——许言回到了剧本，而程若安一人被留在了原地。

程若安："我走过了我们俩所待过的所有地方，山川湖海、学校卧室，哪里都似乎有你的身影，却又哪里都没有你的味道。"

许言："我从未如此痛恨过自己的身份，假如我不是你的主角，只是一个普普通通的人，我会与你相遇在街巷转角，会与你相遇在校园操场，又或是剧组基地，无论是哪儿，我都只想遇见你。"

他一言，她一语，两个人都在说着自己的心里话，另一个人却没有办法听到。

虞若安的眼泪掉得更欢了。

姜言如坐针毡，几次都想带着她夺门而出："要不我带你出去看看街景？听说外面的街道还蛮有名的。"

虞若安沉默地在嘤嘤嘤。

"你别哭了，我们出去买纸巾吧。"

虞若安从包里掏出了一包纸巾，持续嘤嘤嘤。

"我……"

他还想要说什么，身旁的一个大小伙子终于忍不住拍了拍姜言的肩膀。对方满眼通红，看起来状态比虞若安好不到哪里去："注意素质！看话剧的时候能不能保持安静？！"

虞若安捧着湿了半边的纸巾，一边嘤嘤嘤，一边用眼神表示对这句话的赞同。

姜言："……"

幸好没过多久，舞台上的程若安就反应过来。

她身为剧本世界的创作者，还有很多办法可以与许言联系上。

程若安打开剧本，在剧本中写道：许言在自己的日记本中突然发现了一枚便签。

在舞台的另一边，许言便在日记本中发现了一枚精致的便签，上面写着：我好想你——程若安。

从那之后，只要程若安想起他的时候，他便会接到一枚便签，其中夹杂着她浓浓的想念与情意。

许言将所有的便签一枚一枚收起，整整齐齐地摆放在抽屉当中，时不时地拿出来翻看。这是程若安与他还有联系的证明，他哭着哭着就笑了。

另一侧的程若安不断地写着早该完结的剧本，她可以给许言安慰，却没有办法见到他的思念。她是编剧，便注定了只能单方面地交流，享受这种拥有全世界的孤独。看着日益变厚的剧本，有人问她值得吗？她弯起眉眼，笑着回答"值得"，可在那人走后，她笑着笑着就哭了。

灯光渐渐暗了下去，两旁的幕布缓缓合起。

观众席上一片寂静，半晌才响起一片掌声。

在姜言的旁边，虞若安已经彻底地泣不成声了。

姜言："……"等等，当初的剧本可不是这样写的！

话剧结束，导演、演员们、编剧和灯光师等等所有人员一块走上台前，灯光亮起，幕布重新拉开。

在导演说完话之后，编剧接过了话筒，他的声音还带着些微的鼻音，但难掩他的激动："其实这部话剧是由一位先生提供的素材，要怎么完整地呈现出时空交换的感觉，我们也想了很多的方法，甚至连结局，我也做过多次的改动。原本是喜剧结尾，可最终我依然觉得这样不够打动人心，便干脆留白，悲剧才是艺术啊！"

什么艺术！

"那位先生现在就在下面，让我们用掌声将那位先生请上来吧！"

听着现场的掌声，姜言的脸色更臭了。

他站起身，迈着长腿一步一步地走向舞台中央，比他身旁的男演员还要高上一个头。

姜言瞥了一眼男主，曾经他嫌弃顾以南扮演自己，现在他倒觉得这个人还不如顾以南演得好。

他冷哼一声，接过编剧递过来的话筒，沉声道："如果主角是我，结局不会这样。"

不大的剧场，劣质的话筒所传来的声音带着些微的电流声，虞若安看向舞台上的那个男人。

他宽肩窄臀、双腿修长，站在了灯光下，她的世界中便只剩下了他。

舞台上，姜言也将视线缓缓地定在了她的身上，一字一句开口："如果是我，我不会停止找你。"

"如果是因为执念才能来到现实世界，那么曾经是为了复活兄长，后面便是为了伴你身旁。这份执念永远没有尽头。"

"所以别害怕，我绝对不会松开牵你的手。"

男人低沉的嗓音在剧场内响起，明明周围还有那么多的人，可虞若安却觉得整个世界只剩下彼此。

话剧结束，观众三三两两地散去，虞若安坐在座位上等着姜言回来，他却一溜烟蹿进了后台，不知道做什么去了。

她安静地等候在原地，闭上眼睛，不断地平复着自己的情绪。

说句实话，这部话剧触动了她内心最深处的恐惧。姜言毕竟不是现实世界的人，万一哪天他再也没办法留在现实世界了怎么办？她要怎么前往剧本世界？

一连串的问题浮现在她的心底，可是这些问题她没有办法解决，便只能强行将其遗忘在角落。

而今天，这部话剧将她内心深处最隐秘的恐惧挖了出来。

观众席位渐渐空了，只剩下虞若安一个人，她擦干了全部的眼泪，正准备站起身去找姜言的时候，他便跑了过来。

"你去哪儿了？"

回答她这个问题的是伸到面前的手机，手机屏幕上是一段视频。

"我刚刚去他们后台了，这是他们之前排练的视频。"他扬了扬下巴，"剧本未改动的版本。"

早在他知道虞若安要来剧组工作的时候，便联系上了一名话剧编剧，将两人的经历说成幻想题材的故事告知对方，然后付钱让对方改编成一部话剧。

编剧在听到这个故事觉得很有新意，便信誓旦旦地保证一定会好好改编。初始的剧本姜言也看过，许言靠着那厚厚一摞的便签重新打开了两个世界的连接通道，两人一步一步踩在便签所铺成的道路上，紧紧相拥。

谁知道，后来编剧为了冲突与所谓的艺术感，将结局改了。

"所以你不用怕，就像我说的，不管你在哪儿，我都会找到你。"

视频到这儿戛然而止，停留在男女主彼此相拥的画面上。虞若安没由来地，又有点想哭："嗯。"

人生中有太多的未知，可至少此时此刻，她愿意将自己的一切毫无保留且毫无顾忌地交付给对方。

她已经喜欢上他了，便任自己沉沦下去吧。

虞若安将这段视频来来回回放了好几遍，当她还想放第八遍的时候，姜言突然将手机屏幕向下一扣，语气有些微不满："有这么好看？"

"嗯，演员的情绪控制得还不错，长相也不错。"

"长相不错？"他微微眯起眼睛，"那是他不错，还是我更不错？"

万万没想到姜言有这么在乎自己样貌的一天，虞若安愣了愣，而后笑着眯起了眼睛，主动自觉地将手机塞进对方的口袋中，并挽上对方的臂弯："你最好看。"

"哦。"他回答得很冷漠,可架不住疯狂上扬的嘴角出卖了他。

"我们现在去哪儿?"虞若安将自己交付给对方,安心地享受对方给予的全部欣喜。

"现在时间正好,我带你出去。"

"出去?"

没有一个具体的地点,这让她有些疑惑,不过她还是乖乖地跟在了姜言的身后。

冬季天色暗得很快,不过才五点半,天光便已经隐了下去。

周围的行人多了起来,匆匆走在这寒冷的街道上,多了几分热闹。

两人走至小巷的路口,即将步入主街的时候,姜言竖起手指。

"三。"

"二。"

"一。"

话音刚落,他转过身,张开双手,将她紧紧地搂进自己的怀中。与此同时,街道的路灯全部亮起,华灯闪烁,在他的身后镀上了一层光雾。

"日落时分,橙黄色的阳光,刚刚亮起的路灯,姜言紧紧地拥抱住她,一切都暧昧得刚刚好。喜欢的人终将喜欢上自己,达成所愿,美梦成真。"

他的下巴抵住了她的头顶,她可以清楚地感知到对方因出声而震动的胸腔。

这是她剧本中的一段话,他一字不落地背了下来,也一分不差地复制了出来。

"只要你的愿望是我,我便向你保证,让你永远达成所愿。"

她紧紧地揪住他的衣服,将自己的脸埋进了对方的怀中。

原本已经干涸的眼泪再度涌了出来,街边光景在她的余光中变得绚烂又温暖。

"嗯，我的愿望就是你。"

在遇见姜言之前，她喜欢了一个人数年，喜欢到以为自己再没办法喜欢上另一个人。所以当她刚见到姜言的时候，以为自己会将对方当成是蒋琰的替身。毕竟一开始姜言的诞生，便是作为替身。

可是后来时间久了，她发现姜言就是姜言，哪怕她已经为他安排好了全部的人生，他也依然坚定地走着自己的路。

他喜怒鲜明，不管不顾地勇敢，嘴上嫌弃，暗中却会小心翼翼地将她护在身后。

他用行动来证明他只是姜言，而非他人，也让她明白，她喜欢的不是蒋琰的替身，只是单单纯纯地喜欢上了姜言这个人。

姜言似乎感觉到胸口一片湿润，脸上原本的骄傲又僵住了。

他将她从自己的怀中扯开，仔细地打量了她脸上的泪痕，语气懊恼："我做这么多是为了让你感动，可不是让你哭的。"

"我知道。"虞若安狠狠地点了点头，然后打了一个嗝，"可我……我控制不住。"

姜言："……"

姜言"啧"了一声，又按住她的头，狠狠地按进自己的怀中："不许哭了！"

"好。"

她一边答应着，一边趴在他怀中哭得更凶了。

"说好不哭的！"

"你凶什么！"

她本来就因为哭得太久带上了些许鼻音，又因为脸埋在对方怀中更显得有些瓮声瓮气，可就是这样毫无力道的一句话让姜言顿时卸了全部气焰。

他紧了紧手臂，圈住她的胳膊，声音低了下去："可我不想让任何人惹哭你，我也不行。"

姜言今天的表现已经超强发挥了，张嘴就是一句情话。

虞若安擦干眼泪之后的第一件事便是上上下下地打量一遍姜言，姜言被她看得不自在，别过脸去："你看什么？"

"我得确认一下，这是不是我男朋友。"她一本正经地开口。

"废话。"

他重新扭过脸，快速地往她脸颊上亲了一口，力道有些猛，撞得她往后微微退了退："只有你男朋友才可以这样亲你，知道吗？"

"那肯定。"她坐在街边的长椅上，晃荡着自己的双腿，"不过我男朋友是谁，可不一定。"

姜言瞬间就瞪圆了眼睛。

见他真的生气，她赶忙竖起双手保证："是你是你，只有你。"

"下次你再敢说这种话，"他顿了顿，似乎在想什么样的威胁比较有力度，半晌他只能佯装凶狠地开口，"我就打你屁股。"

虞若安："……"

姜言似乎也觉得这种话听起来有些奇怪，于是连忙转移话题："你饿不饿，我们赶紧去吃饭吧？"

"再看一会儿吧，"她歪着脑袋，将头靠在他的肩膀上，"我还从来没有这样看过街景。"

她还想要撒娇再看一会儿街景，这时他们面前却站定了一个男生。

对方上上下下地打量了她一会儿，才笑道："虞若安，果然是你。"

姜言眯着眼睛看了对方一会儿，在自己的脑海中搜寻出一个人影将其配对成功。他在虞若安的高中同学聚会上见过这个人，是她的班长。

虞若安似乎没有想过会在这里看见对方，一瞬间有些惊喜："这么巧？"

"刚刚我就看见你和男朋友在这边腻乎了，一瞬间没敢认。"班长将手在肩膀处比了一个夸张的弧度，促狭一笑，"毕竟你以前冬天总是将自己裹得像熊一样。今天这么冷，你竟然只穿了大衣，这可不像你啊。"

虞若安被调侃得半天不好意思吭声。

"爱情的力量果然伟大。"班长感慨了一句。

她生怕班长再说些什么让她害羞的话，赶忙岔开话题："班长怎么在这边？我记得你工作的地点不是这里啊。"

"这件事说来话长。"班长脸上的笑意渐渐隐了下去，斟酌了片刻，最终还是长叹一口气，决定不再隐瞒，"你知道我的工作对吧？"

虞若安点了点头。

班长的职业是刑警，经常会破一些案子，只不过管辖范围不在这个城市，现在也不是什么节假日，所以她才会觉得奇怪。

"我在这边其实是为了查失踪案。"

"失踪案？"

"蒋琰的失踪案。"

虞若安听见这个好久没有听见的名字，有一瞬间的愣怔："蒋琰的失踪案？"

"嗯。"班长严肃地点了点头，"有记录表明，他最后出现的地方是在这个城市。"

"他怎么会失踪呢？"她有些语无伦次，"他是不是又去做什么考古了？他以前不也是这样吗？去参加什么考古工作，一下就消失好几天。"

"我们也考虑过这种情况，不过联系了他的所属单位，其单位表明最近没有派他参加考古工作。事实上，报案人就是蒋琰单位的领导，这件事情我们还不敢和叔叔阿姨说。"

虞若安的老家是一座不大的城市，很多同学的家长都彼此相熟，班长和蒋琰以前的关系也很不错。

她不愿意相信蒋琰失踪，可在她的面前，班长的表情异常严肃，没有半点开玩笑的模样。

虞若安张了张唇，又合上，再次张开然后合起，唇瓣开开合合好多次，像是没有找到自己的声音一般，始终没有发出任何的声音。

考古这一行说危险也有危险，一旦进入某皇亲贵族的墓地，便有极大的可能接触到一些机关或者毒物。

难道蒋琰是在什么时候遇到了危险？她不敢往下想。

见虞若安露出这副表情，班长叹了一口气："看样子，你也不知道情况。"

"我……我不知道。"

"我刚刚在这所城市见到你的时候，以为你是有了对方的消息，毕竟你当初对蒋琰……"

话说到一半，班长自知失言，看了姜言一眼，噤了声。

虞若安还没有缓过神来，说："我们来这边是为了工作。《九阶魔方》第二部开拍了，顾以南也在这边。"

"我知道了。"班长拍了拍她的肩膀，"那我先走了，你如果有什么消息的话，记得和我联系。"

她心乱如麻，不知班长是什么时候离去的，只记得点了点头。

现在她心里面，只浮现着一句话——蒋琰失踪了。

第十二章

我喜欢你,只是你

好好的一场约会,到后来就变成了一场寻人活动。

虞若安给蒋琰打了好几个电话,只得到对方不在服务区的提示音。

其实她也知道,如果电话能打通的话,班长早就打通了。可她别无他法,只能尝试着一遍又一遍地拨打蒋琰的电话,然后听着机械的女音提示,挂断电话后继续拨打。

"别打了。"不知过了多久,姜言按住了她的手腕,略显粗暴地将她的手机塞进了自己的口袋里。

虞若安直愣愣地看着他将自己的手机没收,然后疲惫地按着自己的太阳穴:"我不知道该怎么办。"

她除了不停地打电话,不知道该怎样找那个人。

蒋琰的性子很淡,总是一副温润公子的模样,自带书生气,或许是很少用手机的缘故,就连社交软件也没有几个。

虞若安喜欢了他那么多年,也不过是知道他的手机号和微信号而已。

她所能了解的他的动向,只是零星半点。

"你这样不断地打电话也没有什么用。"比起她的茫然无措,姜言倒是很冷静,"我刚刚给顾以南打了电话,他现在正在赶过来的路上,等见面之后我们再商讨一下。"

"好。"

虞若安脑子里一团糨糊,大概姜言现在不管说什么,她都会应好。

"那么现在先去吃点东西。你晚上还什么都没有吃。"

"我吃不下。"

"吃不下也必须要吃。"

不容她拒绝,姜言将她带去了就近的一家粥铺。

他接过菜单,看了她一眼,而后点了两碗粥和一些小点心。

店员的上菜速度很快,没一会儿便将菜品上齐。都是虞若安喜欢的口味,可她现在没有任何食欲。

姜言耐心地舀起一勺粥吹了吹,在确定温度可以入口之后才递到她的嘴边:"张口。"

他一个指令一个动作,等虞若安反应过来的时候,她已经把粥咽了下去。

大庭广众之下,这样的动作毕竟太过亲密了,她后知后觉地将勺子接了过去:"我自己来就可以。"

"自己能好好吃饭?"

"可以,可以。"

见她保证,他倒也没有坚持,将粥挪到了她的面前,还给她夹了一些菜。在看见她乖乖地往嘴巴里面塞食物之后,他才将自己的粥端了过来。

虞若安机械地喝了小半碗粥后,顾以南赶到了。

他似乎是接到消息后便从片场赶了过来,脸上的妆都没有卸,就连衣服也没换。

看着虞若安的模样,他一贯含笑的桃花眼第一次没有了笑意:"蒋琰失踪了?"

她盯着面前的粥,抿了抿唇,小声道:"我不知道。"顿了顿,她又开口,"听班长说,他失踪了。"

"我知道了。"

他简单地应了一声,刚想在虞若安身边坐下,就听到周围的议论声变得越来越大。

周围的人似乎已经认出了顾以南,甚至有大胆的姑娘上前一步,怯生生地询问道:"请问你是顾以南吗?"

"抱歉。"

顾以南平时一向很爱护自己的粉丝,只不过这次情况特殊,他匆匆道歉之后便将虞若安一把拽起,但刚刚碰到她的手腕,便被人拦住了。

姜言沉着一张脸,看不出表情,只是固执地将她带往自己的怀中,率先往粥铺门外走去。

顾以南看了一眼自己空荡荡的掌心,戴好口罩,也快步跟上。

助理开着保姆车停在了街口,三个人沉默地爬上了车。

一路无言,虞若安拖着脚步往自己的房间走去,当即将拧开门把手的时候,突然扭过头看了一眼姜言,想要说些什么,却不知道如何开口。

"我没有误会,你赶紧回去休息。"

虽然她什么都没有说,可他偏偏就懂了。

看着虞若安一步一步消失在了视野之中,姜言才重新转过身往自己的房间走去。

"现在感受怎么样?"当与顾以南擦肩而过的时候,姜言听见对方轻声问了一句。

"我想要快点把蒋琰找到。"

"直面她最真实的难过,你就不会觉得吃醋吗?"对于姜言异常官方的回答,顾以南挑着桃花眼笑得邪气,"我就不相信你在看到她这么在乎蒋琰的时候,心里面没有一丁点的不舒服。"

"如果今天出事的人是你,她也同样会如此慌乱。"姜言仰起头,眯着眼看向酒店走廊里的灯光。明黄色的灯光让他想起了今晚的街角,温暖的画面稍稍柔和了他的眉眼:"我喜欢她,自然就会相信她,当她答应我的时候,就应该已经做出了内心深处最真实的选择。"

所以,他会竭尽全力地帮她找到蒋琰。

顾以南的人脉到底比虞若安要广不少,短短一晚,他已经调查出了蒋琰最后出现的场地。

"根据监控录像显示,蒋琰最后出现的地点距离我们的影视基地不远,现场还留下了一幅画像。那幅画像我不认识,应该是他在大学之后认识的女生。"

虞若安伸头去看了一眼,发现那幅画像着实有些抽象。

"我昨天联系了一下班长,班长说,一个多月以前,曾经见过蒋琰身边带着一个女孩子。不过可惜的是,班长也没有那个女生的照片,不然或许可以从那个女生身上找到有关蒋琰的线索。"

顾以南将所有调查到的资料放在虞若安的面前,轻轻地敲了敲面前的资料:"蒋琰最后一次出现在监控里的时间,距离今天已经有一周了。"

"我们现在最重要的就是查清这名女子的身份。"

经过一晚的平复之后,虞若安重新恢复了冷静,将顾以南放在她面前的资料仔细地看了看:"这么短的时间内就收集了这么多的资料,看来还是我太小看顾大明星了。"

"资料虽然是我收集的,但方案不是我想的。"

顾以南沉默了半晌,最终还是没有办法忽略良心的谴责,竖起大拇指指了指她身旁的男人:"你男朋友昨天晚上一夜没睡,一直在找人。"

回到房间之后，姜言就让顾以南将这所城市的监控录像一并调了过来，然后一点点地排查、记录，并且分析蒋琰有可能出现的地点。

姜言突然抬起头总结道："我统计了一下蒋琰出现的所有时间地点，发现他出现的时间大部分是晚上，并且出现的时间不长，也没有任何的目的地。"

姜言将蒋琰每次出现的时间点罗列了出来，微不可察地蹙了蹙眉。

就像班长没有任何线索那样，他们的调查也在这儿陷入了僵局。

蒋琰的每次活动都像没有任何目的，有时他会在路灯下静坐着，有时他会选择一家喜欢的二十四小时书吧，有时会画一会儿画。

不过他虽然都是随遇而安的模样，却偶尔可以看出一丝心不在焉。

他在录像里面时不时地会看一下腕间的手表，而在顾以南和虞若安的记忆中，他是不喜欢佩戴手表的。

蒋琰曾说过，他不喜欢时间在腕间流动的感觉，"岁月静好"这四个字，最令人向往的是"静"。

"我们可以推测出他在等待着什么，不过不知道他究竟在等些什么。"顾以南推测道，"不过他这件事还真是够蹊跷的，一切都悄无声息，仿佛变魔术一样，凭空将一个人变消失了。"

说者无心，听者有意，一瞬间姜言和虞若安脸上的表情都不算好看。

虞若安盯着资料的目光狠狠地颤了颤，她下意识地想要搜寻姜言的视线，可是在触及对方视线的一刹那，她却情不自禁地偏过了脸。

三个人窝在宾馆的房间内，在这件事上卡了壳。虽然很担心蒋琰现在的情况，但他们却没有办法再多做些什么。

唯一令人欣慰的是，目前没有消息就是好消息，并且也排除了蒋琰被人绑架的可能性。如果他真的遇到了绑匪，不可能一周了还不联系他的亲友索要赎金。

沉默间,顾以南的助理敲响了房间的门:"南哥,导演让你赶快去片场了。"

生活还是要继续,该做的工作不能因为任性而抛掉。顾以南不得不站起身前往片场。

房间内瞬间只剩下虞若安和姜言两个人。

她将手中的资料放在桌上,抠了抠自己的手指,瞥向一旁沉默的姜言。他蹙紧了双眉,眉宇间皱成了一个"川"字,似乎在想些什么。

她抠了抠自己的手指,往姜言的身边挪了挪。见对方没有反应,她又往姜言的方向挪了挪。

直到两人的手臂相碰时,他才像从梦中惊醒一般,看向了虞若安。

这时虞若安主动地晃了晃姜言的手腕:"昨晚没有睡好?"

换位思考一下,她其实是心虚的。

昨天,姜言给了她那么大一场惊喜,可她还没有将自己的感受完全地传达给他,就听说了蒋琰失踪的消息。

假如昨天是阮落落失踪,而她给了姜言一场惊喜之后,他却忙着去寻找阮落落,她或许不会生气,但一定会委屈。

可不知不觉间,她不想让姜言心中存有一丝一毫的委屈。

虞若安眼中的讨好,姜言又怎么会看不出来?

从昨天晚上回到酒店的时候,她就跟他说了抱歉,直到现在还是一副担心的模样,恐怕如果他不正面回答这个问题,她就会一直担心下去。

他缓了眉眼,放任自己的身体往后陷在沙发中,指了指自己的眼睑:"黑眼圈。"

虞若安配合地凑到他面前,仔细地打量了半晌,而后郑重地点了点头:"还挺重。"

他得寸进尺:"我一夜没睡。"

她持续配合:"辛苦了。"

"所以你想好要怎么补偿我了吗?"

"想好……"她这才反应过来不对,顿时噤了声,反问道,"你说要怎么补偿?"

姜言一只手托腮,故作沉思了半晌,而后伸出食指点了点自己的脸颊。

虞若安轻咳了两声,凑过去吧唧亲了一口。

他的眼底浮现出一层笑意,又伸出食指点了点自己的额头,她又凑过去亲了一口。

就这样,他的手指停在哪里,她就会过去亲一口。

每一个吻都郑重得小心翼翼,像她没有亲口说出来的承诺。

到了最后,姜言将手指停留在了自己的薄唇上,冲她掀起眼皮笑了笑:"还剩最后一次补偿。"

停顿了半晌,虞若安重新凑了过去,缓缓地贴上了他的唇。

四瓣唇相贴,彼此能感受到对方唇齿间的温暖,却没有再进一步的动作。

唇齿呢喃间,她终于闭着眼睛将承诺宣之于口:"我胆子小,所以每前进一步都异常小心谨慎,不过我每踏出一步都是考虑再三的结果。"

"包括答应我的告白也是?"

"不,"她微微向后退了退身子,直直地望进他的眼底,"答应你的告白是我此生最冲动的一个决定,也是我最不会后悔的一个决定。"

她重新贴上了他的唇:"姜言,我喜欢你,只是你。"

这一次,姜言没再满足于温柔的相碰,他将虞若安揉进了自己的怀抱中,由浅入深。

没人发现,他眼中一闪而过的复杂。

在看到顾以南提供的画像后,班长便将全部的精力放在了寻找那名女生的身上。

不过不知道是不是蒋琰所画的那幅画太过抽象，班长拿着这幅画像的时候，表情相当精彩。

导演在知道他们的高中同学失踪后，也热心地表示可以出一分力。不过在看到那幅画像后，导演长久地沉默了。

蒋琰这个人学习成绩优秀，性子虽然有些冷淡，可从不与人交恶，平时最喜读书，可以说他哪儿都好，就是没有什么艺术细胞。

虞若安曾有幸见过一次他画水墨画。

黑色的墨汁盛在砚台里，狼毫笔轻蘸，在宣纸上一挥而就，说不出的气度与风华。

那时的虞若安还在暗恋蒋琰，有心拍对方马屁，于是打量半晌，半是真心半是恭维地夸赞道："这幅山水画，当真是有意境。"

闻言，蒋琰的表情依旧没有什么变化，只是轻声回了一句："我画的是兔子。"

虞若安："……"

顾以南对蒋琰的绘画功底有一定的了解，所以没有将希望全部寄托在蒋琰的这张画像上。

班长曾见过蒋琰身边的女生，虽然班长也不能断定这幅画像是不是那个女生，但好歹提供了一点思路。

顾以南撑着自己的脑袋，看起来对这个方法有些不信任："万一班长看见的，和蒋琰纸上画的根本不是同一个人怎么办？"

这是一个发人深省的问题。

班长的表情逐渐严肃："至少我们要相信蒋琰看起来不是那么花心的人。"

众人："……"

既然班长曾说见过蒋琰身边的女生，那么只要根据班长的记忆调出当天的监控录像，再根据那名女生的样貌来寻人便可以了。

班长的速度还算靠谱，第二天就将监控录像调了出来，并且发给虞若安他们。

在录像中，他们先是看到了蒋琰的背面，在他的身边有一个扎着马尾辫的姑娘，可以看出女生和蒋琰之间的感情很好。

蒋琰虽然嘴角始终含笑，可他的性子是疏离的，很多人都觉得他身前竖起了层层荆棘，一旦尝试着与他靠近，便会被刺伤。就连平时和他关系不错的男生，也很少会将手搭在他的肩膀上面，因为他会不着痕迹地躲开。

可是在监控录像的画面里，当女生挽住蒋琰臂弯的时候，蒋琰却没有抽离，甚至伸出另外一只手帮她理了理围巾，举手投足间都带着宠溺。

看到这个画面的时候，虞若安心中没有半点波澜，只想着要怎么才能找到蒋琰。

她曾经想过蒋琰如果谈了恋爱，而那个人不是她。当时每每想到这种画面的时候，她都会心中酸涩难平。可是今天，当她看见他和一个姑娘举止亲密的时候，一点难受的感觉都没有。

过往的那段暗恋，早在不知不觉中已经完全放下了。

现在的蒋琰对于虞若安而言，只是一个认识多年的老朋友。

"这段录像只有背面，我们要怎么知道那个女生长什么样子？"顾以南盯着视频看了半分钟，耐心告罄。

"别急。"

姜言的话还没有说完，视频里的蒋琰似乎听到有人喊他，缓缓转过脸来。

紧接着班长的身影出现在画面中，壮硕的身影将那个女生挡得严严实实。

"班长将那个女生遮得连一根头发丝都看不见，我们要怎么知道那女生长什么样子？"顾以南抽了抽嘴角，桃花眼中满是无奈。

"别……"

这次姜言连"急"字都没来得及说，视频里的班长就探过身一脸暧昧地冲蒋琰挤了挤眼。

在班长探过身的一刹那,在场所有人都看清了那个女生的样貌。

半晌寂静。

顾以南眼疾手快地截了屏,将照片发送给私人侦探,而后摸了摸自己的下巴:"女生很可爱,不过没有我想象的那么好看,所以蒋琰是喜欢可爱型的?"

他刻意开了一个玩笑,想要缓解这几天大家紧张的情绪,不过没有人理他。

虞若安和姜言两个人都死死地盯住了面前的屏幕,谁都没有开口说话。

"怎么了?"等了一会儿,顾以南忍不住再次打破寂静。

虞若安动了动嘴唇,却发现自己没有办法发出声音。

如果她没有认错的话,在蒋琰身边的那个女生是阮落落,是她剧本中的女主角。

不……不会的,她快速地摇了摇头,想要将自己大脑中荒唐的想法甩掉。

姜言之所以能在剧本世界和现实世界中来回自由地行走,是他手中有一个可以前往任何世界的魔方。可是阮落落没有那个魔方,如果剧本中每个人都能随意地进出于两个世界,那这个世界早就该乱套了。

一定是那个女生长得像阮落落,虞若安不断地在心里给自己暗示,可她还没有将自己催眠成功,就听到姜言低声开口:"监控录像里面的那个女生是阮落落。"

坐在旁边,原本不明所以的顾以南瞪大了眼睛:"阮落落?"

姜言眯着眼睛点了点头,他与阮落落相处了那么久,绝不可能认错。

顾以南很快便将所有的信息在脑海中整理出来。

他看向坐在对面的姜言:"蒋琰身旁的女生是剧本世界里面

的阮落落?"

"是。"

"我记得你之前将安安带去剧本世界的时候,安安也失踪了一阵子。"

"嗯。"

"所以我是不是可以认定,蒋琰的失踪也和你有关系?"

姜言看向虞若安,眉头皱得很深,就和那天他们三人在房间中商讨时的表情一模一样。

他刚准备回答顾以南最后的一个问题,虞若安就猛然从沙发中站起来:"顾以南!"

她的声音尖利,含着从未有过的失态与尖锐。

在场的两个男人都抬起头看向虞若安,她急喘了两口气,想要掩饰自己的心慌:"姜言之所以能来往于两个世界,是他手中有九阶魔方。你也扮演过他的角色,应该知道那个魔方有什么样的属性,更何况他从来没有和蒋琰接触过。你觉得他要怎么才能将蒋琰带入剧本世界中?"

顾以南静静地听着她将一番话吼完,才意味不明地勾起嘴角:"你心里也是这么想的吗?"

"你为什么总要怀疑他?"

"嗬。"

顾以南没再说什么,发出一声轻笑后,站起身离去。

在他走后,虞若安沉默地低下了头。

"我刚刚是不是太过分了?"她的声音重新低了下去,"我……我去找他道歉。"

她急急忙忙地想要跟在顾以南的身后追上去,可她刚刚转过身,就被姜言拽住了手腕。

"你想道歉是真的,想躲我也是真的,对不对?"

姜言的声音在她耳后响起,让她一瞬间就僵在了原地。

她咬紧了下唇，想要摆脱他的禁锢。

姜言任由她甩开自己的手。看着自己空荡荡的掌心，当她的脚步踏离房间的时候，他低声补充了一句："你心里也觉得顾以南的猜测没错，是不是？"

虞若安的脚步一顿，随后头也不回地离去。

可他知道，她听见了那句话。

从这之后，虞若安、姜言和顾以南三个人之间就弥漫着尴尬的气氛。

或者应该换一句话来说，是虞若安单方面地躲着姜言和顾以南两个人。

在片场，导演正在和虞若安商量剧本新一集的修改问题，正在旁边酝酿感情的顾以南见状准备走过来，可当他刚刚站到导演身旁的时候，虞若安就匆匆地抱紧了自己的剧本："导演，那我先回去修改了。"

而后她还没有等导演点头，就噔噔噔地往后退去，距离顾以南五米远时才停下。

顾以南："……"

那天吼他的人明明是她，他不生她的气就不错了，怎么玩躲人游戏的人反而是她？

导演免费看了一场戏，笑得开心："吵架了？"

"没有。"顾以南想了想，补充了一句，"是我单方面被骂了。"

"别沮丧，"导演用笔指了指不远处的角落，"那边有人比你还惨。"

顾以南抱着幸灾乐祸的心理，转过头看见了低垂着眉眼、浑身上下写满戾气的姜言。

顾以南的心情顿时舒爽了不少，他迈着步子蹲在姜言的身边，将导演刚刚问他的话用一种更为欢快的语气问姜言："吵架了？"

姜言瞥了他一眼："别惹我，我现在可不会让你。"

顾以南回想了一下接下来几天庞大的工作量，老老实实地闭上了嘴巴。

两个人在角落里蹲了一会儿，顾以南的语气终于正经了几分："蒋琰这件事情，你是怎么看的？"

"你这样问我的时候，心里已经有过答案了吧。"

顾以南犹豫了一下，老实地点了点头："这也是你被安安躲着的原因？"

"嗯。"

"其实，我到现在还不能相信你就是姜言这件事情。"

剧本世界里的人走到了现实生活中，怎么想都是太过荒诞的一件事情，而现在就连蒋琰也被卷进了这场事件中。

姜言似乎没有搭话的意思，一个人眯着眼睛蹲在角落里，从头到尾都没有分给顾以南一个眼神。

顾以南不知道蹲了多久，直到觉得两腿已经发麻准备站起来的时候，姜言才重新用一股平静异常的语气开口："今天晚上，你帮我将虞若安喊出来，记得不要提我的名字。"

"你的女朋友，你都喊不出来？"

他没有说话，偏过脸静静地看着顾以南。

被他看得不自在，顾以南咬了咬牙，愤愤地回道："你难道没有看到她刚刚对我的态度吗？你凭什么认为我能将她喊出来？"

"因为她心中对你有歉意。"

虞若安虽然尿，遇到事情的第一反应是逃避，但她最矛盾的地方在于她面对自己的错误时，会千方百计地想要纠正。

所以当初她意识到姜西铭是一个活生生的人，却被她写死的时候，她显得比姜言还要迫切地想要复活姜西铭。

昨晚她会吼顾以南，纯粹是不想听到她心中的那个答案，可她也知道顾以南没做错什么，她欠顾以南一个道歉。

顾以南噘了噘嘴，心不甘情不愿地应了下来。

听见他答应之后，姜言也没有想要继续跟他交谈的欲望，站起身就走了。

那边也开始拍摄下一幕的戏，顾以南拍了拍自己的屁股站起来，可他刚刚迈开一步就差点跪在了地上。蹲太久，腿麻了。

结束了一天的戏份后，顾以南找上了虞若安。

不出姜言所料，在看到顾以南的一刹那，虞若安就下意识地想合上自己的房门，可房门关到一半，她又强行控制住自己的动作，将房门重新拉开，站在顾以南的面前，深深地鞠了一躬："对不起！"

她的声音之大，动作之猛，将顾以南吓了一大跳。

"没事，我们这么多年的朋友，我还能将那么点事放在心上吗？"他赶忙将人拉了起来，生怕她再来一个深鞠躬。

不过虞若安刚刚的声音太大，左右两边的房间门都打开了。

剧组的工作人员看着他们两个堵在房间门口，一个个笑得没心没肺："我们虞大编剧怎么惹上男主角了？"

见他们满脸八卦的模样，顾以南头疼地扶了扶额，示意虞若安出来说话。

她犹豫了两秒，披上厚重的外套，跟在顾以南的身后走出酒店。

酒店就在影视基地附近，在浓厚的夜色中，仍然有一些剧组在拍夜场戏。

两人绕过那些纷乱的声音，来到一处清静的地方，顾以南转过身看向身后的虞若安。

在惨白的路灯下，她裹着厚厚的羽绒服，只露出一双眉眼，让他不禁回想起前两天的下午，在差不多的温度下，她仅穿了一件薄呢大衣便蹦跶出去的场景。

"原来你真的很喜欢他。"

顾以南没头没脑的一句话，让虞若安无措地歪了歪头。

她反应了好几秒，才反应过来顾以南究竟在说什么。她抿紧嘴唇，将脸又往围巾里面埋了埋："抱歉。"

她已经数不清这是自己第几次道歉了，可她除了"对不起"，实在不知道还能说些什么。

"我曾经一直以为你是因为他有着和蒋琰相似的样貌才喜欢他，可我现在发现不是这样。你会为他在冷天穿得很少，只为了在他面前展示自己更好看的一面；你会不自觉地将视线投向他的身上；你还会害怕失去他。"说到最后，顾以南的声音变得很轻，"他其实也很不错，明明我们之间认识的时间更长，可他好像比我更了解你。"

"你怎么突然跟我说这番话？"

"如果他是一个普通人，我一定会举双手赞成你们，可他是一个随时都可能消失的角色。不管怎么样，我希望你还是能想清楚。"说完这句话后，顾以南叹了一口气，"剩下的事情，不是我一个外人能插嘴的了。"

顾以南拍了拍手掌，从阴影里面缓缓走出一个人。

虞若安心头顿觉不妙，当看到来人的腿时，立马掉头狂奔。

姜言："……"

他"啧"了一声，挠了挠自己的脑袋，跟她玩起了你追我赶的游戏。

不过比起体力，虞若安怎么还是比不上姜言。她没跑两步，就被他一把扣住了肩膀，带入了一个温暖的怀中。

"跑什么？"

两人好几天没有说话，她在听见熟悉的声音后，没出息地有点想哭。

"逃避解决不了任何问题。"姜言揉了揉她的脑袋，再次开口，"如果你之前没有勇气面对的话，我希望我能成为你身后的勇气。"

"可你现在做的事情，是将我身上的勇气全部抽离。"

"所以你心里也明白，蒋琰的失踪应该和我有关系吧？"

虞若安难得固执，一个劲地摇头："不，一点关系也没有！"

"我也不想，可是我们总要试一下对不对？"如果认识姜言的人在这儿，一定会惊讶他有这么温柔的时候，"只有面对问题，才有可能解决问题。"

这些大道理，她又怎么会不知道？可是面前的怀抱太过温暖，让她忍不住眷恋。

姜言微微退开半步："我们来验证一下心中的答案吧。"

虞若安像是知道他要做什么，下意识地就想要拦住对方，可他的动作更快，微微闪身的同时就转动了魔方。

于是，在虞若安和顾以南的眼中，姜言的身影渐渐消失了。

与此同时，另一个他们无比眼熟的身影出现在了姜言刚刚站过的地方。

"好久不见。"

蒋琰站在路灯下面，轮廓柔和又清冷。他和姜言是那么相似，却又截然不同。

其实虞若安心中早就隐隐有了答案。

当她看见姜言皱着眉头罗列蒋琰失踪与出现的时间表时，心中就充满了不安，那些时间点和他们之间的时间线实在太过对应了。

蒋琰每次出现的时间，恰好是姜言前往剧本世界的时间。

而她每次和姜言一同前往剧本世界的时候，现实世界中，蒋琰的身边就会多一个阮落落。

蒋琰往四周看了看，似乎已经对这种两个世界来回穿梭习惯了。他冲着虞若安笑着开口："你创作出的那个世界，很不错。"

顾以南早就知道姜言是剧本世界中的男主角，心里也对蒋琰的失踪有了大致猜想，可当事情在他面前发生的时候，他还是震惊得失去了全部的语言。

而另一边，虞若安的反应也好不到哪里去。

此刻，她的心理防线全面崩溃，姜言将血淋淋的真相直接摆在了她的面前，让她不得不面对。

她忍住心中漫天的悲伤，和蒋琰寒暄："你刚从那个世界中回来？"

"是啊。"他似乎有些不好意思，"我很感谢你为我专门创造了一个角色。"

剩下的话蒋琰没有再说，只是眼中的歉疚掩不住："抱歉，我之前一直以为不回应才是最好的解决方式，现在看来是我错了。"

因为不回应与温柔，才会给人留下最大的期许。

有时候温柔才是最为锋利的刀刃，点燃了别人的希望，却又亲手将希望用刀一点一点地剜去。

"没关系。"虞若安颓丧地摇着头。她曾经一直渴望着蒋琰能面对她的感情，可现在她发现自己已经不在乎了，她有更重要的人护在心底："你在剧本世界中代替的角色是姜言吗？"

蒋琰"嗯"了一声。

读高中的时候，虞若安就学过质量守恒定律，这个定律的大致意思是说，在一个体系内，无论发生什么样的变化，这个体系内的最终质量都是永恒不变的。现在她才算是彻底地明白了这个定律究竟是什么意思。

之前她和姜言都认为，剧本世界有其自己的秩序与逻辑，所以她每次进入剧本世界，那些人都将她认成是阮落落时，原本的阮落落就会消失。可原本的阮落落不是消失了，而是前往了自己的世界，也就是她的世界。

同理，姜言每次前往现实世界，那么现实世界里所对应的蒋琰便会被强制地拽进剧本世界中。

质量守恒定律，没有任何一个人会消失，可是姜言与蒋琰却不能共存。

两个人，只能二选一。

第十三章

我面前之人,一百三十八亿年才出现了一个她

姜言回去剧本世界中整整一天了。

这一天内,蒋琰都在现实世界中,先是给班长打了个电话报平安。

班长在听到蒋琰的声音时,怎么都不敢相信,一个劲地询问他去了哪里。他编了一个理由,班长看起来虽然不太相信,但也想不出这其中不对劲的地方究竟在哪里。

虞若安以生病为由,请了一天假,窝在房间中,却什么也没做。

她躺在床上,看着酒店房间里的天花板,脑海中全是有关于姜言的回忆。

他们俩第一次见面,他满眼戾气,让她还他兄长;

他们第一次假扮情侣,他满脸不耐烦,却将她写的东西背得滚瓜烂熟;

她酒醉失恋,真正将蒋琰放下却痛不欲生,他一边嫌弃,一边安排了整天的活动,只为了让她别哭;

……

那么那么多的回忆，虞若安光是在脑海中回忆起来，心口便半甜半酸。

正在回忆时，她的房门被人敲响了。

她懒散地瞥了一眼房门，将脑袋整个蒙进被子中，佯装自己不在。

"我知道你在里面。"蒋琰的声音在外面响起，"顾以南和我说你今天没有去片场。虞若安，我有些事情想要问你。"

听到最后一句话时，她才不情不愿地从床上爬起来，将房门拉开。

曾经如果有和蒋琰独处的机会，虞若安恨不得写上一万字的日记来感恩，可现在她只希望将面前的这个人换成另一个人。他或许没有蒋琰的温和，怀抱却很温暖。

"可以让我进去吗？"

蒋琰打断了她的发呆，她抬起头，不好意思地往后挪了两步，让蒋琰进来。

酒店的瓷砖很凉，她这时才发现自己又光着脚踩在了瓷砖上。如果面前之人是姜言的话，一定又会皱着眉头，将自己的拖鞋递到她的脚下，恶狠狠地威胁她两句"你以后再不穿拖鞋就给我看着办"，而后下次再看见她不穿拖鞋，依然屁颠屁颠地帮她拿拖鞋。

回忆就像铺天盖地的潮水，将她整个人溺毙其中。

虞若安努力地将自己从回忆中抽离，看向面前的蒋琰，自己把拖鞋穿上："有什么事情吗？"

"我想问一下真正的姜言。"他顿了顿，敏感地察觉到虞若安的情绪不对，"如果不方便的话，你可以不用说。"

"没事。"虞若安用力地摇了摇头，"就像你所知道的那样，我一开始写出这个角色，其实是以你为原型的。"

"只不过姜言的性格不像我之前所构想的那样，或者说他跟你的性格截然相反。"

"在他来到现实世界之后,我与他做过一个约定。"

……

虞若安絮絮叨叨地将两人之间的事情说完,蒋琰一直表露出很有耐心的模样,直到她不再开口,他才总结地问道:"所以说,他能来到现实世界,不是因为执念,而是他的手中有九阶魔方?"

"我猜测是这样,因为关于魔方的设定便是,只要魔方的主人在转动魔方时,心中有想要前往的地方,就能立刻赶到。"

听见虞若安的回答,蒋琰的眼神亮了亮:"那是不是说,只要拥有了这个魔方,就可以在两个世界间无障碍地穿梭?"

"也会有限制,就好比你是姜言的原型,所以姜言来到现实世界之后,你就会回到剧本世界来顶替他的角色。而我在写剧本时,也会下意识地将我代入成阮落落,所以当我前往剧本世界的时候,她便会前往现实世界。"说到这里,虞若安笑了笑,"我当初还蛮痴情的,现实没办法和你在一起,就在剧本中创造出了两个人。"

蒋琰配合地笑了笑:"他比我适合你。"

"阮落落也比我适合你。看我多了解你,你会喜欢什么样性格的女生,我一猜一个准。"

虞若安曾经创造角色的时候,一直没有跟蒋琰说,她始终觉得害羞,不过现在谈起这些事情的时候,却有一种恍若隔世的感觉。

她都放下了,当年的执念也可以当作玩笑来说了。

蒋琰弯起眉眼,回想起阮落落的模样,笑意柔和:"我其实今天来主要是想问你,有没有什么办法可以随意地进出剧本世界?"

"你是想去找阮落落吧?"

"是啊,我这样被动心里总归没有安全感。"

"我目前也只知道姜言的魔方可以做到,可是……"虞若安抿了抿唇,"也会造成像现在这样的困扰。"

两个人都陷入了沉默中。

"我没有将其当作是困扰。"蒋琰站起身冲她笑笑,"虽然前路坎坷,可我依然认为能前往那个光怪陆离的世界,是我一生的幸运。"

临走之前,他给虞若安打气:"这条路或许会很难,可我不会放弃,你也要加油。"

虞若安听见自己笑着说"好",可在阖起门之后,她泣不成声。

她知道蒋琰的意思,他愿意从此前往剧本世界中,与姜言对调身份。

天光渐隐,虞若安抱着膝盖背靠着房门静坐了一天。

这一整天,她滴水未进。

"我不过是一天不在你身边,你就将自己搞成了这个鬼样子?"

熟悉的声音在她头顶响起,她愣愣地仰起头去看,看见了这一整天她都在思念的身影。

在姜言的身后,她的窗户大开,冷风呼呼地往里面灌。显而易见,男人是从窗户爬进来的。

而虞若安所处的房间在十二楼。

虞若安咬了咬后槽牙,想念、担忧,还有对未来的恐慌全部交织在了一起,猛地从地上跳起来,用自己的脑袋狠狠地顶上了对方的下巴。

姜言原以为等待自己的是一个温暖的怀抱,万万没想到他已经张开了双臂,却得到了一记铁头功。

他闷哼一声。

下一秒,她又重重地撞进了他的怀中。

虽然她的行为猝不及防,却又将她的情绪展现得淋漓尽致。

他眼中原本的责怪渐渐软化下来,伸手摸了摸她毛茸茸的脑袋:"你见到蒋琰了?"

她瓮声瓮气地开口:"见到了。"

"只要我在这边待一日，蒋琰就会在现实世界中失踪一天。"姜言垂下眼，在她的发旋处亲了一口，"我不属于这个世界。"

"我知道。"

"你如果不能做出决定的话，我可以帮你做决定。"

"你再给我一点时间，多给我一点时间好不好？"她仰起头，眼里写满了祈求。

姜言微不可察地叹了一口气，点了点头。

从这天开始，两人绝口不提有关蒋琰方面的任何话题。

他们照常工作、吃饭、谈恋爱，只要姜言没有事情的时候，虞若安就会黏在他的身边。

甚至姜言工作的时候，她也会蹭过去。

"你的剧本写完了？"姜言瞥了她一眼。

"今天的写完了。"

"别骗我，你知道你骗不到我的。"

虞若安犹豫了两秒，噌噌地跑开。五分钟后，她又抱着电脑坐在了他的身旁，脸上写满了求夸奖的表情："我在这边写也是一样的。"

姜言拿她没有办法，将所有能取暖的东西都堆在了她的身旁。

"我不冷。"

"又骗人。"他警告似的弹了弹她的脑门，"你先将你的手焐热了之后，再跟我说这句话。"

虞若安吐了吐舌头，往后一倒，放任自己靠在对方的身上："你身上比较暖和。"

这话放在以前，绝对不会是她能说出口的。

姜言生怕她摔倒，站在她的身后，半步也不敢挪动。

虞若安靠了一会儿，似乎想起了什么，仰起头从下往上望他："过几天就是除夕夜了，今年我在剧组应该来不及回家，要不然我们俩过吧？"

"除夕夜？"

听着他的问话，她才想起在《九阶魔方》的世界中，她没有在那个世界设定过年。

于是她兴冲冲地扭过身："除夕就是指每一年的最后一天，是我们这边的传统民俗节日。在这一天里全家欢聚一堂，非常热闹。如果不是今年没有假期，我就带你回家过年了。"

虞若安想象着将他带回家介绍给父母的场景，眼神中忍不住荡出些微笑意。

"之前我爸妈给我打电话的时候，我跟他们说我谈恋爱了，他们就让我尽快将你带回家。"

"不过今年来不及的话，我们可以跟他们视频。"

"明天空闲一点的时候，我们来规划一下怎么过年吧？"

她絮絮叨叨地说着，像在不断地憧憬未来。姜言心里清楚，她是在向他索要一个承诺，一个之后还在一起度过无数日夜，相伴一年又一年的承诺。

姜言没有开口，这个时候他无论说什么都是在向虞若安施加压力。

虞若安自言自语了好一会儿，终于停了下来。她脸上的笑意尽数消失，用手轻轻推了推姜言的身体："你有什么想做的事情吗？"

他动了动唇。怎么会没有呢？他最想做的事情就是陪在她的身边，哪怕不说话，只是静静地坐着。可是这些话，他不能说。

虞若安的反常终于引来了顾以南的注意，他几次想找虞若安谈话，都被她不着痕迹地避开了。

眼看着第二天就是除夕夜，今年同样没办法回家的顾以南戳了戳虞若安。

顾以南：明天除夕夜，有什么打算没有？

虞若安：有啊，我和姜言两个人出去约会。

顾以南：……

顾以南：你们约会多少次了？有没有什么创新的点子？

虞若安：创新的点子？

顾以南：比如带上我什么的。

虞若安：哦。

虞若安：不要。

如此直白地被拒绝，顾以南脸上的肌肉一阵抽搐。他看了看隔壁床一条腿弯起来看书的姜言，狠狠地磨了磨牙，手指快速地再次敲击屏幕键盘。

顾以南：你最近秀恩爱秀得有点狠，就不能考虑考虑孤家寡人的感受吗？

虞若安：你有空羡慕别人，不如抓紧时间找一个。你别告诉我，你没看出来饰演阮落落的那个小姑娘喜欢你。

自从上次蒋琰回到现实世界后，顾以南对虞若安的态度就渐渐发生了变化。

他的眼中不再有那种难以掩饰的情意，两个人之间的相处模式似乎渐渐恢复成了朋友，最不尴尬的那段时期。

按照顾以南自己的话说就是："古话说得好，天涯何处无芳草，何必在一棵歪脖子树上吊死。就连你都走出来了，如果我再不走出来，岂不是显得比你还笨？"

顾以南：你还是先操心操心自己吧。

顾以南：对了，蒋琰上次跟你说什么了？

虞若安脸上的笑容在看到这句话的时候尽数消失了。

这是她和姜言这阵子一直避开的话题，尽管心里清楚这件事无法回避，可她私心里还是希望再拖上一阵。

虞若安：蒋琰喜欢上了剧本世界中的女主，他向我表示感谢。

顾以南：我有一个大胆的想法。

顾以南：不如你也给我创造一个女主角？蒋琰那种冷淡的人都谈恋爱了，没理由我还单身啊。

虞若安：哈哈哈哈，做梦吧。

虞若安：幻想总是美好的。

或许每个人都有过这样的瞬间，当你敲下"哈哈哈哈"时，已经泪流满面。

她的脸颊处蓦然带了几分凉意，伸手去擦，触及一手的湿润。

当自己的恋人身处异时空时，所有的甜蜜表象下都包藏了一抹无处安放的慌乱。

顾以南看着手机屏幕上的信息，咬着大拇指指甲盖，不再绕圈子。

顾以南：在我面前就不要再装了，你心里究竟是怎么想的？

这一次短信没有及时地回复过来。十分钟后，她才悠悠地回复了四个字——我好自私。

四个字，足以表明她的全部情绪。

她明知道蒋琰才是现实世界中的人，可还是忍不住希望将姜言留在自己的身边，甚至在心里不断地给自己找理由。

虽然蒋琰对她表示了感谢，那么是不是说明蒋琰自己也是想去剧本世界的？两个人就此对换一下身份也没什么不好，大不了隔一段时间，她就和姜言去一次剧本世界，将蒋琰和阮落落换回现实世界中。

可是虞若安又清楚地知道事情并不是她所想的那么简单。

每个人在这个世界上都不是一个独立的个体，我们是周围世界的立体投影，每一段的人际交往才组成了"你"，他们有着各自的生活、家人和工作。蒋琰如果长时间地活在剧本世界中，那么势必会和现实世界脱轨。就像这次他的单位报案寻人一样，如果他失踪的时间再长一些，他现在的工作很有可能就会没有。

即便将这些分析得清楚明白，可虞若安依然想将姜言留在自己的身边。

酒店的另一边，顾以南在看到最新一条消息的时候，终于忍不住站起身,将手机重重地砸向姜言的肚子。

姜言掀了掀嘴角,眼里却是一片阴沉:"做什么?"

这阵子,心里有压力的人不仅仅是虞若安一个人,他也不断地想着虞若安的答案是什么。

他一向自信,可此刻也没有百分百的把握。他就像踩在云端,一脚深一脚浅,不知道下一步是否会掉落深渊。

"我让你看一下你女人的短信。"顾以南没好气地指向他肚子上的手机,"让你看清楚,你到底给了她多大的压力。"

姜言垂下眼角,视线下移,看见了顾以南的手机。

半晌后,他坐起身,大手捞起手机,滑开了手机屏幕。

屏幕幽幽的光映在了他的眼里,最后四字刺痛了他的眼睛。

他抿了抿唇,用顾以南的手机给她发了一条短信。

顾以南:你乱七八糟的在想些什么?最自私的人明明是我。

那边的人过了好几分钟才回短信,似乎在判断这个语气究竟是谁的。

虞若安:姜言?

顾以南:嗯。

顾以南:不早了,你不是说明天要和我一起过除夕吗?

虞若安:好,我现在就睡觉了。

顾以南:晚安。

那边没有了动静,像是虞若安乖乖听话去睡觉了一般。

姜言来来回回地将顾以南和她的信息看了好几遍,猛地站起身,随便披了一件外套就往外走。

顾以南被他的举动吓了一跳:"这么晚,你干什么去?"

姜言没有说话,板着一张脸就往外走,气势看起来特别骇人。

顾以南本来还想说些什么,但在见到姜言那副仿佛要吃人一样的表情后就噤了声,等到房门"嘭"的一声合起时,他才想起来自己刚刚到底想说什么。

他抽了抽嘴角，烦躁地扒了扒自己还有些潮湿的头发："你拿的是我的手机！"

虞若安捧着手机，瞪着那道"晚安"，瞪得时间长了，眼睛有些酸。

她没想到这两个人现在的关系已经这么和睦了，更没想到顾以南会将短信给姜言看。

所以当她看到那条短信的时候，反应了好长时间才敢确认那就是姜言的语气。

说句实话，那一刻她是慌乱的。这阵子，她在姜言面前表现得一直很开心，仿佛完全没有被那件事情影响一般。那一刻，她的心思被剖开，血淋淋地放在姜言的面前，她有一些无措。

她蒙着被子将那句晚安来来回回地看了好几遍，说着要去睡觉的人却毫无睡意。

曾几何时，面具已经成了他们两人之间相处的日常。

虞若安将脸深深地埋进被子中，咬紧了牙关，密不透气的感觉反而让她有一种安全感。

时间仿佛已经静止了，这一刻她可以自在地放下所有伪装。

可她的面具还没有摘下多久，房门就被人砰砰敲响。

她深吸一口气，万般不愿地将自己的脸从枕头上抬起来，当路过镜子的时候，她看到了一个双眼红肿无神的人。

如果不是对自己的样貌太过熟悉，这一会儿她很可能已经惊叫着"女鬼"落荒而逃了。

她拍了拍自己的脸颊，从包里翻出一瓶眼药水，决定等会儿如果来人询问的话，她就说长时间盯着屏幕太伤眼睛，所以点了眼药水。

不过在拉开房门的那一刻，她手中的眼药水就掉在了地上。

在这个人面前，她所准备好的全部说词一点用处都派不上。

走进房间后，姜言抬起手，粗粝的手指重重地摩擦在她眼下的皮肤上："哭了？"

"没……没有，"虞若安指向刚刚掉在地上的眼药水，不死心地辩解，"我刚刚点了眼药水。"

"眼药水还能引起眼睛红肿？"他皱了皱眉，将地上的眼药水拾起，而后毫不犹豫地将其扔进了垃圾桶里面，"这瓶眼药水还是我给你买的。眼药水开瓶超过一个月就不能点了，你不知道吗？"

她咬紧了自己的下唇，没吭声。

姜言也没有说话，走进她的浴室，很快里面就传来哗哗的水声。

大概十几秒后，男人板着一张脸走出来，手上还攥着一块毛巾："抬头。"

虞若安一个指令一个动作，仰起头，看起来格外乖巧。

下一秒，毛巾不由分说地敷在了她的眼睛上。

热度从毛巾上源源不断地传来，世界瞬间就变得暗了下来，虞若安舒服地轻叹了一口气。

仗着他看不见自己的表情，她想了想，怯生生地开口："你怎么会过来？"

男人明明已经跟她说过晚安了。

"你如果真的会乖乖睡觉，我也就不用跑这一趟了。我们俩的房间离得很远，酒店走廊的窗户都没有关，走过来很冷。"

姜言的语气无甚起伏，听起来像在抱怨，让虞若安歉疚地垂下头。毛巾掉下来，沾了水的毛巾有些重，打在手背上发出"啪"的一声。

"你知道这一段路我在想些什么吗？"

她抿了抿唇，小心翼翼地开口："你在想如果多披一件外套就好了？"

姜言："……"

"不对吗？"她有些怯生生的。

"我在想，以前你从来没有在我面前收敛过情绪，可这阵子你在我面前只剩下高兴这一个情绪了。七情六欲，没有人能少其中任何一样，我所认识的虞若安不是一个特别坚强的女生，可一旦她习惯了在我面前伪装，是不是就代表她在将我推出她的圈子？"

姜言蹲在她的面前，仰起头看向她："你知道吗，当我看见你和顾以南发的短信时，其实很高兴。"

她的眼神震了震，想要说些什么，最终却没有开口。

"你习惯了为别人考虑，习惯了将自己放在最后一位，可是在这种事情上，你最终得出了一个自私的答案。"他微微往前倾身，脑袋埋在了她的怀里，"我很喜欢你的自私，但这种开心，我不想架在你的自责上面。"

她这阵子以来的情绪就像终于有了一个宣泄口，眼泪一滴又一滴地砸下，有的落在自己的手背上，有的砸在姜言的脖颈上。

"我这些天想了很多很多，"她带着哭腔开口，"可是无论后果有多么惨烈，我依然想要和你在一起。"

当她说出这句话的时候，能明显感觉到男人的手臂在她腰间收紧，随后他猛然站起，细碎的吻落在了她的脸颊、脖子、锁骨……渐渐往下，越来越烫。

她伸手抱住了姜言的身体，毫不拒绝。

当吻停留在她微微隆起的部分时，姜言的呼吸明显粗重了几分。他额头上的青筋暴起，似乎在做着什么极为忍耐的事情。

顿了半晌，他抬起头，在她的眉心处落下一个郑重的吻："你为什么不推开我？"

"不想。"她紧紧地抱住了姜言，甚至还催促了一句，"你继续吧。"

短短六个字，让姜言的额头上冒出了一层细细密密的汗珠。

他打量着虞若安，一向冧的她此刻正直勾勾地回望着他，眼神没有丝毫的迟疑和飘忽。

就像她所说的那样，她已经想好了，并且非常坚定。

他苦笑了一声，跳起来冲向了浴室。

已经完全做好准备的虞若安："……"

半个小时后，她看向穿着浴袍、露出一大片腹肌的姜言："你刚刚为什么不继续下去？"

姜言眉间狠狠地抽动了片刻，露出骇人的表情，而后重新冲往浴室。

虞若安："……"

这一次他去浴室的时间更久，久到她心中的悲伤被不解完全取代。

好不容易浴室的门被拉开，她刚准备打破砂锅问到底，就被姜言急匆匆地打断："我不希望你是在这种冲动的时候，至少不是在这样的情况下。"

"睡觉吧。"他犹豫了片刻，翻身上床，挤进被子里，将她紧紧地搂进怀中，像哄孩子一样拍了拍她的后背，"我陪你。"

"嗯。"

她嘴上应着，却丝毫没有闭眼的意思。她伸出一根手指，缓缓地滑过他的眉眼："你的黑眼圈为什么比我的还重？"

姜言往她掌心亲了一口，没有吱声。

她的手指继续慢慢往下滑："下巴这儿长了一颗痘，好真实的感觉。"

"我本来就是真实的。"

"会一直都是吗？"

"无论你愿不愿意，我今生都属于你。"

这一夜，怀抱温暖，虞若安终于睡了这阵子以来最安稳的一觉。

除夕夜这一天，平常最为繁华热闹的街道上，此刻除了饭店，竟显得格外冷清。

虞若安想要和姜言两个人过除夕的愿望，注定是一场幻想。

今年剧组的人准备在一起过年，数导演最疯。

而虞若安和姜言两个人就是被派出来买装饰物品的。

"小时候,我最盼望的日子就是家里过年,"虞若安带着他穿梭在大街小巷,"可以穿新衣服、放烟花,家里也会被布置得非常喜庆。"

"喜庆?"姜言眉毛微挑,看着手上被塞过来的东西,心中有一丝不妙的感觉。

"对啊。"她倒是依然一副兴致勃勃的模样,拎起他手中的一串红灯笼摇了摇,"现在过年都没有什么年味了,不再装饰得喜庆一点,怎么叫过年?"

"红灯笼我能理解,"他神色复杂地从手中挑出另一张红艳的剪纸,上面写着"囍"字,"这个是为什么?"

虞若安的脸上也透露出一股茫然,渐渐地,茫然转变成了红晕浮现在脸上。她手忙脚乱地伸手去够:"这个是意外!意外!我拿错了。"

他情不自禁地笑出了声,将手背在身后,不让她拿到:"其实这个也不错,喜庆二字它至少占了一半。"

不知道想到了什么,她的脸色一红,小声嘟囔:"留着就留着呗。"

姜言没有听清:"什么?"

她抿紧了嘴唇,不肯再开口,只是往姜言手上塞彩带的动作迅猛了不少。

她的动作有些着急,长长的彩带不小心挂在了她的脚腕上,将她带着往前绊了一下。

他眼疾手快地将她一把捞往自己的怀里:"你怎么这么不小心?"

虞若安的身后就是楼梯,如果从这上面摔下去的话……

姜言皱了皱眉,心中一阵后怕。

被凶的虞若安倒是没有什么害怕的感觉,嘴角边还挂着一抹笑意。

或者说，今天一天她的嘴角边都噙着这抹似有似无的笑意，跟前几天灿烂过头的笑容不同，就像心中藏着一件喜悦的事情，随时等待着分享。

她哼着曲子，满脸自然地从姜言的口袋中抽出了钱夹，从里面掏出钱递给了老板娘。

老板娘看着两个人的互动，禁不住笑出了声："小情侣之间的感情就是好呀！"

虞若安抿紧了嘴唇，眼神中的笑意更加绚烂。

不知道她到底有什么高兴的事情，但看到她那副模样，姜言也缓了眉眼。

他主动地拎过东西，帮她把外套的扣子系好："听说今晚有什么蓝血月出现。"

"蓝血月？"

虞若安不明所以地偏过头，掏出手机搜索了一下后，满脸都写着激动："月亮会变成红色！"

她重新扭过头，下意识地想要找寻姜言的视线，一个小礼盒却杵到了她的面前。

姜言的神色有些别扭："新年礼物。"

这才是他刚刚突然提及蓝血月的原因。

早上他刚刚起床的时候，虞若安已经醒了，他一直在找寻着合适的时机想要将礼物送给她，可是总是错过完美时机。

眼看着礼物再不送出去的话，两个人就要回到剧组了，他只好灵机一动，随便找了一条前两天听到的新闻。

他一边看着她，一边将手摸到了自己的口袋，想要给她一个惊喜。

"是什么？"

他扬了扬下巴，示意她打开礼盒看看。

礼盒中是一串精巧的手链，她从里面捏起链子细细地看了半晌，惊喜道："好好看！"

姜言上扬的嘴角写满了骄傲。

半分钟过去了，虞若安的表情还维持着惊喜，而姜言脸上的骄傲已经隐隐带上了几分裂痕。

她重复："很好看！"

"这句话你刚刚已经说过了。"他弹了弹她的脑门，"怎么不戴上？"

见实在瞒不住了，她才略带羞愤地开口："我不知道怎么戴。"

也不知道这条手链究竟是什么设计，她找了半天，怎么也没找到可以将首尾连接的部分。

空气静止了几秒钟，姜言终于没忍住，轻笑出声。

"我警告你，姜言同志，你现在正在取笑的人是你女朋友。你如果再继续嘲笑下去，你明年的女朋友份额可能就领不到了！"

"那可不行。"

他从她手中接过手链，从手链的末端轻轻一抹，勾开一个豁口，然后斜斜地卡进另一端中。

虞若安原本以为手链两端是不对称的花纹，直到它首尾相连的那一刻，她才看清楚那是一个单词——LIGHT，寓意为光。

两个人回到剧组的时候，剧组的人员正在为晚上的活动做准备。"你们两个怎么那么慢，就等你们的彩带和气球了。"

化妆师小姐姐话音未落，顾以南就哼哼了两声："一看你就没有谈过恋爱，谁谈恋爱走路跟赛跑似的？"

真的没有谈过恋爱的化妆师小姐姐："……"

如果顾以南不是男主演，这会儿他可能就被揍了。

敢怒不敢言的化妆师拿过那袋装饰用品，往墙壁两边挂上红灯笼。

虞若安也上前帮忙,将那些彩带挂在指定的地方。

剧组上下都是一片欢乐祥和的气氛,除了导演。

导演被讨要红包的人包围着:"你们都已经成年了,成年的人是没有红包的!"

"别抢别抢!那是我老婆给的零花钱,我这段时间就指望着这个过活了!"

"给我留一点!"

……

在一片欢声笑语和一两声哀号中,导演终于挪向了看起来比较安全的虞若安身旁:"不许抢红包了,都来帮忙!"

他一边说着,一边从旁边的袋子中随便拽出了一个东西,佯装出很努力布置的模样。

导演正准备将东西贴上去,终于意识到了不对劲。

他将手上的剪纸上下颠倒打量了半晌,迟疑道:"这个'囍'字是怎么回事?"

虞若安一瞬间还没有反应过来,疑惑地"嗯"了一声,直到看清导演手上拿了什么之后,才后知后觉地红了脸。

姜言一直在关注着她的情况,见状将导演手上的囍字夺走:"我的。"

导演眨了眨眼睛,暧昧地笑了起来。

周围的人也在不断地起哄:"我们都准备过除夕,奈何有人想要过七夕。"

"他们已经不是'想'的地步了,你见过这么红的'囍'字吗?"

"刚刚不是看见了吗?"

大家你一言我一语,虞若安的脸色变得更红了。

姜言倒是脸皮厚的模样,他伸手将她从高凳上抱下来,自己踩了上去:"这个危险,你笨手笨脚的,就不要乱动了。"

"我才没有笨手笨脚。"她小声地为自己辩解。

"嗯。"他敷衍地应了一声，快速地将彩带挂在了钩子上。原本虞若安还要踮脚才能够到的高处，他一伸手便够到了。

他迅速地将虞若安的活一并做完，一跃而下，拿着剩下的灯笼在她眼前晃了晃："你想夸夸我吗？"

"你的脸皮好像越来越厚了。"

"不夸也可以，"他朝她伸出手，"你在路上不是跟我说有礼物要给我吗？我的礼物呢？"

"礼物晚上才送你。"

"小气。"他不满地噘了噘嘴，"现在送和晚上送有什么不一样？"

"保留一点神秘感！"

姜言拗不过虞若安，只能将自己的下巴搭在她的肩膀上，满脸失望。

不知不觉天色渐隐，寒风吹过，房檐边的红灯笼随风摇曳，映衬着里面的暖黄色灯光在地面晃晃荡荡。

三张大桌子才完全容下了剧组里的所有人。

虞若安一直都是慢热的性格，今天却满场跑去夹菜吃。本来大部分人都是同龄，所以一行人玩得格外热闹，吃得也格外香。

有人为了抢一块牛肉，从桌子那头跑到桌子这头，结果还没有送到自己嘴边，就掉到了地上。

看着那人欲哭无泪的模样，她终于忍不住笑出了声。

"啊，又笑了。"姜言拿指尖戳了戳她的脸颊，伸了个懒腰，"你今天怎么这么爱笑？"

"爱笑不好吗？"

"像前两天那样就不好。"他提及了不开心的事情，主动地换了一个话题，"我的礼物呢？已经晚上了。"

虞若安无奈地笑笑："到底是谁小气啊，一件礼物已经惦记大半天了。"

"你送的礼物我才在意。"

自从谈恋爱以后,姜言说情话的能力逐渐飙涨。她轻轻咳了一声,左右望了望,见周围人的注意力都不在他们俩身上,她才凑近姜言的耳旁,轻声告诉他:"我将自己送给你。"

这句话的信息量太大,姜言瞪大了眼睛,好半晌没有反应过来。

等他反应过来的时候,虞若安已经跑远了。

顾以南不知道为什么慢腾腾地留到了最后,看见姜言还坐在座位上不知道在想些什么,他拍了一下姜言的肩膀:"怎么不走?他们说蓝血月快开始了。"

被他这么一拍,姜言才缓过神来,站起身的同时还被自己的口水呛到了。

看着姜言难得跟跄的背影,顾以南疑惑了片刻。

片场的外面,虞若安已经给他留好了位置,冲他招了招手。

他的嘴角微不可察地扬起一抹笑意,朝她靠近。

"快看快看!"她扭过脸急急地冲他说道,"月亮变红了!这可是一百五十年才一遇的蓝血月!"

姜言顺着她的目光看过去,天上的月亮周围的确镀上了一层暗红色。

他将视线从圆月中收回,眼神下意识地投向了虞若安。

她满眼的兴奋。

"是啊,一百五十年一遇,"姜言定定地望着她,"可是我面前之人,一百三十八亿年才出现了一个她。"

虞若安站在他身边,将他的话听了个一清二楚。

疯够闹够了,一群人捧着扑克就开始斗地主,闹着要开始守岁。

一看到斗地主,虞若安就忍不住回想起当时在剧本世界里的场景。眼看着姜言一副跃跃欲试的模样,她赶忙一屁股坐在了空位上。

在自己的印象中,她并不是很喜欢这方面的游戏,姜言挑了挑眉。

她用气声跟他解释:"你来的话,我怕我们家会被你输穷。"

"我们家"三个字很好地愉悦了姜言,难得被怀疑了打牌技术的他还乐呵呵的:"你这么快就已经懂得为我们家省钱了?"

虞若安的耳朵开始发烫,但她表面上还是强装镇定地开始抓牌。

她的手气还算不错,打了一晚上竟然是最大赢家。

姜言脸上的骄傲止都止不住,恨不得逢人就强调一遍"那是我女朋友"。

时针不断地逼近十二点,姜言将她揽在了自己的怀里,陪着她一块进行跨年倒数。

"十!"

"九!"

……

辞旧迎新,不管这一年过得如何,大家在倒数的时候都格外卖力,迎接着新一年的期许。

"三!"

"二!"

"一!"

当最后一声响起的时候,虞若安扳正了姜言的肩膀:"新的一年,请多多指教。"

"新的一年,"他的眼里倒映着她的身影,"你就是我的人了?"

"嗯。"她用力地点了点头,"等最后一话剧本写完,我就跟你一起去剧本世界。"

这是她所能想到的最好的办法,她的职业比起其他职业来说比较自由,每年回去几次看父母就可以了。

她可以跟着姜言一起去剧本世界中生活。

第十四章

这样够甜吗

姜言曾经答应过她,以后可以带她去一次剧本世界,可他没有想到的是,这一次带她去剧本世界,就是与她在那里面生活了。

在虞若安将最后一话剧本写完交给导演后,姜言站在虞若安的身旁,第一次显得有些犹豫不定。

"你真的已经决定好了吗?"

"明确得不能更明确了。剧本已经写完了,我不会再安排一些危险的情节,这样你就不用担心我会有危险。"

"有的时候,危险不仅仅只在你所写的剧本中,你没有任何防身的能力,我还是……"

姜言虽然很想和虞若安一直在一起,但鉴于虞若安在剧本世界中经常受伤,姜言心中对这件事情还是秉持着犹豫的态度。

"之前我没办法避开,是因为剧本之前已经安排好了。我在进去的那一刻成了阮落落,肯定就要替阮落落受那一次伤。之后虽然有危险,但我都是可以避开的,再也没有什么不可控力了。"

她也知道他的心结在哪儿,所以将之前的情况细细分析给他听,甚至晃着他的胳膊开始撒娇:"你还可以教我一些防身术,这样就不用担心我没有自保能力了。"

姜言被说动,终于拧动了魔方。

在他的心中,最有吸引力的事情莫过于以后他都可以和虞若安生活在一起了。

重新回到剧本世界后,她东碰碰西戳戳,觉得一切都充满了新鲜感。

之前她来这边,只是想查看剧情有没有按照剧本走,会发生什么事情,她大概有一个估算,而现在来这边,便是完完全全地过另外一种人生,没有后续剧本。

不过出于习惯,她还是下意识地去打探姜西铭的情况。

作为幕后大 boss,在剧本的最后一话中,他向自己的父母质问当年不公平的事,为什么同样在逃亡,最先被抛弃的人却是他。这是他一直以来心中最大的结。

他的确疼爱着自己的弟弟,在自己的能力范围内都会宠弟弟,可他的心中仍然留着这一分嫉妒。虽然都是被抛弃,可是最先被放弃的那个人是他。

为什么身为子女,父母会有所偏爱?又是为什么,被偏爱的那个人不是他?他一直困在这个问题里面,所以才逐渐地走向了黑化。

当初虞若安和姜言商量这个剧情的时候,他的眼眶通红:"我哥比我性格沉稳,如果可以,我宁愿自己是被抛下的那一个。"

"其实这个顺序我有仔细考虑过,当时你的父母被追杀,最先被抛弃的人才是最有活下去希望的那个。更何况你那个时候还太小,就算让你一个人也没有什么本事活下去。"她赶忙安慰,"你是要哭了吗?"

"胡说,我是眼里进沙子了。"

"那我就这样安排了。你觉得以姜西铭的性格,能接受这个原因吗？"

回应她的，是姜言将纸巾按在自己的脸上，无声默认。

的确不出姜言所料，姜西铭在找到亲生父母，得到他们的解释后，也慢慢地接受了他们当年的决策，与亲人和解，与心中那个久久难以释怀的少年和解。

现在姜西铭已经重新回到了公会当中，并且再一次获得了大家的接纳。

虞若安和姜言回去的时候，公会正在帮姜西铭办回归宴。

时机正好，觥筹交错间，虞若安对自己举杯，就像在迎接自己的新生活。

两杯酒一下肚，她的视线就出现了大片的模糊与重影。

"怎么了？"姜言刚刚正在和姜西铭聊天，一转身就发现虞若安的情况不太对。

他凑近她的嘴边闻了闻，蹙紧了眉头。

之前虞若安喝醉酒的模样，他还历历在目。

果不其然，虞若安在感受到他的视线后，冲他扭过脸，直直地打量了片刻，咧开嘴角："你要听我唱一首歌吗？"

他就知道！

"我看见你点头了。"她捧着酒杯，开始嘿嘿傻笑，"唱什么好呢？"

"只要不是你上次唱的歌就可以了。"

"好的！你是要听戏，对吗？"

姜言很想说不对，可架不住她已经开始唱了。

"树上的鸟儿成双对……"她捏起兰花指，声音细细的，不去看她迷离的眼神，竟然还不错，"绿水青山笑带颜。"

见她这次比上次老实不少，姜言也就拍拍她的脑袋，任她唱去了。

可他没想到的是，他刚刚放松了警惕，虞若安就猛地蹿起，以迅雷不及掩耳之势一把夺过了他面前的酒杯,将满满一杯酒一饮而尽。

周围一片叫好声,甚至鼓起了掌。

姜言:"……"

"安静安静,我要继续唱了。"喝醉酒的虞若安简直判若两人,外向度升级,"随手摘下花一朵,我与娘子戴发间。"

她唱到这一句的时候,乐呵呵地在自己和姜言的耳朵上各别了一根筷子。

姜言眉角直跳,想要将筷子摘下来,可他的手刚刚碰到筷子旁边,她就嘞着嘴开始哭。

虞若安是默不吭声的那种哭法,听不见她的任何声音,只能看见大滴大滴的眼泪往下流,看起来格外委屈。

姜言:"……"

行吧,他不摘筷子了还不行吗?

他面无表情地夹着耳朵上的筷子,将虞若安一把扛了起来,发誓再也不让她碰半杯酒。

似乎是姿势不对,她发出一阵干呕,吓得他立刻将她放下来,不停地询问:"怎么了?"

虞若安没有理会他的问题,又一把抢过从她身旁走过之人的酒杯,又是一杯酒下肚。

这个时候,姜言的脸色已经不能用好不好看来形容了。

酒杯的主人看见了他的表情,连杯子都没要就逃之夭夭了。

虞若安咂吧咂吧嘴,舔了舔自己的唇,似乎有些不太满意:"好苦。"

他生怕她再作妖,将她公主抱往公寓走去。

虞若安似乎意识到自己做错事情了,乖乖地让他将自己抱回了公寓中。

直到他将自己放落下地时,虞若安才瞪圆了眼睛,表达出自己的委屈："好苦。"

想要责怪的话到嘴边转了一圈，又被姜言吞进了肚子里。

他看着满脸乖巧的虞若安，依旧没什么表情地俯下身。两人之间的距离近在咫尺，她嘴角边满是香甜的酒味，像在引诱着他去品尝一下。

"好苦！"她还在喃喃地嘀咕着。

姜言："……"

看着自家的小女朋友，姜言若有所思地舔了舔自己的唇："那要不要一点甜的？"

"要！"她毫不犹豫地点了点头。

在她点头的第一下，他便将两人之间剩下的那点距离归了零，唇瓣贴合间，他轻声问道："这样，够甜吗？"

她呆愣愣的，没有反应过来，他便又亲了一口："甜吗？"

虞若安："……"

"不够甜，还有。"

他额间的碎发扫过她的皮肤，带来些微痒意。她缩着脖子往后躲了躲，一把捂住了自己的嘴巴："够了够了！"

"真的够了？"姜言的表情有些遗憾。

问题一出，虞若安竟然真的认真思索了片刻。

她犹豫了一会儿，主动伸手揽住了他的脖颈，语气认真："好像不太够。"

姜言气血上涌，突然觉得以后可以让虞若安多喝一点酒。

谁说女人是善变的？男人也一样善变。

虞若安难得主动，再加上姜言也喝了一点酒，他的眼眸间染上了一片情欲的颜色。

幸好这个时候敲门声响起。

他深吸一口气，几乎是略带感激地一把拉开了房门。门外是姜西铭。

　　姜西铭刚想要说些什么，抬眼就看到了自家弟弟一片红肿的嘴唇。

　　他顺着门缝往里面看，还能看到女孩子的裙角。

　　他瞬间就明白过来自己的弟弟究竟在里面做些什么，尴尬地以拳抵唇，轻轻咳了咳："我还是明天再过来找你吧？"

　　"不用。"姜言一把喊住了自己的兄长，走廊外面的冷风吹得他稍微清醒了一些，"有什么重要的事情说吗？"

　　姜西铭纠结了片刻，倒也没再坚持，便开口道："你是不是今天才回来？"

　　"是啊，我不是才出完一个任务吗？"回想着剧本上的内容，姜言答道。

　　"我不是这个意思，我的意思是，出任务的姜言不是你。"

　　太过直白的话让姜言敛了神色："你为什么这样说？"

　　虽然他和蒋琰的长相还存在几分差别，可按照剧本世界的逻辑来看，代替者的形象会在其他人脑海中被修正过来。这也是为什么阮落落和虞若安的长相完全不同，可虞若安来到剧本世界也会被其他人认为是阮落落的原因。

　　"你毕竟是我弟弟，"姜西铭像小时候那样揉了揉他的头，"自己的弟弟究竟什么样，我还能分不清楚？"

　　就算容貌一样，可两个人的性格实在相差太多。

　　姜言是姜西铭带大的，他是什么样的性格，姜西铭再清楚不过。

　　"你还想问什么？"

　　"我想问的问题很多。"姜西铭直直地望向姜言，条理清晰地将自己的问题一个一个罗列出来，"比如你这段时间去了哪儿？你从哪里找了一个和你长相一模一样的人？虽然我心里一直对爸妈先抛下我的事情有埋怨，可为什么心底的埋怨瞬间就被放大了很多？还有最后一个问题，当我假装失忆回到公会的时候，所有人都震惊于我还活在世上，可你却好像早就知道了一般。"

每一个问题都是送命题，姜言哑口无言。

姜西铭这个人最大的特点就是足够冷静，就算是在自己身上，他也从来没有"只缘身在此山中"的困惑和迷茫。

自己要怎么回答？姜言犯了难，说谎话肯定没办法骗过他哥，可是直接说出实情，真的可以吗？

当姜言犹豫的时候，门缝突然被人拉大，一个毛茸茸的脑袋伸了出来："这些问题你问我啊，我才是编剧！"

姜言："……"

姜西铭："……"

心口的跳动加快了几分，姜言转身就想将虞若安塞回去，可她执着地上蹿下跳，就是不肯回房间，嘴巴还在不满地嘟囔："我说的是实话，那些问题我都能帮他解答！"

"姜言，"姜西铭终于出声，制止了姜言，"我想听她说完。"

姜言叹了一口气，知道自己兄长的性格，典型的眼睛里容不得沙子，遇到事情就一定要打破砂锅问到底。

于是他松开了虞若安的衣领。

她骤然恢复了自由，快活地欢呼了一声："你要先听哪个问题的答案？"

"不急，一个一个来。"

"那就先从第一个问题开始？"

"可以。"

姜言："……"

"还有什么问题吗？"

虞若安歪了歪头："我忘记你第一个问题是什么了。"

姜西铭依然很有耐心："姜言这段时间去哪儿了？"

"他一直和我在一起啊。"她比了一个飞的手势，"和我一起在两个世界来回地穿梭。"

"两个世界？"

"嗯嗯，我们现在所处的是剧本世界，之前一直都在现实世界。"她扬了扬下巴，一副等待着被夸奖的神情，"我悄悄跟你说一个秘密哦，看在你是姜言哥哥的分上我才告诉你的。这个世界都是我创造的。"

这的确是一个秘密。

在虞若安絮絮叨叨、前言不搭后语的解释中，姜西铭终于得到了所有疑问的答案。

这份答案比他所想象的还要荒谬。

姜西铭之前以为自己的弟弟有了其他眼线，或者在做着一些自己不知道的事情，可万万没想到答案会是这样。

良久的沉默之后，他看向自己的弟弟："她说的都是真的？"

"是真的，"姜言也没有再瞒下去的打算，他同情地看了一眼虞若安，觉得她明天醒来一定会想要将现在的自己揍一顿，"她说的都是实话。你知道的，我的魔方一直可以任意前往自己想去的世界。"

"嗯，我知道。"

"在你死去，不，掉落陷阱的那一刻，我一直想要找到幕后真凶却遇了险，情急之下，我随意地转动了魔方，与此同时，她在心中召唤了我。"看着东倒西歪、满脸醉意的虞若安，姜言将她的脑袋扳向了自己的肩膀，满眼情意遮都遮不住，"就是在那一天，我知道了自己是剧本里面的一个角色。"

虽然心中对这件事表示震惊，但姜西铭没有继续问些什么，很快就恢复了平静。

他看了一眼自家弟弟，沉声开口："这件事情，不要再告诉任何人了。"

第二天，虞若安头疼欲裂地醒来，却发现自己躺在姜言的床上。

她呆坐了片刻，脑海中第一个回忆起来的片段，是她主动勾住了姜言的脖子。

虞若安："……"

姜言进门的时候，就看到了她那副模样，不禁轻笑一声："你都想起来了？"

她讷讷地点了点头。

"那你非礼我的事情要怎么算？"他脸色一沉，竟然真的开始认真计较。

"我……我哪里非礼你了？"

"嗯，你欠我一次。"姜言自作主张地为自己谋福利。

谋完福利，他才开始说正事："那你还记得昨晚自己说了什么吗？"

"我还说了什么？"虞若安满脸警惕。

"你将剧本世界的事情告诉了我哥。"

在姜言的提醒下，她才慢慢地回忆起自己听着门外的声音，上蹿下跳地冲到了姜西铭的面前，然后一脸傻样地将所有实情一概告知。

幸好是在姜西铭面前，如果这番话告诉了别有用心之人，那后果不堪设想。

虞若安脸色白了白，竖起手指，真诚保证："我以后再也不喝酒了！"

"唔。"姜言托腮沉吟了片刻，而后一本正经地答道，"也不是不可以，只在我面前就可以。"

回应他的，是她狠狠砸过来的枕头。

虽然她不小心将秘密暴露了出去，但有姜西铭在场，倒是帮他们打了不少圆场。

姜言将自己的秘密基地布置成了拳击场，没事便带着虞若安过去练练拳击。

公会里的人听说了这件事情后，都饶有兴致地想要跟"阮落落"比试一场。

平时大家聊天的时候还好，这要是打一场，所有的掩饰都会暴露。

这个时候，姜西铭的存在就变得非常重要。

当他说出虞若安受伤后，所有人都信以为然，有人甚至送来了自己的药酒。

"你们这样不行。"姜西铭坐在姜言的房间内，头疼地揉了揉自己的眉头，"你们刚回来两天，可你们数数看，你们快要暴露的次数到底有多少？"

之前虞若安不是没有来过剧本世界，可之前每次来的时间都非常短，唯一时间比较长的就是两次受伤。

不过在她受伤期间，大家都是来探望的，并且都有着各自的任务，与她接触的次数非常有限，只有程叔和余沉跟她接触的次数比较多。

从这两个人的反应来看，应该是还没有怀疑虞若安的，可如果再这样下去，就说不定了。

现在姜言完全不放心她去出任务，便留在公会中一直教她防身术。公会里面人多眼杂，大家时不时比试两下，看看自己的身手有没有进步，她不可能一辈子不和别人交手。

"那我要怎么办？"她托着腮帮子，有些许茫然。

"开始特训吧，你至少要会一些阮落落惯用的招数。"

从开始特训的那一刻起，就代表着训练节奏不会像姜言教她那样轻松了。

姜西铭向来是一个很严谨的人，一个晚上就拟定出一份特训计划表。

看着那些计划，虞若安只觉得眼前发黑，简直比她的军训还要累人。

每天早晨五点半就要起来跑步，跑完三千米之后开始扎马步，而后开始进行阮落落招数的模仿训练。

后面那密密麻麻的招数模仿训练暂且不提，光是那三千米就要了虞若安的老命。

她身为一个编剧，有着编剧的一切特质，比如说：死宅。

她捧着那张计划表的手在抖，仰起头看向姜言，语气中都带着哭腔："你知道我平生跑过最远的距离是多少吗？"

姜言摇了摇头。

"体测八百米。"

姜言："……"

"那你知道我已经多久没有跑过步了吗？"

姜言又摇了摇头。

"四年了。"

姜言："……"

看着她一副要死要活的模样，姜言终于还是于心不忍："哥，这个特训是不是要求太高了一点？"

姜西铭又看了一遍自己的计划表："要求不高，我就是考虑到她的身体素质才定的量，后期还会继续往上加的。"

听到继续往上加的时候，虞若安双膝一软，差点跪在了地上。

魔鬼特训正式开始，虞若安每天早上天不亮就要从被窝中爬起来，她表示相当痛苦。

可她很快就发现，比起跑步和扎马步来说，起床已经是最快乐的事情了。

在姜言的放水下，她的三千米缩短为了两千米。可即便是这样，在她跑完两千米之后，依然大声喘气，像一台破洞的风箱。

陪着她跑完了全程的姜言看向她，满脸担心："现在你不要躺下来，对身体不好。"

"我……我不行了，申请休息两分钟。"他被姜言拽起，撑着膝盖呼哧呼哧喘气，"下面扎马步是多久啊？"

"二十分钟。"

听到这个时间的时候，虞若安有一瞬间想要晕厥。

"双脚打开比肩宽，身子下沉……别撅屁股。"看着她那七扭八歪的姿势，姜言实在看不过去，"啪"的一声就拍在了她的屁股上面。

虞若安：？

她猛地跃起，一把捂住了自己的屁股，满脸惊恐地望着眼前的男人。

姜言眼睁睁地看着她粉嫩的脸色变成番茄色，舔了舔唇，眼中的心疼转换为一抹兴味："继续。"

继续？虞若安认认真真地打量了他半晌，有一瞬间分不清楚这个男人究竟是不是故意的。

直到半分钟后，当她晃晃悠悠地扎马步时，被姜言重新一掌拍在了屁股上面。

她"嗷"的一声，终于确定这个恶趣味的人就是故意的！

姜言虽然找到了帮虞若安训练时除了心疼以外的情绪，可虞若安的心累倒是贯彻了始终。

她刚开始扎马步的时候还好，甚至天真单纯地认为这个项目比跑步要简单许多，可在蹲了三分钟以后，她终于觉得不是那么一回事了。

无法言说的酸胀感，整个身体似有千斤重，两条腿开始不停地打战，就像得了帕金森。

"到时间了吗？"

姜言抬手，看了一眼腕间的表："才过五分钟。"

五分钟，二十分钟的四分之一，还剩下四分之三的时间，十五分钟，九百秒，虞若安头一回发现自己的数学这么好。

没事！不就九百秒吗？谁还不会数个数怎么的？

虞若安勉强给自己打气，开始在心里数数，想以此来转移自己的注意力。

想象总是美好的，当她数到四百的时候，双腿的酸胀终于变成了刺痛感，就像瘀血不畅，有小针一针一针刺往皮肤上的感觉。

姜言很快就发现了她的不对劲。

他拽着她的胳膊将她扶起，靠在自己的身上。

虞若安努力地想要靠自己的双腿站直，可她发现自己实在没有力气了，两条腿就像踩在棉花上一样，使不出半分的力气。

"我是不是很没用啊？"迟来的挫败感让她低下了头，说话时有气无力。

看着她低下去的脑袋，他轻轻揉了揉："不，你已经很棒了。"

她本来不需要做到这种程度，可是为了他，她不光来到了这个世界，还拼尽气力去做她不愿意做的事情。

二十分钟的扎马步最后被姜言任性地缩减为了八分钟，剩下十二分钟拿来休息，姜言还在揉捏着她的小腿肌肉，让她放松。

即便这样，当虞若安来到姜西铭指定的场地时，走路依然是飘的。

"你放水了。"姜西铭看着她的模样，看向姜言，"按照她之前的基础，如果扎完二十分钟的马步，现在一定没有办法走路。"

听到这番话，姜言的怒气也上来了。

"你知道她的基础差，还给她安排这么高强度的训练！"

"这个强度真的有那么高吗？你扪心自问一下，当初你和落落刚开始训练的时候，强度是不是至少是这之上的两倍？"

姜言抿紧了嘴唇，眸光里满是不赞同："可她毕竟不是这个世界的人，我们没必要用这种特训方式来对待她！"

兄弟俩之间的气氛剑拔弩张。

最先收敛气势的人是姜西铭。他微微后退了半步："看，你自己也知道问题所在,她不是我们世界的人。"

姜言周身的气焰顿时尽数消散。

姜言的确知道问题所在,虞若安不是这个世界的人,想要融入这个世界,就必定需要吃苦。

看着他纠结的眼神,虞若安这次倒成了安慰的角色:"你放心吧,我既然选择了跟你过来,就已经做好了心理准备。"

"可是……"可是他不想她吃那么多苦。

强身健体是好事,高强度的训练又是另一回事。

"没关系的,"她主动伸手抱住了姜言,将脑袋埋在他的胸口蹭了蹭,一套撒娇安抚动作万分熟练,"你当初来到现实世界的时候,不也做得很好吗?我或许没有你接受能力那么强,但我可以慢慢学。"

像是为了证明自己这句话,从那天起,虞若安在训练的时候再也没有叫过一声苦。

摔在地上的时候,自己拍拍沾灰的裤腿便爬起来了,姜言甚至没有听到她一句娇气的抱怨。

从扎三分钟的马步就东倒西歪,到了现在可以面不改色地扎二十分钟马步,他将她所有的进步都看在眼里。

公会有人想要跟她比试,她也干脆地应了下来。

那个人在公会里面不算厉害,两人比试了半天,她最终还是输了。

所有人都以为她有所退步,但只有姜言知道她的进步到底有多快。

"阮阮,你最近好像退步了。"

"我也这样觉得,这几天太懒惰了,我得赶紧训练,恢复到以前才行。"

虞若安甩了甩自己的手腕,其实她对自己的这次表现还比较满意。

虽然每天她都有和姜言对战练习,可每次都输给姜言,完全不知道自己进步了没有。这次和对方比试,让她清清楚楚地看到了自己的进步,如果是以前的她,可能十几秒就被人放倒了。

她心下得意,下意识地想要寻找姜言的身影,期待着对方赞许的目光。

她伸长了脖子,来回用目光搜索。

在绕了半边之后,她发现在自己的身后,男人穿着一身浅色单衣,抱着手臂斜倚在墙壁上,与她四目相对,面沉如水。

两人静静地对视了一会儿,他扒了扒自己的头发,大步上前,拉住刚刚与虞若安比试过的人:"你进步不少,和我比试一场?"

结果毫无疑问。

即便点到为止,大家依然喜闻乐见地起哄:"这也太护短了!"

天气渐渐回暖,姜言额前的刘海被汗打湿,他伸手将倒在地上的人拉起来,径直朝着虞若安走去。

所有人都以为他是去找虞若安讨要奖励,眼神异常八卦,紧紧地锁在两个人的身上。

三步、两步、一步,两人擦肩而过。

姜言身上的味道飘到虞若安的鼻间,她扬起的手在半空中划过一个尴尬的弧度。

她偏过头看着他的背影,不自觉地皱了皱鼻子,整个人有些无措。

从他的表情来看,他似乎是在生气,可到底在气什么,她没有半点思路。

她尴尬地冲大家挥了挥手,指缝间还残留着空气流过的感觉:"我先回去休息一会儿。"

虞若安窝在自己的公寓里,脑海中不停地回想着刚刚的事情,在思索自己究竟哪一点让姜言生气了。难道是因为刚刚比试的时候,自己离那个男生太近了？

她越想越觉得是这个原因，按照姜言那个醋缸的性格，这个时候整个房间里估计都是酸酸的味道。

她打定主意后，决定主动去哄哄他。

幸好两个人的房间挨得不算远，她站定在姜言的门口，开始敲门。

一连三声，没有人开门。

可她刚才明明看见他离去的方向是朝向公寓的方向。

她无奈地噘了噘嘴，开始拍门："姜言，开门。"

或许是她的动静有些大，里面的男人终于坐不住了，房门被一把拉开，他黑着脸语气冷漠："别敲了。"

他的眼神有些骇人，她下意识地后退了半步。

于是姜言的眼神变得更冷了。

她深呼吸了两遍，提醒自己：两个人大风大浪都过来了，要包容他这个醋精。

她缓缓绽开一抹灿烂的笑容，扒开那条门缝就想钻进去。

男人见她的动作，下意识想拦，可在碰到她的手腕时顿了顿，立刻收回了手。

虞若安成功溜了进来，脸上扬扬得意。不过这得意还没有持续两秒，她的手臂就被姜言抓高。

这个时候，他语气中的怒气已经完全遮掩不住了："还闹？自己的身体不知道珍惜吗？"

"啊？"

她大张着嘴巴，像是一条缺氧的金鱼，表情有些丑。

姜言看了她一眼，按着她的肩膀将她按坐在椅子上，扯过旁边的医药箱，就像和那个医药箱有仇一般，怒气冲冲地打开箱子，从里面掏出药酒和绷带："在第一招的时候，你的手腕就被扭到了地上，你在坚强什么？不是一点苦都不能吃，不是很怕痛吗？"

"我……"

她刚想反驳,她其实没有那么娇气的时候,却看到了姜言小心翼翼的动作。

他的语气很重,将药酒倒在她手腕上揉搓的动作却细致小心。随着药酒推开,手腕上的温度在不断地升高,手腕上的钝痛得以消解。

她抿紧嘴唇,终于知道姜言到底在生什么气了。

她轻声开口:"其实不是很痛。"

"你身上还有很多瘀青。"他的语气也缓和下来,带着难以忽视的自责,"我明明就不想让你受伤,可总在做伤害你的事情。"

从他出场的时候,就一直在威胁虞若安,然后她的生活就出现了翻天覆地的改变。

于她而言,他就是一个瘟神。

他将绷带一圈一圈地在她手腕上缠绕,在绕最后一圈的时候,突然开口说了一句:"我感觉你还是适合现实世界。"

虞若安下意识地将自己的手抽回,整个人都在发抖。

姜言没有预料到她的反应,绷带滚落在地,直到撞到墙壁时才停了下来。

细细的白条凌乱地散在了房间的地面上。

"你说什么?"

"回去吧。"

"我下了好大的决心才跟着你来到剧本世界,结果你现在一句轻描淡写的'回去'就让我回去?"虞若安猛地站起身,居高临下地看着还蹲在地上的男人,整个人就像一头暴怒的小兽。

"我不是这个意思。"

"那你是什么意思?"

看着他沉默下来的表情,虞若安咬紧了后槽牙,恨不得在他的身上狠狠咬上一口。

但理智阻止了她,她握紧了拳头,从姜言的房间跑了出来。

她跑了五六米,扭过头去看,他没有追出来。

虞若安与姜言正式开始冷战了。

直到冷战的那一刻起,她才知道即便身处同一个公会,不想碰见一个人的时候居然可以这么长时间遇不到对方。

她赌着气吃饭,埋着头将糖醋排骨想象成姜言来泄愤的时候,餐桌对面却传来不大不小的一声脆响。

是餐盘与桌面相碰的声音。

哼,他还是沉不住气来找她了。

虞若安心下一喜,咬排骨的力气也没那么凶狠了。她在心里不停地提示自己,不可以那么快就原谅他,于是坚持将口中的那块排骨肉咽下去才抬起头。

"知道……"

她的话还没有说完,就忍不住皱紧了眉头。

余沉笑吟吟地望向她,将自己的排骨全部倒进了她的碗里:"阮阮姐看到是我很失望?"

"没有。"她嘴上这样说着,可眼里的失望却半点也隐藏不住,将碗里的排骨重新倒回了他的碗里,"你才十九吧?多吃点还能长长个。"

"你最近和姜言吵架了?"看着她的动作,余沉的问话相当直接。

她倒排骨的动作一顿,别扭地"嗯"了一声。

她真的不知道姜言在想些什么,只是一点磕碰而已,在哪里都会遇到,即便是在现实世界里,也经常会有各种各样的意外。有人上下楼梯都可以摔成骨折,有人做菜也会划伤手指,根本不可能杜绝所有的意外。

"你要不要和我聊聊?"

虞若安刚想要开口说不,可在开口的瞬间迟疑了。

余沉看出她的心动,乘胜追击:"有一个倾诉口的话,心里应该会舒服很多吧?我愿意当阮阮姐唯一的倾诉口。"

虞若安皱了皱眉,直觉有些什么地方不太对劲,可她当时没想太多,只是犹豫地点了点头。

这种事情没有办法跟姜言说,不然两个人也就不会出现冷战的问题了,而她也能看出来姜西铭不太喜欢她。程叔每天又需要打理公会非常忙,算来算去,余沉真的是她在这个公会里面仅剩的还算比较熟悉的人。

明明都是她笔下的角色,却没有几个和她亲近的人。

想到这里,她心里的悲哀更重了。

"好啊,那等吃过午饭之后,我带阮阮姐去一个地方。"

余沉嘴角的弧度咧得更大,露出森白的小虎牙。

吃过午饭之后,虞若安跟在他的身后,却越走越觉得不对劲:"这里不是姜言的秘密基地吗?"

"哇,阮阮姐好偏心,这里有姜言专属基地的牌子吗?"

"抱歉,我不是这个意思。"

"我知道阮阮姐不是这个意思,可是我其实一直都想不明白,"他将双手背在身后,一边说一边在虞若安的身边转圈,"明明大家都是被公会收进来的孤儿,为什么偏偏只有姜言那么好的运气,可以有自己的哥哥?"

"这个……"她一瞬间就紧张起来,"其实世界上的人有很多自己的缘分,说不定你以后也可以找到自己的亲人。"

"阮阮姐先听我说完吧。"他伸出一根手指,比在自己的嘴唇上,发出"嘘"的一声,"我还一直疑惑为什么姜言的运气那么好,无论遇到什么样的困境,他的身边似乎总会有贵人相助,甚至他的手上还有一个神奇的魔方,那个魔方可以将他带往任何想去的时空。"

虞若安越听越觉得不对劲,想方设法地扯开话题,假意开玩笑道："你不是说要安慰我吗，怎么看起来比我对姜言的埋怨还要多？"

"是啊，我想要安慰阮阮姐，"他歪着脑袋笑了笑，小虎牙看起来格外的可爱，但下一秒他就猛地蹿了上来，将她的手腕捆到了一起，"可你并不是我的阮阮姐啊。"

等她反应过来的时候，余沉已经将绳子紧紧地捆上了她的手腕。她抬起腿想要后踢，被他迅速避开。

余沉的年纪在公会中偏小，但实力仅次于姜言。

在双手没被捆住之前，虞若安都不可能是他的对手，更何况双手已经被紧缚身后。

"也不对，我所喜欢的阮阮姐说不定根本都不存在。"余沉将她和一根柱子紧紧地拴在一起，摸着自己的下巴，一副认真思考的模样，"毕竟她只是一个你创造出来的角色而已。"

那一瞬间，她的呼吸都停止了。

余沉能说出这一番话，肯定不是心血来潮，而是已经知道了这个秘密。

那么是谁将这番话告诉余沉的？

知道这个秘密的人只有她和姜言，以及姜西铭。

"其实我早就觉得有些不对劲了。上次你受伤住院时将一张纸藏在了枕头下面，我从垃圾桶里面找出来，将它们拼凑在一起，发现那是一段故事，只不过故事情节非常像我们身边所发生的事情。后来有一天，我终于忍不住去问了阮阮姐——真正的阮阮姐，她的脑海中却没有这一段回忆，我当时就觉得有些不太对劲。"

虞若安脑海中的猜想被推翻，原来早在那个时候，余沉就已经心中存疑了。

"不过我还是要感谢你们在走廊外边的谈话，如果不是你喝醉酒在走廊里讲出那番话，我可能一辈子也想不到，原来我、姜言、阮阮姐……包括这整个世界，都是你一手创造出来的。"

这个孽居然还是自己造的。

她心中流泪，表面上却强装镇定："那你想怎么样？"

"我当然是找姜言好好聊一聊了。"他捏着自己的手指，"姜言现在应该已经在来的路上了吧。"

"你找他干什么？"

"你这话问得，"余沉轻笑了一声，"我找他自然是要魔方，然后前往那个真正的世界。"

别有用心之人，出现了。

虞若安和姜言死守着这个秘密，就是不希望被有心之人利用，可偏偏千防万防，还是没有防住这个看起来人畜无害的少年。

其实在创造这个角色的时候，她就将角色设定为病娇、腹黑，但她没想到的是，当自己与他相处的时候，还是会不自觉地放下心防。

她根本不敢想象，如果余沉前往了现实世界，究竟会做些什么。

安安分分地生活？按照余沉的性格，根本不可能安分生活，他一定会利用魔方在两个世界不断地为自己索取福利，而这样的索取迟早有一天会造成两个世界的混乱。

没允许她想一会儿，姜言就赶了过来。

他面色阴沉，看起来随时就会抓两个人胖揍一顿。

他这样的脸色虞若安并不陌生，初见面时他就是这样骇人的表情，只不过现在比那时更恐怖一点。

她一点也不怕，一点也……不，她还是害怕的。

她的心里总有一种莫名的心虚，觉得自己做错了什么事情。

"哇，你干什么摆出这么恐怖的表情？"余沉夸张地拍了拍自己的胸脯。

姜言瞥了他一眼，理都没理他，径直走到虞若安的面前："冷战好玩？"

现在什么脾气都没有的虞若安摇了摇头。

"随便就跟着陌生人出走好玩？"

虞若安："……"

虞若安很想要反驳余沉并不算是陌生人，可看着姜言的脸色，她还是乖乖地再次摇头。

见两个人旁若无人地互动，余沉终于不爽了。他扯着虞若安手腕上的绳子紧了紧，本来腕间的伤就没有好全，这种紧缚感让她不自觉地皱了皱眉。

她一皱眉，姜言就紧张起来："你是不是没有好好擦药？"

"虚情假意。"余沉冷笑了一声，挡在两人之间，"魔方带了吗？"

"带了。"

虞若安顾不上现在还受制于人，叫道："别把魔方给他！他知道了魔方的秘密，现在想要去现实世界。"

其实当姜言看到房间里的字条时，就已经猜到余沉知道了实情。他们俩虽然一直不对盘，但姜言其实一直很看好余沉，想着他年龄小，性格方面可以以后再让他改，可江山易改，本性实在难移。

余沉一把捂住了虞若安的嘴，眸光里满是贪婪，原本单纯的面貌狰狞又扭曲："你将魔方给我，我就把她还你，不然的话，我不介意让她就此消失。就是不知道当这个世界的创造者死去的时候，这个世界还能不能存在。"

虞若安的嘴巴被他捂住，只能"唔"个不停，半天也说不出话。

姜言将视线从她身上挪开，看向余沉，眯了眯眼睛："如果这个世界真的不复存在了呢？"

"那也没有关系，反正我本来就不是一个真正的人，一举一动都是别人笔下的词句，跟提线木偶没什么两样。"说到后来，余沉的语气逐渐激动起来，"我要当一个有血有肉的人！没有任何人能主宰我！"

余沉平复了一下自己的心情,重新露出笑意:"你不是很喜欢她吗?那么将魔方给我,我把她还给你,对你来说应该是一笔合算的交易。"

"好,我把魔方给你。"姜言没有丝毫犹豫,冲着虞若安的方向扬了扬下巴,"但是你不能伤害她一分一毫。"

"放心,到时候我前往了那个世界,你想和她怎么恩爱都随你。"

听见他们两个人的聊天,虞若安挣扎的幅度更大了。她尽自己最大的可能摇着头,想要阻止姜言。

可是没有人理会。

姜言几乎没有丝毫犹豫就将魔方扔给了他。

在看到魔方的那一刻,余沉脸上一喜。

他迅速地转动着魔方,可是不管他怎么转动,他仍旧留在原地。

见姜言将手探向虞若安的方向,余沉反应极快地将一只手扣在了她的脖子上,下手很重。没一会儿,她就感受到了窒息的感觉。

"九阶魔方认主。"余沉的声音充满了警惕,将魔方重新抛还给他,"你来转。"

"我转没有问题,你稍微松一松手,她已经快喘不过来气了。"

"少废话!我就这个力道,你什么时候转动魔方带着我前往那个世界,我就什么时候松手!"

看着虞若安挣扎的动作,姜言快速转动魔方,一只手拎住了余沉的衣领。

三个人前往现实世界。

余沉看着窗外的霓虹灯,讷讷地松开了禁锢虞若安的手。

他笑着在虞若安的房间内来回打转,将桌上的草稿拿起来,认真地看了两行,略带兴奋地看向虞若安:"你就是在这里创作了我们?"

她好不容易呼吸到新鲜的空气,捂着自己的脖子,不停咳嗽:"也不全是,我……喀喀,我有时候也会去其他地方写。"

即便提出了这个问题，可余沉看起来好像对这个问题毫不感兴趣。

他耸了耸肩，将那沓稿纸往后一扔。

没有装订的纸页在他身后洋洋洒洒，漫天飞舞。

他歪着脑袋站在那里，笑容单纯："管他呢，反正这些都跟我已经没有关系了。"

余沉开心得就像一个孩子。

虽然很多东西在剧本世界里有，可他就像什么东西都是第一次看到那样新奇，一台电视机被他开开关关好几遍，始终都不腻。

姜言一直站在虞若安的旁边，关切着她的状况："怎么样？还好吗？"

在余沉松开手之后，她就好多了，只是现在不是说这些的时候。

她的手紧紧地攥着他的胳膊，冲他使着眼色——绝对不能将余沉带过来！

姜言拍着她的后背帮她顺气，就像没有接收到她的信号一般。

他默不吭声就算了，还拒绝接收她递过来的信号。

虞若安急了，捏着他胳膊的手越收越紧。

当她忍不住想要开口的时候，姜言拍了拍她的手背，示意她少安毋躁。

"放心。"

说来也奇怪，只是简简单单两个字，就诡异地让她原本还急躁的内心平静下来。

她仔细地回想了一下从见到她之后姜言的反应，沉稳少言，好像余沉所有的举止都在他的预料之内。

难道现在只是缓兵之计？这样一想，虞若安就彻底放心了下来。

单纯论武力值的话，余沉的确不是姜言的对手，即便是现在姜言将他带了过来，但她相信姜言依然有办法将他带回去。

"抬头。"

又是两个字,虞若安纳闷地仰起头,想看看他是不是还在生他的气。

可当她抬起头的时候,猝不及防地撞进了一对深沉的眼眸中。

他的目光仔细地打量着她的眉眼、鼻梁、嘴唇,寸寸往下,极富神情,就像临走的人要将心中所挂念之人谨记在心中那样。

她被心中这个突然出现的设想吓了一大跳,扯了扯嘴角:"你干什么这个表情,怪吓人的。"

姜言拍了拍她的脑袋,眼神却骤然一凛,猛地向余沉那边蹿去。

虞若安能想到的事情,余沉又怎么会想不到?所以他佯装兴奋,想要他们放松警惕,然后尽快逃离。

可他没想到的是,姜言刚刚明明还在和虞若安你侬我侬,居然还能同时兼顾他的行动。

他暗叫一声不好,低下身子就想跳窗逃离,可他的动作到底没有姜言迅猛。

在他刚刚钻出窗户的那一瞬间,衣领就被姜言捏住,随后他看见姜言拧动了魔方。

在姜言的身后,慢了半拍的虞若安跑过来想要抓住姜言的衣角。

可她的动作还是慢了一步,她的手所挥去的方向,仅触及一片空气。

姜言带着余沉回到剧本世界,却没带上她。

她说不上来现在是什么心情,摔坐在地,一瞬间有些愣怔,脑海中涌上了许许多多的片段。

有的是姜言对着姜西铭争吵,说她本来就不是那个世界的人;有的是姜言捏着她的手腕,问她愿不愿意回去;还有一个最为清晰的片段——在"抬头"二字之后,他擦过她的身体,留下了最后两个字:"保重。"

将她一个人留在现实世界,这或许是姜言深思熟虑之后的结果。

第十五章

他愿用尽所有力气,来拥抱她

虞若安:出来喝酒啊。

顾以南:不是吧,又去喝酒?

虞若安:你来吗?

顾以南:姐姐,你知道你这段时间已经喝了多少次酒吗?我还有工作啊。

虞若安:抱歉抱歉,我忘记了。

她抿着嘴唇发完短信,将手机揣进口袋里,就准备去喝酒。

虞若安回到现实世界已经有一段时间了,在这段时间里,冬去春来,她身上厚重的棉服已经全部换成了单衫。

虞若安在最初的一段时间内,始终在心里隐隐期待,期待着姜言只不过是带余沉回到剧本世界,等他安排好余沉之后,就会来到现实世界与她团聚。

可她在家中待了整整一周,始终没有等来姜言。

她将手背在身后,仰着头看向天空。

月明星稀,那一轮明月所泛起的微光让她忍不住回想起两人一起看蓝血月时的场景。

那个时候他附在她的耳边,眼中满是情意:"我面前之人,一百三十八亿年才出现了一个她。"

当这句话荡在脑海中的时候,她终于忍不住嗤笑了一声,她没有发觉这声嗤笑的语气像极了一个人:"一百三十八亿年才遇到一个我,可他在街上遇到的每一个人都是一百三十八亿年才能遇见的。"

她嘴巴里面嘟嘟囔囔,朝着小区楼下的清吧走去。

那里现在已经变成了她的常驻据点,老板已经都认识她了。

她第一次来这边的时候,还是顾以南来找她,那个时候是她宅在家里面的第十天。

当顾以南敲响房门的时候,她几乎是从地上一跃而起,满怀欣喜地前去开门,可一旦有了希望,失望便会成百上千地砸下来。

"是你。"

当她讷讷地退开半步的时候,顾以南倒是十分直接:"你和姜言到底是怎么回事?"

"我也想问这个问题。"

"你们吵架了?"

"没……"话说到一半,她犹豫地停住,"算冷战吧。"

"就因为冷战,所以他将你一个人扔回了现实世界?"

不是这个原因。

虞若安动了动唇,却发现自己已经没有了解释的力气,或者说在拉开门看到门外之人不是姜言时,她周身的力气便已经被全部抽空。

看着她有气无力的样子,顾以南恨铁不成钢,一把拽过她的手腕就将她往门外拖:"你总不能一辈子不出门吧?"

"我不出去!"对于出门这件事情,她相当排斥,"万一他回来的时候我不在家怎么办？"

"你醒醒吧！他如果会回来，早就来找你了！"顾以南气得将一双桃花眼翻到只剩眼白，"你知道我前几天碰到了谁吗？"

"谁？"

"蒋琰，他跟我说他已经回到现实世界好几天了，不然你以为我为什么会知道你回到了现实世界？"他使了力气，终于将她成功拽出门外，"一醉解千愁，我带你去喝酒！"

虞若安原本不想出去，可当她听到喝酒能解愁的时候，还是心动了。

这一心动，她就被顾以南带到了这家酒吧，之后也便成了这家酒吧的常客。

估计顾以南在那之后无比后悔，当初带她去哪儿不好，为什么偏偏要来酒吧。

她找了个角落里的位置坐下，一杯三层艳丽的饮品放在了她的面前，她一饮而尽。

老板无奈地叹了一口气："你真不识货，我这刚调好的酒就这样被你糟蹋了。"

虞若安抿了抿唇："再来一杯吧。"

她每次来都这样，老板已经习惯了，摇了摇头："你酒量不好就不要这样喝酒。"

她盯着面前的空酒杯，就像没有听见一样。

老板耸了耸肩，去调酒了，她轻轻晃了晃面前的玻璃杯，听着未融化的冰块在里面碰撞的脆响。

胃部有一种火辣辣的烧灼感，这种感觉逐渐上涌，溢到喉管，漫进脑部，让她觉得有些不真实，舒服地喟叹一声。

只有当她出现这种不真实感的时候，才能麻痹自己。姜言现在还没有回来，只是因为她还在梦境中。

等梦醒了，他也就回来了。

她耐心地看着酒杯中的冰块渐渐融了下去，面前的光线突然暗了下去。

一个高大的身影挡住了光。

在他的身后，米色藤蔓细细密密地包裹着暖色的光，模糊了来人的轮廓。

虞若安的视线一瞬间有些迷离，她讷讷开口："姜言。"

"你认错人了。"

当来人坐下的那一刻，她眼中的希冀渐渐黯淡下去："是你。"

说来也很搞笑，当初她将姜言错认成蒋琰，现今她将蒋琰错认成姜言。

"顾以南有工作走不开，他让我过来看着你。"

虞若安不自在地偏过视线："抱歉。"

"你道什么歉？"

"因为我们，让你和阮落落现在也不得不分开。"

她和姜言一直在原地徘徊，可他们每做一个决定，都会影响到蒋琰和阮落落的生活。从这方面来看，他们俩真的都很自私。

"你不必道歉。"蒋琰看了一眼老板送过来的酒，笑着拒绝，并且体贴地换成热牛奶递到虞若安的面前，"我真的从一开始就很感激你，如果没有这样一场意外，我可能到现在都没有遇见自己想要携手一生的人。"

携手一生，真是令人无比心动的四个字。

"可是……"她的嗓子沙哑，"你不觉得这样的日子很痛苦吗？"

先是最初的忐忑，仿佛每个决定下都是万丈深渊，再就是长久的怀疑，怀疑自己有没有做错，对方有没有做错，直到现在两人不再见面。似乎他们这段恋情从一开始便是一个错误。

"你现在的心情，就是我之前的感受。"蒋琰冲她微微笑着。

明明她离开了姜言多久，他就离开了阮落落多久，可她从来没有见过他情绪起伏剧烈的时候。

她口口声声说自己暗恋了他多年，直到今天才发现，原来她从来没有真正地了解过他，她所喜欢的不过是那个始终彬彬有礼的蒋琰。

她垂下眼睑，不断地用吸管搅动着那杯牛奶，看着里面乳白色的液体在不停地旋转，她开口："这种滋味并不好受吧？"

"的确不好受，因为彼此都以为自己在做对另一方好的事情。"

虞若安一直在搅动牛奶的手停了下来，抬起头看向蒋琰。

他嘴角边的温和笑意还在，眸光却变得有些不太认同，透过她就像在看另外一个人："你想要听一个故事吗？"

她迟疑地点了点头。

"我第一次前往剧本世界的时候，是从聚会回家的路上，我还记得你冒冒失失地开口说有男朋友。我明知道你在逞强，可却没有出来为你打圆场，真的很抱歉。"

虞若安摆了摆手，表示已经不在意了。

那一天也是她突然想要有一个男朋友。恐怕就是那个时候，姜言与蒋琰两个人进入了彼此的时空里。

算起来，她与蒋琰也算是彼此伤害的典范了。

"你知道我这个人一向是无神论者，当我进入剧本世界的时候，对周围的一切都很抵触，更不愿意与周围人的亲近，那个时候是阮阮主动接近了我。"

"不过当她刚刚向我打招呼的时候，我就重新回到了现实中。在书店里面，我看到了有关你剧本的同名小说，对那个世界了解了一个大概。"

"阮阮是一个很热情主动的女生，我每次前往剧本世界的时候，她都会笑意盈盈地冲我打招呼，对我说'你又来了'。"

"她很开朗也很聪明，一眼就分辨出我与姜言的不同。我们彼此相互动心,心中却始终纠结于彼此所处的世界不同。她问我什么时候会一直留在这里,我没有办法给她一个确定的答复。"

"那后来呢?"虞若安主动开口询问。

听到她开口,蒋琰嘴角的笑意扩大了几分:"你是不是觉得有些像你们现在这样的情况?"

她颔首默认。

"后来我就开始主动避着她,不去回复她的心意,想要让时间冷却一切,因为我知道我们只是两条相错的直线,仅仅是短暂相遇,而后再无交集。既然是这样,那我不如一开始就及时止损,在两人的感情还没那么深刻的时候远离她,让她以后回想起来的时候,没有那么难受。她也明白这个道理,同时避开了我,想要让我能够轻松地回到现实世界中。"

"可是那段时间,我们就是在打着为彼此好的旗帜下互相进行着折磨。"

虞若安缓缓握紧了拳头:"这样有什么不对吗?"

蒋琰摇了摇头:"你选择进入剧本世界,表面上是将责任自己扛,实际上是把压力推到了姜言身上。换一个新的生活环境,他宁愿自己承受这份痛苦,也肯定不希望你来品尝。"

"如果是这样,他可以告诉我。"

"他怎么告诉你?因为他知道你不愿意连累他人。如果是我前往剧本世界的话,在现实生活里的工作可能就保不住了。在这件事情上,我还是要感谢你。"顿了顿,他继续说道,"所以他只能想尽办法将责任全部扛在自己的肩上,比如会更加保护你,你但凡遇到了一丁点挫折,他都会认为是自己没有保护好你。"

"我不知道。"

她不知道自己当初看似舍己为人的行为,竟然给姜言带来了那么大的困扰。

"姜言也是一样,他以为将你送回到现实世界,就是将你的生活拉回了正轨。你们俩都在做着以为对别人好的事情,其实不过是为了图一个心安。"

虞若安呆呆地坐在座位上,下意识地想要反驳他,却发现不能反驳。

因为蒋琰的一字一句,皆是实话。

"你记得多爱自己一点,将自己的诉求告诉对方。只有越爱自己,你才能越爱对方。"

虞若安动了动唇,恍惚了半晌,才终于找回自己的思绪:"你今天说话怎么这么犀利?这可不像你的风格。"

"受人所托。"他耸了耸肩,起身埋单,在离开店门前给她留下了最后一句话,"你知道我最近一次前往剧本世界是在什么时候吗?"

不知道他为什么会突然这样问,她一瞬间有些茫然:"什么时候?"

"昨天晚上。"

木门吱呀合上,仅留下虞若安一个人坐在座位上,半晌没有回神。

蒋琰昨天前往了剧本世界,这就代表着姜言回到了现实世界中。

当虞若安反应过来的时候,已经没心思一个人喝闷酒了。她快速地冲往家中,想要看看是否有姜言来过的痕迹。

她一把拉开家门,里面静得可怕。

虽然已经过了两天,可她还是不断地搜寻着他可能存在过的痕迹。

在蒋琰没告诉她之前,她从来没有关注过身旁的动静,可在知道之后,她就忍不住将视线定格在桌面、沙发还有床边。

桌面上凌乱的书页像是他翻动过的痕迹,沙发上散乱的抱枕像是他出现过的证据，床边的皱褶像是他停留的记号。每一处地方，都像是他回来的信号。

　　她不禁开始想象，他深夜前来，小心翼翼地触碰着那些抱枕，翻看着那些书页，眼中流露出复杂又怀念的神情，最终停留在她的床边，蹑手蹑脚地蹲了下去，一直到天亮才离去。

　　这样的画面让虞若安的鼻间有些酸涩。

　　她伸手快速地抹过自己的眼角，去浴室冲了个澡，爬上床睡觉。仿佛只要她躺下睡着，姜言就会重新出现一般。

　　她将自己埋进被窝中，闭着眼睛想要时间快点流逝。

　　时间似乎已经过去了很久，身旁却依然没什么动静。虞若安终于忍不住探过身子，将床头柜上的手机捞起，按亮屏幕，才过去五分钟。

　　她明明感觉像过去了一个世纪，怎么偏偏才过去五分钟。

　　她不死心，找来了家里所有的钟表，一一看过去，才不得不承认她的手机没坏。

　　她重新闭上眼睛，苦笑着重新躺了回去。

　　她静静地躺了一会儿，又忍不住去看时间。

　　反反复复好多次，时间终于艰难地过了半个小时。

　　她每一次都抱着极大的期望，可每一次都是失望。她拍了拍自己的脑袋，对着空气说道："蒋琰只是说他昨天回来过，又没有人保证他今天也会来。"

　　她的声音很细很轻，消散在静谧的夜晚。

　　枕头好像不知何时沾染上了几分湿润，可没有人知道，就连虞若安自己都不清楚。

　　如果没有人心疼，眼泪似乎便成了毫无用处的东西。

　　在这种极端的希望与失望中，她迷迷糊糊地睡了过去。

　　可即便是在梦境中，她的情绪依然不太安稳。

　　梦境中，似乎有人固执地帮她抚平她蹙起的眉宇，一遍又一遍。

她本来睡得就不沉，在来人第二遍帮她抚平皱痕的时候，她便清醒了过来。

　　她的心跳开始变得剧烈，竭尽全力才让自己没有睁开眼睛，配合着来人的动作。

　　见她的眉间舒缓开来，那个人便收回了手，只不过依旧没有离去。她细数着对方的呼吸声，觉得自己的内心渐渐地平静下来。

　　不知道过了多久，许是时间到了，她听见一道衣服摩擦过的声响。

　　她来不及细想，猛地睁开眼睛，一把扣住了他的手腕。

　　就像滔天的巨浪涌来，淹没了石柱神庙，所有的声音归为一声叹息，她听见自己说道："既然你来找我，为什么不敢见我？"

　　姜言似乎没有想到她会从睡梦中醒来，一瞬间脸上变幻出了无数种表情，最后别别扭扭地开口："我是不是吵到你了？"

　　虞若安："……"

　　"我下次过来的时候，会注意轻点。"

　　刚刚什么旖旎的气氛全部消失了，虞若安觉得自己被气笑了。可姜言却掏出自己的口袋，准备转动魔方离去。

　　她知道自己在武力上没有办法阻止对方，咬了咬自己的后槽牙，恨恨开口："你如果今天走了，我明天就搬家，搬到一个你从此以后再也找不到的地方！"

　　她这番话倒是很有威胁力，成功地拦住了姜言离去的步伐。

　　他犹豫了半响，毫无威慑力地威胁："你敢！"

　　"你都敢将我一个人留在这里，我凭什么不能将你留下？"

　　面对突然伶牙俐齿的虞若安，姜言有一瞬间的语塞。在这件事情上他是理亏的。

　　两个人对视了一会儿，理亏的姜言"啧"了一声，心虚地将她的眼睛捂上。

虞若安即便被捂住眼睛,也丝毫没有停下来的意思,反而拽着对方的手腕往眼睛上压了压:"你知道我这段时间是怎么过来的吗?"

他的掌心一片湿润,她真的是说哭就哭。

即便看过她哭过很多次,可姜言始终没有办法平静地面对她的哭泣。他手忙脚乱地想要找纸巾给她擦眼泪,又不敢挪开手。

他维持着这样僵硬的姿势,只能瓮声瓮气地开口:"对不起。"

"我每天都在这里等你回来。我曾经对"度日如年"这个词嗤之以鼻,可它这几日就真实地发生在我的身上。门外一出现脚步声,我就以为是你,可每次跳起来去开门,发现都是隔壁或者对面的人。你知道这个时候我在想些什么吗?"

她的每一声谴责,让姜言的心里都是针扎一般疼痛。

当他做出那个决定时,也曾在心里想过她是否会难受,但他不断地欺骗自己,谁还没有过失恋的经历?让她的生活从此回到正轨才是最重要的事情。

谎话说得多了,也便成了真。他在心里一遍又一遍地告诫自己,便也渐渐相信自己的决策没有任何问题。

可就在他以最快的速度处理好了余沉的事情后,他每天做得最多的事情便是去找阮落落。

他靠着和阮落落聊天来想象当初在现实世界里生活的模样,仿佛这样虞若安还在他的身边。

姜言可以找出一百个理由说服自己,这是对虞若安好,可他却找不到一个理由来说服自己,他不想念她。

同样饱受着相思之苦的人还有阮落落。

没有了剧本的约束,她也不用每天对着姜言说一些莫名其妙的情话,此刻看见这个亲手拆散了她与男朋友幸福时光的男人,更是怎么看怎么恨得牙痒痒:"你怎么这么自私?"

"胡说。"

"你光认为你自己想她,可你又怎么知道她不会以同样的方式想你?"

"就算是这样,时光也会让她淡忘一切,让她回到正轨上生活才是最正确的决定。"

"你如果真的这样认为,我也无话可说。我只有一句话问你,过去了这么久,你停止过想她吗?"

这一席话让姜言瞬间语塞。

他怎么可能不想她?有时半夜睡醒,他都会下意识地起身直走、右转——那是他住在她家时的场景。

她看起来瘦瘦小小的,可一旦睡着便仿佛得了多动症。明明睡前已经掖好的被子总能被她一脚踹到床下,偏偏她的体质又不算太好,每次一着凉就必定感冒。

于是不知道什么时候起,他就养成了起夜的习惯,半夜醒来第一件事就是到她的房间里,帮她重新盖好被子。

在阮落落的鼓动下,姜言下意识地开始幻想虞若安一个人在现实世界里的场景。

她可能会窝在墙角里,悄悄地一个人鼓着腮帮子哭;

她可能会没日没夜地工作,以此来分散自己的注意力;

她也有可能渐渐忘了他,已经展开了新的旅程。

……

无论是哪一种,他都无法忍受。

反复挣扎了许久,姜言终于在晚上拧动了魔方。他告诫自己就看一眼,可那一眼便看到了天明。

虞若安就好似一朵罂粟,当他沾染上的时候,便没有办法停下。其实他已经偷偷来了好多次,每次他都告诫自己这是最后一次,可隔天又会出现在同样的地方。

一夜的时间很短,晨曦的光亮透过窗帘斜斜地打进房间中。

姜言坐在虞若安的旁边，陷入了两难的境地。

理智告诉他，应该尽快离开这里，可他没有办法挪动自己的身子。

虞若安的眼泪就像不要钱一样，哗哗哗地流了好久，到了后来，她的眼睛已经开始酸涩了，但还是觉得自己委屈。

她抽了抽鼻子，万般嫌弃地甩开那只沾满了她鼻涕眼泪的手掌："纸巾。"

姜言忙不迭地抽过纸巾，递到她的面前。

兔子急了也会咬人，很明显虞若安现在就是那只急疯了的兔子。

"蒋琰之前找过我……"

她的话还没有说完，就被姜言打断："什么！他来找你干什么？"

"你能去找阮落落，他就不能来找我？"

姜言的气焰瞬间就低了下去。

她气哼哼地白了姜言一眼，继续开口："他来找我说，我们俩都太过自负，总想着自己来解决一切烦恼。可两个人在一起，最重要的事情本来就应该是站在一起，共同解决问题。"

虽然不服气，但姜言不得不承认这番话很对。

"我当初决定去剧本世界也是我的不对，"她软了语气，"所以以后我们遇到事情能不能一起来商讨？"

面对这句提问，他觉得自己如果说出一个"不"字，简直就不是人。

"哪怕你以后只能晚上来也没关系，我可以改成白天睡觉，或者与蒋琰商量一下，看他什么时候有空。"虞若安絮絮叨叨地，将姿态放到很低，"只要能几天看见你一次，我就很满足了。"

听到这里，姜言终于忍不下去了："或许有一种让我们都能留在这里的方法。"

"你是说让蒋琰回到剧本世界？"

姜言摇了摇头："另一种方法。"

她疑惑地看着他："什么方法？"

"在魔方拧动的一瞬间，将魔方毁坏。"

也就是说，在四个人交换时空的那一刻，将两个世界所连接的通道毁坏。

"这样真的可以让四个人都留在现实世界吗？"虞若安一瞬间激动起来，"那我们现在就开始吧。"

"可这样还有一个问题，"他的眼睛里充满了犹豫，"将魔方毁坏的最佳可能性是四个人都留在现实世界，同时也存在着最差的一个可能性，就是四个人都被困在时空隧道中，再也出不来。"

从此无论是剧本世界，还是现实世界，都再也没有他们的身影。

毫无疑问，这是一场豪赌。

虞若安的欣喜散去了。

"这一次不是你做决定，也不是我做决定，我们一起商议吧。"

姜言的提议让虞若安忍不住心动，虽然她承认有风险，可她总是会想到成功之后的场景。

她来回纠结了半天，开口问道："你愿意吗？"

"如果只有我自己冒险的话，我愿意。"他回答得毫不犹豫，"可这次需要我们一起冒险。"

姜言的回答，和虞若安心中想的一模一样。

她咬了咬牙，纠结了五分钟后，终于做出决定："我想尝试一次。"

"这件事情先不急，我们有很长的时间去考虑。"姜言在她的额头上落下一吻，没有立刻答应，"我本来不想告诉你这件事情的，毕竟我们谁也不知道结局。"

对于她的回答，他一点也不意外。

仿佛在提出这个问题之前，他就已经知道了她的答案。

在遇见他以前，她无论做什么事情都很怂，可唯独在和他的感情当中，她从来没有退缩过半点。

她将自己全部的勇气，都砸在了与他的感情上。

虞若安还想再说些什么，但被姜言阻止了："你再慎重地考虑考虑，就像你说的，不仅是为了我，也为了你自己。"

天光大亮，姜言走了。

不过这一次，她的心情轻松了不止一点。

与毫无边界的等待不同，至少这次她的心中有了希望。

在解决完工作上的琐事后，虞若安找到了蒋琰，显然他昨晚也在阮落落那边听到了同样的方法。

原本她以为按照他冷静的性格，应该会和姜言一样犹豫，不过没想到的是，他立刻就表达了同意的意愿。

"我很惊讶，按照你的性格，居然会做出这样的选择。"蒋琰浅笑着说道。

"我也很惊讶。"

两个人相视一笑。

"你的剧本已经写完了，谁也不知道姜言的魔方还能存在多久的效力，万一哪天它再没有办法再打开两个世界的通道了呢？"他冷静客观地分析，"比起这样子的提心吊胆，我宁愿快刀斩乱麻。"

是啊！虞若安在心里轻声回答。

当天晚上，虞若安将自己和蒋琰的决定告知姜言，不过姜言和阮落落还在犹豫中。

他们担心的理由一样，害怕恋人冒险。

"姜言，"虞若安的脸埋在他的怀中，语气很严肃，"在我看来，我没有拿自己冒险。"

他用手梳着她的长发，看着发丝不断地滑过自己的掌心："那在你看来，这是什么？"

"这是在走向我最终想要的结局。"她仰起头,眸光里满是坚定,"我信任你,如果没有把握的事情,绝不会告诉我。"

姜言将她紧紧地揽进自己的怀中,嗤笑了一声:"有的时候,我都不知道该说你笨,还是该夸你聪明。"

"我猜对了?"

"我有百分之九十的把握。可是,"他话锋一转,语气认真,"我连百分之一的危险都不想让你遇见。"

虽然早就猜到是这个理由,可虞若安还是忍不住心口一甜。

"你快点做决定!"

"让我再犹豫一会儿。"

怀中温香软玉,他完全不想动弹。

虞若安悄悄翻了一个巨大的白眼,开始自己动手,丰衣足食。

姜言任由她将魔方拿到自己的手中,语气有些懒洋洋的:"你应该知道魔方认主这件事情吧?你自己是没有办法拧动的。"

"我知道我知道,只有你这个男主才可以做到,就算我是作者也不行。"她坐起来,"不过这样就没有问题了。"

她握着姜言的手,做了一个拧的动作。

姜言挑了挑眉,大有一副你试试看的架势。

两个人对视了一会儿,最终还是虞若安败下阵来,她微微移开视线:"你是不是没有办法毁坏魔方?"

"激将法。"

她表情委屈:"那你是不是不想跟我一起生活?"

"还是激将法。"

"你如果不想跟我一起生活的话,就不要再给我希望了。"说完最后一句话的时候,虞若安的眼眶已经红了。

姜言就是看不得她这副模样,当即就慌了神。

他无奈地扒了扒自己的头发,开口:"这件事阮落落也还在犹豫，毕竟是四个人的事情。要不然，等她做了决定之后我再考虑？"

"放心吧。"虞若安一瞬间就恢复了原来的表情，她吧唧一口亲在他的侧脸上，"蒋琰现在应该已经成功说服阮阮了。"

"所以你们这是在联合设计我？"

"才没有。"她将自己的脑袋晃动得像一个拨浪鼓，"我既然选择相信你，你可不可以也相信我一次？"

姜言的眸光微动。

"请你相信我对你的信任。"

他闭了闭眼，嘴角边扬起一抹无奈的笑容："好，我信你。"

他抓着虞若安的后领往自己这边贴近了一些，接过她递来的魔方，屏气凝神，开始转动。

熟悉的眩晕感袭来，好久没有前往剧本世界，虞若安一瞬间有些不适应。

她努力地睁大了自己的眼睛，看见周围的世界在不停地旋转，隐隐约约地，她似乎也察觉到了蒋琰和阮落落的身影。

她的心跳逐渐加剧，往姜言的肩膀上靠去。

当她的头刚刚枕上男人的肩膀时，旋转停止了。

她的面前还是现实里的场景，姜言也还在她的身边。

喜悦冲出了喉咙，虞若安一跃而起："我们成功了？"

"没有。"

虞若安：？

"你往我身上靠的时候，我下意识将转动到一半的魔方恢复成原状了。"

虞若安："……"

她空欢喜一场，现在觉得身心疲惫。

"要再试一次吗？"

她虚弱地点点头。

这一次，她很注意，即便晕眩感袭来的时候，也只是紧紧地攥住了姜言的衣角，没再乱动，可周围世界的旋转依旧停止了。

她眨了眨眼睛，每次从梦境掉落到现实的感觉让她说不出来的疲乏："算了算了，今天的勇气用尽，明天再战吧。"

"不……"姜言迟疑地开口。

"什么？"

他没有说话，摊开掌心，魔方在他的手上已经碎裂成了两半。

魔方被毁，他们不在剧本世界中，也没有被困虚无。

夜色中的光影交错，她摊开手掌，于瓷砖上投射出一片阴影。

有温度、会晃动，每一件物品的摆放都与他们记忆深处的景象重叠。

虞若安拉开窗户往外看了看，小区内绿化的枝叶随风晃动，那歪七扭八的犀利造型的确独一无二。

姜言站在她的身后，下巴抵在她的脑袋上朝外望去："我们好像成功了。"

"嗯。"

或许是之前的情绪已经用尽，虞若安始终觉得心脏还没有落地。

姜言缩回脖子，主动掏出虞若安的手机，给蒋琰也打了一个电话。

铃声响了好久，他的表情在一点点变得严肃，终于电话被人接起："喂？"

蒋琰的声音不同于以往的沉稳，甚至还带着一丝颤抖："我们回到现实世界了。"

当听到这句话的时候，姜言心中的最后一颗大石才算终于落回了地面。

他看向一旁的虞若安，她似乎还在呆愣中，似乎怎么也没反应过来会这么顺利。

"回来了？"她问。

"嗯。"

"都回来了？"

"全部回来了。"

巨大的喜悦慢慢传至四肢百骸，她猛地扑向姜言，泣不成声。

而男人也一把接住了她，弯下腰，将整张脸埋在了虞若安的肩膀上。

他也会害怕。

可是他信任虞若安对自己的信任，更不想让她对自己失望。

他愿用尽所有力气，来靠近她、拥抱她。

番外一

姜言留在了现实世界里。

可即便是这样,午夜梦回时,她还是会被梦境中的分离惊醒,而后跑到姜言的房间里,看着被子下面那隆起的一团才重新安下心来。

她蹲在姜言的床边,细数着男人长长的眼睫毛,慌乱感慢慢地消散。

偷窥自家男朋友睡颜这件事情,听起来虽然变态,但一想到姜言之前也做过差不多的事情,她顿时觉得相当坦然。

她伸出手指,在距离他面容两厘米的上空停住。她一遍遍地描绘着他的轮廓,内心满是骄傲。

这种骄傲有点像是妈妈看儿子的心情。

"你在做什么?"她沉浸在自己的情绪当中,没发现姜言已经睁开了眼睛,甚至抱着被子微微嫌弃地往后挪了挪,"这眼神是怎么回事?好恶心。"

虞若安："……"

好恶心？她大半夜不睡觉做出这种暖心的举动，他没有亲亲抱抱举高高就算了，还嫌她恶心？

身为姜言的女朋友，虞若安觉得自己已经完全抛弃了之前该尿就尿的人生信条，于是她咬了咬后槽牙："你知道我为什么会蹲在这儿吗？"

此刻她蹲在床沿边，身上穿着毛茸茸的睡衣，看起来小小一只，虽然满脸怒容，但姜言依旧觉得她有点可爱。

于是，他摸了摸自己的鼻子，将她一把捞进被窝里面，双手双脚地缠了上去："怕我跑了？"

"我眼睁睁地看着你在我面前消失！"那段时间以来，未完全宣泄的委屈、无助一起涌了上来。她明知道自己现在这样有些无理取闹，可她忍不住了。

她越想越委屈，拍开了姜言的手，气呼呼地回到了自己的房间里。

第二日醒来，虞若安想了想，还是给蒋琰打了一个电话："你现在有时间吗？"

得到对方肯定的答复后，两人约了一个地点见面。

蒋琰到得比她早，已经点好了喝的东西等她。

"阮阮现在怎么样？"虞若安坐下开口问道。

听到阮落落的名字，蒋琰的眼中荡出一抹温柔："她适应得不错，最近还找到了适合她的工作。"

"那就好。"迟疑了片刻，虞若安继续问道，"你们会不会有那种患得患失的感觉？"

她总觉得自己没有描述清晰，不过蒋琰瞬间就明白她今天过来找他的目的。

"你是说那种不安全感？"

她点了点头。

"我曾经有，不过现在已经解决了。"

"怎么解决的？"

"靠这个，"蒋琰晃了晃自己的手指，无名指上戴着一枚戒指，"我们已经订婚了。其实这种仪式并非是一种枷锁，而是给彼此的一种安全感。"

"彼此？"

"没错。"他无奈地笑笑，"这毕竟是我们熟悉的世界，我们只有患得患失，而对于他们来说，那份不安全感会加重数倍。所以我们所能做的，就是给对方一个身份，能让他们不再迷茫的身份。"

听着蒋琰的这番话，虞若安若有所思。

片刻后，她仰起头："如果可以的话，我能不能再麻烦你一件事？"

和蒋琰谈了一会儿话，虞若安在心中已经有了一个初步的计划。

只不过计划永远赶不上变化，她和蒋琰走出咖啡店的时候，恰恰被姜言碰到了。

姜言的脸色迅速由晴转阴，眼中满是风雨。

他快速地上前两步，将她一把牵到自己的身边。

看着男人牵住自己的手，虞若安不着痕迹地抿紧了嘴唇。

她还记得姜言之前在面对蒋琰时，带着绝对的自信，甚至会为她规划出一份对照表，让她来弄清楚自己的心意，可现在他周身的紧张完全掩不住，就像被侵犯了领地的狮子，满身写着暴躁。

而他这样暴躁的原因是缺乏安全感，就像蒋琰所说的那样，只不过她只注意到了自己的感受。

"你……"

她话音未落，就被姜言扯着胳膊往前蹿了两步。

他们转过街角，直到看不见蒋琰的时候，男人才低头问她："你们见面做什么？"

"我……"

"不许说老同学叙叙旧！"

虞若安："……"

"你们说了些什么？"

"他跟我说……"

"算了，我果然还是不想听。"

来回两次，虞若安终于忍不住翻了一个白眼，脾气也上来了："我去让他给你落户口！"

"落户口做什么？"

落户口让你跟我结婚。但她说出口的话就变成了："让你跟蒋琰做兄弟！"

姜言的脸色彻底黑了下来。

虽然虞若安知道蒋琰的分析很有道理，也知道姜言心里面到底在慌些什么，可她百般懊悔之下，还是不知道怎么开这个口。

这一犹豫，她就开始下意识地躲他。

平均一天下来，也就吃饭的时候两个人能见上一面。

今天吃完饭，她犹豫了半天该怎么拉开话题，可她张开唇半响，看着吃饭还不忘埋头看书的姜言，只觉得一阵血气上涌，于是将嘴巴重新合了起来。

可就在她站起来想要回到自己的房间时，却被姜言拦住了。

"谈恋爱的时候双方难免会有争吵，可总有一个人要先服软。"他慢条斯理地晃了晃自己手中的书本，语气相当气人。

虞若安这才看清楚他手上拿的书是《恋爱宝典》："你别想我先服软！"

虞若安："……"

"你不服软没关系，我服软就行了。"他微微叹息了一声，"你没发现我现在给自己找台阶下吗？快理我一下。"

原本她还有些别扭的情绪瞬间就消融了。

她抿了抿嘴唇，别别扭扭地开口："我理你的话，你能不能嫁给我？"

　　姜言愣怔在原地，手里的书本砸到了自己的脚尖上，不过他却像没有察觉一般。

　　"啊，不是不是，我说错了。"她有些语无伦次，"我是想说我能不能娶你？"

　　姜言："……"

　　"也不对。"

　　她还想说什么，却被他大力地拽进自己的怀中。

　　男人的气息充斥在她的鼻间，她一瞬间就冷静下来："这次应该不会错了，你要不要娶我？"

　　虞若安察觉到姜言的身子猛地震了一下，而后下巴压在她的肩膀上，像抱紧了什么宝贝似的搂紧了她的腰肢。

　　他的吻细细碎碎地落在她的脸侧、脖颈……

　　他说："求之不得。"

番外二

虞若安和姜言要结婚了。

然而此刻的气氛并不是很美妙——

"你说什么？！让顾以南给我当伴郎？"

"我凭什么要给他当伴郎？！"

……

距离结婚还有半个月，虞若安家中，此刻正上演着一阵鸡飞狗跳。

两个高大的男人坐在她的沙发上，彼此互相瞪视，恨不得仰起脖子嗷嗷高叫两声，再扑上去将对方咬一顿。

咬一顿还嫌对方肉酸的那种。

无奈地扶额，虞若安决定去跟他们俩讲道理。

她的目标率先定为看起来比较好说话的那个，于是她坐在顾以南的对面："如果你有时间的话，我希望你能来。"

顾以南的喉结上下动了动："……我当然会。"

她结婚的场景，他预想过很多遍。她穿上婚纱究竟会有多好看，水晶鞋衬她，可是她不爱穿高跟鞋，可以请设计师将她的鞋跟设计得短一些；比起钻石而言，她更适合珍珠，王冠可以用珍珠为主，不过她也许更喜欢中式婚礼，可以办两场……

他幻想过很多次，每次他的位置都是新郎，而非伴郎。

可顾以南知道，以上所有情绪，他不能在虞若安的面前表露一分一毫，不然他喜欢了多年的姑娘，便会因为内疚而躲着她。

所以顾以南嘴角勾起一抹笑，长臂一伸将她捞进怀里："阿爸得看着宝贝出嫁，才能放心。"

"我爸爸当天会到，你这样会被打的……"

"他现在就会被打。"姜言脸色很黑，将顾以南的手扒下来。

被迫缩进姜言的怀里，虞若安仰头望着男人的下巴。

他黑着脸将她的眼睛遮住："我是新郎，你如果敢问我刚刚同样的问题，我就揍你屁股。"

"……"

她一脸黑线地将他的手从自己脸上扯下来："我要问你的是，除了顾以南之外，你还有第二个伴郎人选吗？"

姜言："……"

从他更臭的脸色可以看出，并没有第二人选。

"所以，现在可以安静了吗？"

姜言响亮地"哼"了一声，表示妥协。

距离婚礼还有七天，虞若安发现新郎失踪了。

她早上起床的时候，在家里找了个翻天覆地，仍然没看到姜言。

起初她以为是他晨练还没有回来，所以也给他做了一份早饭，等他回来的时候一起吃。

她做完早饭后，他没回来；她吃完早饭后，他没回来；她洗完脸再敷完一张面膜后，他依然没回来。

再漫不经心地打开文档敲下两行字后，一心想当新世纪独立女性，绝对不黏男友的虞若安，屁颠屁颠地摸出手机，给姜言打了通电话。

漫长的等待之后，无人接听。

眼皮狠狠一跳，她心里开始生出一股恐慌感。

她心里知道不能这样，姜言也许只是出去办什么事，现在在忙，没办法回应，可她还是止不住的恐慌，这样的感觉让她想到了曾经的那段时光。

在姜言决定回到剧本世界的那段时间。

她每天依旧在笑着生活，却连嘴角勾起的弧度都计算过；她每天数着日升日落，剧本照常在写，日子过得却乏陈无味。这个世界，似乎每个角落都充斥着姜言的气息，却又哪里都没有姜言的影子。

她无比盼望，心底却满是绝望。

这种感觉她一辈子都无法忘却。

当房门锁声转动的声音响起时，原本蹲坐在沙发上的虞若安迅速跳起。

所以姜言进门时，就看见穿着兔子睡衣的她眼眶红红地站在门口，在看清是他之后，无所顾忌地往他身上蹦了过去。

他自然地接住她，手稳稳地托在她的屁股上："这么热情？"

"……"

回应他的是虞若安一口咬在了他的肩膀上。

姜言痛得"嘶"了一声，却又不敢突然放手把她摔着："属狗的？"

"属你的。"

她把脸埋在他的肩膀上，声音嗡嗡的。

他忍不住笑出声："嗯，属于我的。"

"……"

在他怀中，虞若安翻了一个巨大的白眼。

此后，不管姜言是换鞋还是去厨房倒水，她都像是一个大型挂件一样，挂在他的身上。

灌完一杯水，他颠了颠身后的无尾熊："好重。"

她仰起头，眼神里充满了对他冷漠的控诉："我一百斤都不到！"

"是吗？"他低下头，鼻尖亲昵地蹭着她的鼻尖，"是不是称坏了？"

"……"

虞若安一脑袋撞上了他的脑门，充分表达自己的愤怒。

他吃痛，在她的挣扎下顺应她的意思，将她放回了地上。

看着她气鼓鼓离去的背影，姜言心中再一次感慨，她果然是属白眼狼的。

快走两步，他一把抓住她的手腕："东西不想要了？"

"什么东西？"她立刻转过身。

"你不知道？"姜言摸了摸自己的鼻子，"我还以为你是知道才这么热情。"

虞若安被彻底吊足了胃口，眼巴巴地瞅着他。

被她盯得不自在，他清了清嗓音，从口袋里摸出了一个盒子扔进她的怀中，那姿势要多草率就有多草率。

"？？？"

这盒子怎么看怎么像戒指盒子。

哈哈哈，他们都已经有交换对戒了，姜言应该不会去买戒指吧？况且也没有人送戒指是用扔的。

抱着这样的想法，她打开了盒子——里面是戒指！

要多丑有多丑，那钻石要多大有多大的那种戒指。

蹲在旁边一直悄悄观察她反应的姜言略显不满："你不说点什么？"

"你大清早跑出去……就是为了买这个？"好半天，虞若安才找到自己的声音。

他挑了挑眉，表示当然。

他不是这个世界的人不知道两人之间的连理需要戒指，可有一天他正在看小说的时候，看到了男主给女主送求婚戒指。

在网上细细一查，是当代人结婚的必备品。

别人都有的东西，他的小姑娘自然也不能少。

今天上午跑了好几个商城，他才挑到一款自己满意的款式。

"好看吗？"

看着姜言眼底淡淡的骄傲，虞若安将原本想说的话给咽了下去："好看。"

"喜欢吗？"

"喜欢。"

他露出一副心满意足的表情，趴在沙发上决定补眠。

不过还没有睡两秒钟，就被虞若安拉起来："这个戒指多少钱？"

脑袋塞满倦意的姜言用下巴比划了一下自己的口袋，示意价格单在自己的口袋里。

得到答案的虞若安迅速扔开了他的胳膊，从他的口袋里摸出那张发票。

缓缓展开，迅速揉起，再缓缓展开。

这个动作重复了数次，她终于惊叫出声："三十万？！"

"嗯。"

"你疯了？！"她面无表情，将发票重新塞进他的口袋里，连同一起塞进去的还有戒指，"去退掉。"

姜言这回算是彻底清醒了过来："怎么了？"

"太贵。"

"我用自己的钱买的。"

"然而七天后那也是我的钱,我不允许自己未来的钱被莫名其妙花在了这种地方,所以快退掉!"

"……"

和姜言预想中,虞若安感动到无以复加的场景完全不一样。

他沉着脸在网上随手找了两个女生收到钻戒后的反应,而后将手机杵到她面前,言简意赅:"看。"

看到手机视频里那两个女生哭到捂紧嘴巴,她也敷衍地捂了两下嘴:"我好感动,退掉。"

姜言缓缓地勾起唇角:"不。"

离结婚还有十二小时。

那枚戒指最终还是被留了下来,同时,这次失踪人口变成了虞若安。

姜言找了半晌,最后在床底找到了抱着抱枕,一脸无辜的她。

咬了咬后槽牙,他伸手将她脸上的灰擦干净:"你最好给我一个可以让我信服的理由。"

虞若安眨巴眨巴两下眼睛:"我来擦灰。"

"用睡衣擦?"

"……"

"想逃婚的话,我就把你腿打断。"

许久不见的暴躁姜言再次上线,却没由来地让虞若安觉得有些亲切。

她调整了一下姿势,从床底下爬出来,万分熟练地爬到他的怀抱里缩进去:"才不要逃婚,历经千辛万苦才结的婚。"

姜言的脸色终于好看了些许,坐在地上,让她靠得更舒服一些。

男人的气息充斥在她的鼻间,安心又熟悉的味道让她有些昏昏欲睡,仿佛心底的那些慌乱在一层一层剥离。

她用脑袋蹭了蹭身后之人的肩膀,得到一声低沉的询问:"害怕?"

"嗯，害怕。"

二十多年，头一回出嫁，她总是有种飘在空中，触不到地面的感觉。

片刻之后，姜言开口："我也是。"

虞若安完全没想过这个答案，毕竟在此之前姜言一直表现得没心没肺，甚至还有心情上蹿下跳，就为了换掉伴郎。

于是她挣扎着拧过头去，想要看看身后之人脸上的表情。

他不自在地伸手覆住她的眼睛："很意外？"

她快速地眨了两下眼睛，以表示真的很意外。

长长的睫毛划过他的掌心，带起阵阵痒意。

他的喉结动了动，道："其实我也会怕。"

"怕什么？"

"害怕当我们结婚之后，你会发现很多我的不足，然后慢慢失望；害怕还会有差池，剧本那边的世界又有意外该怎么办；害怕自己身无分文地前来，打乱了你原有的生活。"

他从未如此不自信过。

可因为深爱，所以难免恐慌。

听着他一字一句地说着，虞若安一直都没有打断他，直到最后一个字音暴露在空气中之后，她才坐直身体，将他的手从脸上扒拉下来，认真地看向他："肯定会打乱原有的生活。"

姜言的呼吸蓦然一窒，而后自嘲地垂下眼睑。

"不管是什么人，只要彼此靠近对方，势必会打乱对方原有的生活，无一例外。"她双手捧住他的脸，"可是我感谢你出现在我的生命中，从未后悔……也不对，毕竟你刚冒出来的时候，我还挺后悔的。"

回想起两人刚刚相识的场景，他的眼底也不禁浮现出淡淡的笑意。

"除了那段时间之外，我都很感激你的出现，打乱彼此的步调,而后重新融合,成为两个相交又独立的个体。"

"至于不足,你本来就是我创造出来的角色,有哪些缺点我再清楚不过,你偏离我的设定我也都接受了,不会有半分失望。这个世界上你是我最了解的人。"

"还有剧本世界,这点我也会害怕,可人生哪有什么十全十美,我们可以像当初那样,一起携手面对。"

面对未知,面对未来。

正因为身旁之人是他,所以可以鼓起全部的勇气。

姜言舔了舔嘴唇,看见面前之人满脸认真的模样,一跃而起,并将她打横抱起:"这可不怪我。"

还想煽情一把的虞若安:"???"

"你太可爱了,反正只剩十二小时不到,我不想忍了。应该没关系吧?"

"……"

不!她觉得非常有关系!

能不能申请倒带?

第二日,婚礼进行中。

虞若安腰酸背痛,只祈求一段完美无缺,没有一点瑕疵的婚礼。

然而事实证明,从今天早上开始,这一切注定是场幻想。

凌晨四点半,她睡了不到三个小时,忍着某种疼痛,一脚将熟睡中的姜言给踹下了床:"滚出去,等会接亲的人马上就要来了,新郎新娘不能出现在一起。"

他睡眼惺忪:"再睡五分钟,不会来这么早的。"

虞若安想了想,不知不觉又睡了过去。

这一睡,便是门铃和手机一同疯狂响起。

她接起电话,是顾以南的声音:"姜言呢?"

莫名被点名,睡懵的男人翻过身将她搂进怀里:"谁啊?"

对面传来短暂的沉默，顾以南再次开口："很好，接亲这个环节省了。"

早上六点，虞若安开始化妆，在心底里琢磨着接亲这一步可以省，但好不容易可以整一次男人的机会绝不能浪费。

于是在她的授意下，伴娘团将姜言和顾以南团团围住，逼他们吃芥末饼干。

步骤流程没问题，问题出在顾以南咳得上气不接下气时，将手中的芥末甩到她身上的礼服上了。

八点，两人给父母敬茶。

蒋琰父母作为姜言的父母，临危授命，敬茶结束之后，蒋琰的妈妈拉过虞若安的手，眼泪纵横："早就想让你做我的儿媳妇了，可惜蒋琰那臭小子没这个福气。"

旁边耳力极好的姜言趁机凑过来，挑眉彰显存在感。

十点，他们抵达结婚场地，开始彩排。

与此同时，虞若安不小心一脚踩烂了捧花，姜言忘记带结婚对戒，顾以南的发言稿被风刮跑。

四字总结，兵荒马乱。

同时也正式宣告着她心底的愿望破碎。

她坐在座位上，一脸垂头丧气。

"这位小姐，"她的视线里突然出现了一捧野花，"共度余生吗？兵荒马乱不离不弃。"

愣愣地仰起头，虞若安看见男人原本精致的西装出现了几丝皱痕，额前的刘海也垂下来一缕。

从口袋里摸了摸，他又摸出两枚草环做成的戒指，粲然一笑："好处是，你所有的愿望，我全部满足。"

眼前升腾起一片雾气，她扑进他的怀中，义无反顾："好啊。"

中午十二点，婚礼正式开始。

虞若安挽着父亲的臂弯，朝姜言走去。

"姜言先生,无论贫穷还是富贵,健康或者疾病,你是否愿意一直守护虞若安小姐,春夏秋冬生生世世?"

"我愿意。"

"虞若安小姐,无论贫穷还是富贵,健康或者疾病,你是否愿意一直……"

"她也愿意。"

可怜的司仪头一次被人打断,一时之间手足无措。

虞若安忍不住弯起眉眼:"嗯,我也愿意。"

姜言轻笑一声,往前跨了半步,将她拥进自己怀中。

她蒙着头纱朝他步步走来的模样,是他此生见过最美的光景。

而如此美的光景,属于他。

后记

打下"后记"这两个字的时候,我的脑海中零星划过几个片段。

男女主名字刚刚确定时,男女主在笔下第一次见面的场景,还有我通宵为他们的爱情边流泪边敲键盘的模样。

这本书投入了很多心血,有我的、也有编辑的,比起其他书而言,这本经历了很多波折,能和大家见面也是一件非常幸运的事情,希望你们会喜欢。

写到这里,《小傲娇》就算正式完结,虞若安和姜言也要挥手和大家说再见了。

不过他们俩的故事或许才正式开始吧,往后余生漫漫,他们之间会状况不断,却又像是系了死结的绳索,越是动荡便越会紧密。

不知道还有没有人记得覃神,虽然覃神是什么都不懂的直男,可与他相比,姜言才是更没有任何少女心的那位。

他情商和智商都很高,对很多事情都通透。

有的人通透是豁达,有的人通透是泰然自若,而姜言的通透则是冲动执拗，他清晰地知道自己要什么不要什么。人活一世，图肆意求不留遗憾，贪所求皆有得。

其实一开始，在大纲中最后的结局是开放式的，我不知道要怎么才能让姜言和虞若安打破这种次元的壁垒。

可是在写到三分之一的时候，我打开文档，重新调整了大纲。

姜言的性格实在太过鲜明，少年鲜衣怒马，风风火火只求所想。

如果是他的话，不管遇到什么事情，都会千里迢迢地重新回到虞若安的身旁，无一例外。

至于虞若安，她是谨慎又胆小的性格，即便喜欢了很多年，也只敢默默暗恋。

她和蒋琰其实是不适合的，一个内向，一个沉稳，就像是两处静谧的湖泊，各自美好却没有水花。

虞若安其实也知道这个问题，在她的笔下，那位女主承载着她的心愿，却是另外一种性格。

如果没有姜言，或许她会一直这样下去。

姜言能将她看透，而她却又是这个世界上最了解姜言的人，这份了解打破了她心底里那份厚重的壳，所有伪装的坚强尽数瓦解。

因为她知道，她可以完全信任地将自己托付给对方，而对方也永远不会辜负她的信任。

事实证明，她的猜想是正确的。

整本故事中，虞若安和姜言，阮落落与蒋琰，四个人各自成对相亲相爱，唯独落单的那个人，是顾以南。

天生桃花眼的男生，微微阖眼便是温柔缱绻，看似花心，实则最是专情。

可万分遗憾的是，他跟虞若安并不适合，只能落花有意流水无情。

不是没有想过给他配个适合的女生，可纠结来纠结去，还是没有下手。他喜欢了虞若安太多年，甚至比虞若安喜欢蒋琰的时间还要早。

　　犹豫试探，默默守候，为了她选择一座城，为了她做完全不同的职业，期盼着守得云开见月明的那一天。

　　所以我私心不愿这份感情草率结束。

　　他的故事还未完结，剩下的路就让他自己走吧。

— 全文完 —